青舞飞扬
意林

U0738702

90后才女作家潜心抒写的青春恋曲

雪天使◎著

# 拜托公主

中华工商联合出版社

# 我曾经 爱过你

普希金 作　戈宝权 译

我曾经爱过你；

爱情，也许，

在我的心灵里还没有完全消失；

但愿它不会再去打扰你；

我也不想再使你难过悲伤。

我曾经默默无语地，毫无指望的爱过你，

我既忍着羞怯，又忍受着妒忌的折磨；

我曾经那样真诚，那样温柔的爱过你，

但愿上帝保佑你，另一个人也会像我一样爱你。

目录

## 十三中的欢喜冤家

她睁开眼，一张沉睡着的、帅气的脸出现在眼前。孟悠悠宿醉未醒，头还是昏沉沉的。难道是在做梦吗？她看看房间，这不是我的房间！脑袋突然清醒了，自己和一个陌生男人睡在同一张床上！孟悠悠尖叫着一脚把那人踹下床。

# 第一章　睡到一起了？！

愉快的假期令人回味，但仿佛过得快了些，高中三年转眼就已过去三分之二，为大学而冲刺的最后一场战役也渐渐逼近。

十三中以往的升学率一直很高，但去年却很糟，为了保证这次的升学质量，校长特别花重金从其他学校挖来十余个高才生，给予特殊照顾。孟悠悠就是其中一个。孟悠悠是孤儿，从小在孤儿院长大，学习成绩优异的她，一直是由所在学校出资供读的。又因为孟悠悠几乎每次作文考试都是满分，所以又有"才女"一称。

都说上帝是公平的：美女无才，才女无貌。但是很明显，上帝对她特别眷顾，才貌毫不输人半分。死党们都说："悠悠，我真怀疑，你是不是给上帝行贿了？不然怎么会生出你这样有才的美女……哼！不公平！"孟悠悠每次都笑着说："你们都有父母，而我是孤儿啊——"

因为学校宿舍里住的人多，为了让孟悠悠有个安静的学习和生活环境，校长在离学校一百米的地方租了一个小公寓给她。但是还有另外一个人，因为不肯住宿舍，又不知道是怎样的背景，居然校长也答应让他住到这里。要知道，这里是特别为孟悠悠和另外一个女孩子准备的，因为那个女生决定不住这里，所以才有了这个神秘的"房客"。

距离开学还有两天，但学校已经把孟悠悠接到了小公寓。

公寓的环境非常好，绿地、游泳池应有尽有，房间布置得像五星级宾馆。反正孟悠悠觉得这里简直就像一套花园别墅，而不是他们所说的小公寓。孟悠悠迫不及待地要把这个好消息告诉她的两个好朋友——小芸和莎莎。她们是初中同学，高中以后，一所私立高中资助孟悠悠念书，所以自然就去了那所私立学校。而两个好姐妹虽然成绩谈不上优秀，但是家境非常富裕，所以也顺利进入市里的重点——十三中。

这次孟悠悠之所以答应来十三中，也是因为两个好姐妹在这里。她是孤儿，一般人都不愿意和她做朋友，只有小芸和莎莎不嫌弃她，还是很真心地跟她做朋友。

为了这两个仅有的死党，孟悠悠便接受了十三中校长的邀请。在看到居住的地方后，她更加相信来这里是正确的选择。

这里环境好是一方面，更重要的是，这里比较安静，毕竟只有两个人。以前私立学校的宿舍比较吵闹，因为是私立学校，学生大多是成绩不好的有钱人家的千金或少爷，每天晚上想安静做功课都不行，宿舍里有的开着音响、有的化妆打扮、有的跳舞，总之干什么的都有，就是没人看书。

第二天就开学了，但是孟悠悠还是没有见到另外那个房客。下午，莎莎打电话来叫她出去玩，说要庆祝她们三朵金花再次重聚。孟悠悠去了才知道那是一家酒吧，所谓庆祝，实际就是莎莎和小芸联手灌她喝酒。

夜里十一点，三个人跌跌撞撞地走出酒吧，小芸的私人司机载着莎莎和小芸离开。原本是决定先送孟悠悠回去的，但是她坚持要自己回去，死党也只好依她了。

十一点半的时候，孟悠悠回到了小公寓，她自己都不知道自己是怎么回来的，但结果是确实安全回来了。看着像旋转木马一样的房门，她推开房门就扑到床上睡着了……

凌晨三点，公寓的另一位房客也烂醉如泥地回来了，冲了凉就向自己的房间走去，回到自己的房间连灯都没开便躺下睡着了。

清晨七点，阳光透过窗户照到屋内，同一间房里，两个人横七竖八地躺在同一张床上……孟悠悠的生物钟准时将她叫醒。

她睁开眼，一张沉睡着的、帅气的脸出现在眼前。孟悠悠宿醉未醒，头还是昏沉沉的。难道是在做梦吗？她看看房间，这不是我的房间！脑袋突然清醒了，自己和一个陌生男人睡在同一张床上！孟悠悠尖叫着一脚把那人踹下床。

"啊——"床下一声惨叫。男生爬起来看着紧紧抱着被子坐在床上的陌生女孩也愣住了。但这明明是自己的床，自己的房间，怎么会有别人睡在这里？

"色狼——"孟悠悠紧紧抱着被子喊道。

男生看上去也很火大，一把从孟悠悠怀里扯过被子："小妹妹！你看看清楚，这是我的房间，我的床！"他将被子丢在地上，裹紧了睡衣紧张地问，"你昨晚没对我做什么吧？！"

孟悠悠气得大叫，又有些哭笑不得："你说什么呢？我还没问你昨晚有没有占我便宜……"

"喂，天亮了，你还赖在我床上！"男生不耐烦地将她拖下床，丢在被子上。然后接着说，"这是我的房间，请你立刻！马上！出去！"

"凶什么凶！你以为我愿意睡这儿啊！"孟悠悠从被子上爬起来，朝门口走去，脚被被子一绊便向男生扑过去。

男生赶紧伸手接住她，免得撞到自己怀里。

却听见一声脆响，帅气的脸上顿时泛起五根红印。因为他接的时候刚好就抱到了孟悠悠胸部……"色狼！"孟悠悠气沉丹田，怒吼一声。

"色狼？！"男生摸着火辣辣的脸吼道："你也不看看你，一个毛丫头，要身材没身材，要脸蛋没脸蛋，要占便宜也不找你啊！少废话，给我出去！Get out！"

孟悠悠看看墙上挂钟的时间，已经七点半了，再不快点儿就要迟到了。于是急忙冲出房间，刷牙洗脸换衣服。早饭都省了就抓着书包以百米冲刺的速度向十三中跑去。第一天上课，一定不能迟到啊……

现在说说那个和孟悠悠意外"睡在一起"的男生。他叫李俊泽，是十三中的高才生，上课从来都是迟到两节课，再睡两节课就去吃午饭，然后回来继续睡。就是一睡神。但是却是一个帅到男人都想劈死他的帅哥。学校里他的爱慕者也是不少，小到初一的小学妹，大到高三的学姐，甚至还有人说，有个女生为了他读了高五（复读两年）。

因为成绩好，家里又资助过这所学校，所以，校方都像敬神一样的把他供着，对他迟到的事，也是睁一只眼闭一只眼。

九点多快十点了，李俊泽还不慌不忙地走在校园的小道上，悠哉游哉地一边整理衣领扣扣子，一边朝教室方向张望。他已经知道今早的那个女孩子就是校长挖来的有"才女"一称的孟悠悠。本来是不让他住那个公寓的，但是他是十三中的财神和升学率保障，校长只好答应让他和孟悠悠住在那里。

## 第二章　冤家路窄

走进教室，前面两节课，李俊泽又成功地迟到了。这第三节课刚开始，班主任的语文课。已经上课了，却不见老师进来。在全班女生花痴般的目光下，李俊泽掩着脸到自己座位坐下了。旁边的好朋友杨飞凑过来笑着问，"俊泽，听说你搬进了那个小公寓？"

李俊泽低着头没有回答，只是微微点点头，怕被人看见脸上的红印，只顾把书包塞进课桌。

"俊泽，我还听说……"杨飞突然看见李俊泽脸上红红的，好奇地问："你的脸怎么了？昨天跟人打架了？"

"别提了，昨晚喝醉了回去，今早就被一个小丫头打了一巴掌。"李俊泽一副火很大、恨不能踹人两脚的样子。

"这么说，那个传言是真的？你真和那个美女住在一起？"前面的男生也转过头来打听情报。

"什么传言！那女的要身材没身材，要长相没长相，脾气臭得要死！绝不是美女！"李俊泽狠狠地恶意诋毁她。

"不会吧，我可听说那个孟悠悠是才貌双全啊。"杨飞怀疑地望着李俊泽，心想这家伙不是美女见多了，就是被那一巴掌扇傻了，说着违心的谎话。这么多人说是美女，就被害人一个说是丑女，显然是这小子没说实话。杨飞十分阴险地摸着下巴，心说有机会我要去看看。

李俊泽不再说话，照例趴在桌子上睡觉。

老师终于进来了，进门便介绍说，"今天我们班转来一位新同学，你们要多照顾新人……"

"报告。"孟悠悠出现在教室门口。

班主任放下手中的课本走过去，和蔼地说，"进来吧，悠悠，你先自我介绍一下。"

这就是传言中的才女孟悠悠！全班男生都呆呆地望着她，果然是美女啊！

杨飞看看李俊泽，这家伙果然眼光有问题，这么可爱的女孩子不叫美女叫什么？什么时候要劝他去看看医生了。

孟悠悠走上讲台微笑着鞠了个躬作自我介绍，"大家好，我叫孟悠悠，请大家多多指教。"

班主任微笑着点点头，"悠悠，你去那里坐下吧。"她指了指李俊泽旁边的空位。

悠悠拿着书包走过去，这才注意到那里有个人在睡觉。可是老师怎么不管他呢？孟悠悠疑惑着坐下了。

班主任在讲台上苦口婆心地说着要好好学习之类的话，但台下真正在听的没几个。大部分男生都瞄着新来的美女，而大部分女生都盯着睡着的王子。

下课铃响了，班主任停止了一节课的洗脑或者说是口号轰炸。她离开教室，但是课本还留在讲台上，可见下节课她还要来。

四周的男生都围着孟悠悠问这问那，弄得她有些不好意思。但是出于礼貌，她还是微笑着一一回答。

杨飞陶醉地望着孟悠悠，这么温柔可爱的悠悠，哪里是李俊泽口中的那样！那家伙一定是脑袋做作业做傻了。

旁边的李俊泽被吵醒了，抬起头不耐烦地喊道："喂！你们小声一点儿可不可以！"

孟悠悠愧疚地转身跟他道歉："对不……是你！"

"怎么又是你！"李俊泽也很火大，"昨晚霸占我的床，今天又来抢我的位子，打扰我睡觉！"世界怎么这么小啊，转眼又遇到了这个野蛮丫头。

"你吼什么，又不是我想坐这里的，你不愿意可以换位子啊。要不跟班主任说？编个什么理由好呢？"孟悠悠装出冥思苦想的样子，然后高兴地说，"不如说我欺负你好了！"

"好！算你狠！杨飞，我跟你换位子！"李俊泽站起身就要跟杨飞换。

"李俊泽，孟悠悠，你们两个出来一下，跟我到办公室。"班主任恰巧出现在门口，不知道因为其他事，还是听见了他们在争执。

"李俊泽，你的成绩很好，悠悠才来我们班，你要多帮她。还有，你上课总是打瞌睡，是晚上没睡好，还是白天太累了（这家伙白天除了吃就是睡，累个P啊）？你要多注意休息。最后，那个语文课代表你就不用做了，由悠悠担任吧。俊

泽，你先好好休息，身体要紧。你们还有什么疑问吗？"班主任看着两个愣在那里的"木头桩子"问。言下之意就是，没什么疑问你们两个就赶紧闪人吧。

"老师——"孟悠悠心里有种负罪感。总觉得是她自己抢走原本属于李俊泽的东西。虽然她从来没有想过要当什么课代表，但事实终究是她取代了李俊泽的课代表一职。

"还有什么问题吗，悠悠？"班主任问。这丫头是才女啊，也就是所有语文老师的宝啊，想想，要是明年人家说十三中的语文单科状元是×××教出来的学生，那该是多大的荣耀啊！

"没什么，老师。您去忙吧，我们走了。"李俊泽截住孟悠悠的话。在别人眼中，他是个不苟言笑又冷酷的人，似乎一切都无所谓，对一切都不在乎。即使他内心不是这样的人，可别人都这么认为时，他也就开始承认了。

两个人走出办公室。望着李俊泽的背影，孟悠悠万分内疚。"对不起，我——"这一刻，平时擅长的语句似乎全都生疏了，竟找不出一句来形容她此刻想要表达的感受。

刚刚在办公室的谈话已经传开了，这会儿教室里都在议论孟悠悠和李俊泽的事，全班女生都在为李俊泽打抱不平。

"班主任实在太过分啦！""对啊，凭什么罢免俊泽课代表一职？""一定是孟悠悠跟班主任说的。"……

孟悠悠低着头走进教室。

一群人围过去指责她的不是。"孟悠悠你太卑鄙了！""孟悠悠，你为什么要让班主任那样做！""你以为自己很了不起吗？""你算哪颗葱啊？凭什么取代我们俊泽！"

杨飞实在看不下去了，这些"围剿者"都是班上的女生，也都是李俊泽的粉丝，此刻也只会听他的。杨飞看着被围在中间可怜兮兮的孟悠悠，拉拉李俊泽小声说，"俊泽，你说句话啊，你看她好可怜啊……俊泽……"

"我们去找班主任让她罢免孟悠悠。""对！我们走！"

"够了！"李俊泽大吼一声，所有人都安静了下来，将目光移向李俊泽。

"是我不要当的，我跟班主任推荐她的，"上课铃声响起了，他接着说，"上课了，全都回到自己位置上坐好！"李俊泽始终一副冰冷的眼神，面部肌肉坏死一般的表情。

全部人都乖乖地回到各自的座位上。

# 第三章　班长秦湘

班主任走进来，觉察到气氛似乎不太对劲。她看看孟悠悠和李俊泽，问："发生什么事了？"

"老师……"孟悠悠觉得很内疚，想把属于李俊泽的东西还给他。

李俊泽站起身再次截断她的话，说："老师，没事了，该上课了。"他看看孟悠悠红红的眼眶，趁别人不注意悄悄丢过去一张纸条，上面写着：你想还，也要看我想不想要啊。现在我可以安心睡觉了，每天跑办公室很烦。

"这节课我不打算讲新的内容了，我想让大家看看去年考过的试卷，看看自己到底是什么水平。还有哪些不足，然后对症下药。"老师翻开语文课本，拿出夹在中间的一叠试卷。"上次李俊泽考得不错……"老师点着名，同学一个个地上去拿了自己的试卷。全班都拿到了，但是老师手上还有一张，她高兴地说："我特别从孟悠悠同学原来的学校调来了她的试卷，你们每个人都该好好看看。成绩满分！很了不起！而你们中间有的人竟还不及格，当然自己的母语学成这样，我这个老师也有责任。下了课你们好好看看孟悠悠的试卷，多向人家学习学习！"

孟悠悠走上讲台时，坐在第二排的班长秦湘突然伸出脚绊了她一下，孟悠悠重重地摔在地上。班主任丝毫没有发觉有异动。秦湘猫哭耗子地微笑着看着孟悠悠，"关心"道："没事吧，小心点啊。"秦湘是三年级一班的班长，更是李俊泽的铁杆粉丝，人长得挺漂亮，只是做人太计较，妒忌心重。李俊泽一直不理她，但她还是不死心，像"小强"一样顽强。

孟悠悠突然觉得自己好委屈，好想哭，但她拼命告诉自己，不准哭，不准哭……"没事，不小心摔倒了，我没事。"孟悠悠强忍着眼泪站起来，接过老师手中的试卷回到自己座位上。

杨飞悄悄望向孟悠悠，发现她眼睛红了，好像要哭了。

"对不起，老师，我有点不舒服，想出去一下。"孟悠悠站起身疾步跑出去，一出教室眼泪就涌出来了。为了不让别人看见，她飞快跑过走廊，躲进厕所。

"秦湘，你是班长，出去看一下孟悠悠，不舒服就送她去看校医。"老师有些不放心，据说这个孟悠悠的身体不太好。

"搞什么嘛，瞎子都知道刚刚是秦湘故意整她，还叫她去，不是叫悠悠受二次伤害吗？"杨飞不满地小声埋怨道。

"老师，让杨飞去吧。他跟孟悠悠很熟。"李俊泽说道。

杨飞感激地望着李俊泽，等待老师的批准。

"那好吧，杨飞你去，秦湘就留下吧。"班主任说道。

秦湘不解地回到位置上。心道：什么嘛，我是在帮你教训那个蠢丫头耶，你怎么反而关心起她来了。

杨飞跑出教室，走廊上却看不见孟悠悠的身影。再往前走时，在楼梯转角刚好看见从洗手间出来的她。"悠悠，你没事吧！刚才有没有摔伤？"杨飞关心地问。

孟悠悠故作轻松地笑了笑："没事，你怎么出来了？是来找我的？我们回去吧！"

杨飞拉住她，"你眼睛那么红，哭过了？说没事谁会相信？我们去操场走走，等你的兔子眼变正常了再回去，不然老师还以为我欺负你呢。"

两个人在操场待了二十分钟才回到教室……

上午的课程就这样结束了，人群朝着食堂涌去。

"悠悠，我们一起去食堂吧！"几个男生围在孟悠悠身边。

孟悠悠微笑着摇摇头，"不用了，我自己去就好了，你们先去吧。"

几个男生有些失望地走了。教室里就剩下四个人：孟悠悠，杨飞，李俊泽和秦湘。

"悠悠，我们去吃东西吧。"杨飞走向孟悠悠。

因为上午杨飞在她难过的时候陪着她，孟悠悠不忍心拒绝，点点头答应了。

看着刚才邀请的几个男生失望而归，杨飞都没敢想她会答应自己，如今看到她点头，兴奋地想大叫一声，但是教室还有人，于是就忍住了。

秦湘也走向李俊泽，他正慢吞吞地整理着书本。"俊泽，我们一起走吧。"

"不必了。"李俊泽站起身，根本无视她的存在，"杨飞，走！"

孟悠悠跟着他们俩来到学生食堂，她四处张望也没看到莎莎和小芸。她们跑哪里去了？不是说好在这里碰面的吗？

看着孟悠悠一直东张西望的，杨飞问，"你在找人吗？"

"对啊，说好和两个朋友在这里见面的，可是……也许她们忘了吧！"孟悠悠

低头吃着饭，偷偷瞄了一眼对面的冷面神——李俊泽，上午他好像帮过我，我要不要跟他道谢啊？早上我还打了他一巴掌，上课又抢了他的课代表职位。"李俊泽，我……"

"食不言，寝不语。"李俊泽头也不抬地吃着东西。

秦湘端着午餐走过来坐在他们旁边，哀怨地看着李俊泽说："俊泽，你为什么不理我？"

"我吃饱了，杨飞，我先走了。"李俊泽突然放下筷子离开，完全不顾剩下的三个人。

秦湘也放下勺子，追李俊泽去了。这下可便宜了杨飞，可以跟孟悠悠独处。

"杨飞，李俊泽对秦湘太冷淡了吧！"孟悠悠觉得秦湘有些可怜。

"不管她，她自找的。"杨飞也不喜欢秦湘，李俊泽明明跟她不来电，她还死缠烂打，像苍蝇一样黏着俊泽。

"我吃饱了。"孟悠悠放下汤匙。

"那我们走吧。"杨飞站起身。

两个人并肩穿过食堂，旁边不时传来惊讶赞叹的声音。"那个和三一班杨飞走在一起的就是才女孟悠悠吧？""对啊，好可爱的美眉哦——""可是她不是刚来吗？怎么好像跟杨飞很熟啊？""是不是名花有主了啊？"……杨飞听得有些飘飘然了。

"我想去操场走走。"孟悠悠说着朝操场走去。感觉杨飞也跟来了，于是回头补充道："我想一个人静会儿，你回教室吧，一会儿见。"

"好吧，一会儿见！"杨飞恋恋不舍地向教学楼走去……

孟悠悠来到操场，这季节的阳光还有点烈。操场上除了几个打篮球的男生再没有别人了。想起上午的事，孟悠悠不禁有些难过。我是不是不该来这里？她们好像不怎么欢迎我，又或者是我做错了什么？要不要去找校长换一个班级呢？可是班主任那么信任我，我走掉，她应该会很伤心吧。还有杨飞，他那么照顾我……想来想去，脑子里乱成一团。算了，不管了，只要我对她们好，她们会慢慢接受我的。嗯！迟早会的！下定了决心，孟悠悠突然觉得轻松许多，于是便返回教室去看书了……

# 第四章　校园生活

　　孟悠悠走到教室门口，发现李俊泽在里面，而秦湘坐在自己的位子上好像在说着什么。孟悠悠不想打扰他们，所以便悄悄走到走廊上享受午间的风。原本很闷热的风，经过校园里柳树枝条的过滤，变得很凉爽，有一点点柳树的清香。

　　"悠悠——"

　　孟悠悠循声望去，见小芸和莎莎满头大汗地从走廊那边跑过来。"你们去哪儿了？害我白等那么久……"

　　"我去看我哥比赛了，球赛刚结束就赶回来看你了，饭都还没吃呢。"莎莎笑着说，"我哥今天又赢了！那姿势帅呆了、酷毙了，可惜你都还没见过，要不下次也带你翘课去看比赛？"

　　"什么？你们上午没上课？你们不怕挨骂啊？"孟悠悠担心地看着两个好姐妹。

　　"才不会呢，我爸是学校最大的股东，校长对我客气着呢。"小芸得意地说。然后又眉飞色舞地描述了比赛的事，最后还不忘补充一句："莎莎她哥哥真的好帅啊！"

　　"两个花痴，快点去吃东西吧！"孟悠悠对球赛的事一窍不通，也没什么兴趣。她是典型的乖学生——"两耳不闻窗外事，一心只读圣贤书"。

　　"那好吧，下次再聊了。"两个人跑去食堂吃饭了。

　　下午放学后，孟悠悠收拾了书包去三三班找小芸和莎莎，才知道她们下午又没上课，接着跑去看球赛了，只好一个人回家，走在回公寓的路上，孟悠悠忽然觉得这条路好陌生，哪里算是我的家呢？只有我一个人的房间，算是吗？我的父母在哪里呢？为什么会抛弃我？是因为家里穷，养不起了吗……

　　孟悠悠去超市买了点饮料和零食，然后往住处走去，远远就看见秦湘站在门外，于是加快脚步走过去亲切地问："班长，是你啊，快进去坐会吧。"孟悠悠笑着打开门。

秦湘推开站在门口的孟悠悠冲进去，嘴里大喊："俊泽，俊泽……"

"你是怎么进来的？"李俊泽出现在楼上的栏杆边，对秦湘的出现很意外，也很反感。杨飞站在他旁边，看见孟悠悠回来了，笑着跟她挥手打招呼。

孟悠悠提着东西走进来，"班长，你坐啊，要不要喝饮料？"

秦湘不耐烦地转身冲孟悠悠大吼："我不要，你闭嘴可不可以啊！"

"秦湘，你跑到这里发什么神经啊！"杨飞生气地瞪着她。敢凶我温柔可爱的悠悠，实在太可恶了！

"孟悠悠，你下次再敢胡乱带闲人进来，我就把你撵出去！"李俊泽回到他的房间，重重地摔上门。

"班长大人，俊泽不想见你，你还是回去吧。"杨飞有些幸灾乐祸地说道。

秦湘怒气冲冲地朝房门走去，又突然返回走到孟悠悠身边，恶狠狠地说："我警告你，不要招惹俊泽！否则……"她瞪了孟悠悠半分钟才离开。

孟悠悠关上门，把买回来的东西放进冰箱，"杨飞，要喝点什么？"

"就可乐好了。"杨飞走进李俊泽的房间。

孟悠悠抱着两罐可乐走上楼，敲了敲李俊泽的门。

"进来吧！"杨飞打开门。

孟悠悠站在门口把可乐交给杨飞就回自己房间去看书了。

杨飞将一罐可乐扔给躺在床上的李俊泽，"好了，喝点东西，别生气了。"

李俊泽打开可乐一声不吭地喝着。

"李俊泽，我可事先警告你两件事。第一，如果哪天你决定接受那个秦湘，一定要事先告诉我一声。"看着李俊泽不解地望着自己，杨飞才说道："好让我有时间去买把刀杀了你。"

李俊泽正喝着可乐，差点全喷出来，"你小子脑袋有问题吧！我怎么可能……"李俊泽转过脸去不想理这个白痴。

杨飞听出他的意思是不会喜欢秦湘，小小地松了口气。

"第二件呢？"李俊泽淡淡地问。

"第二，就是你小子可别趁夜深人静溜到悠悠的房间干什么坏事。"杨飞一本正经地警告道。

李俊泽却存心开他玩笑，"我不太明白耶，你是说不能进她房间，还是不能对她做什么？"

"都不准！"杨飞在他面前挥了挥自己紧握的拳头。

拜托公主

Bai Tuo Gong Zhu

"那好，我叫她进我的房间，让她对我做点什么，这样总可以了吧？"

"更不行！"杨飞看看时间，"七点了，我得回家了，你要记得我的话啊！"杨飞这下知道李俊泽在开玩笑了。

"知道啦，我对她没兴趣。"

听了李俊泽的话，杨飞长长地舒了口气，走出房间打算回自己的家了。

晚上十点，孟悠悠看完了书，下楼去洗澡，看见李俊泽房间的灯还亮着。他怎么还没睡？在看书？孟悠悠没去管他，下楼洗澡换了睡衣，准备回房间休息了。再次经过李俊泽的房间时，发现灯依然亮着。孟悠悠心想：还没睡？应该跟他说声谢谢，上午帮我解围。她轻轻敲了门。

"进来。"

孟悠悠打开门，看见李俊泽坐在床上，膝盖上放着笔记本电脑，手指还在上面飞快地跳跃着。"你很忙啊？"

"有事吗？"李俊泽关掉电脑屏幕，面无表情地望着她。

"昨晚和今天早上的事，我很抱歉。我走错房间还打了你，真的很对不起。"孟悠悠深深地鞠了一躬，"班主任那里，我明天去跟她说，课代表……"孟悠悠想要老师让李俊泽继续担任课代表。

"就是这些？"李俊泽显得有些疲倦和无聊，"你别自作聪明了，我根本不想当，即使你找班主任我也不会接受，你回去睡吧。要是让杨飞知道我们这么晚还在聊天，他一定会找我麻烦的，我要睡了。麻烦你出去的时候把门带上。"李俊泽径直熄灯睡觉了，把孟悠悠晾在门口。

"谢谢你上午替我解围，晚安。"孟悠悠轻轻替李俊泽关上房门，回到自己的房间。

李俊泽听见外面没动静了，于是又爬起来打开灯。其实她也蛮可爱，杨飞还是有些眼光的。他打开笔记本电脑，不停敲击着键盘，不知道在干吗……一直到凌晨三点才睡觉。

# 第五章　花痴死党

第二天早上，孟悠悠七点钟就起床弄了早餐，然后上楼去叫李俊泽。敲了半天门，也不见他有反应，于是小心翼翼地打开门走进去。"李俊泽，起床了，该吃早点去学校了。"

"孟悠悠，你别吵我睡觉好不好。"李俊泽闭着眼睛扯过被子蒙着头继续睡。

"可是时间不早了，再不起床就要迟到了。快起来——"孟悠悠把李俊泽从床上拉起来。李俊泽不让她找老师辞去课代表，所以她想了一个方法来感谢李俊泽——每天帮他准备早点。

李俊泽极不情愿地起床下了楼，坐在餐桌边一边打瞌睡，一边吃早点，拖拖拉拉到七点二十才吃完。

"你去换衣服吧，我来收拾碗筷。"孟悠悠拿着碗筷走进厨房，洗干净后放入消毒柜中。回到客厅发现李俊泽还没换衣服，倒在沙发上又睡着了。于是赶紧叫醒他，催促着他去换衣服。

七点半，两个人离开了公寓一起去学校。走进教室，所有人都见鬼般地盯着李俊泽。李俊泽不管不顾，走到座位放下书包便要睡觉。

杨飞万分惊讶地打量着李俊泽，"俊泽，真的是你吗？"在这高中两年里，李俊泽没有一天上课不迟到，更没有一天像今天这么早到过。实在叫人很难相信这是李俊泽！

"你干吗？还不是你害的！"李俊泽火大地望着杨飞。

"我？"杨飞不解地望着李俊泽，你早到学校跟我有什么关系？不是发烧了吧？他伸手摸摸李俊泽的额头，"没病呀……"

"是你那个孟悠悠，早上七点就把我吵醒了。"李俊泽说完就趴在桌子上睡回笼觉。

"早起，那是好习惯嘛。"杨飞笑着说。一半是惊喜，一半是玩笑。

上午的课程结束了，除了个别人外，其他人都去了食堂。

拜托公主

Bai Tuo Gong Zhu

莎莎和小芸跑来找孟悠悠，却在窗口看见一个女生在孟悠悠书桌里东翻西翻，然后又什么都没拿就走了。她们悄悄离开，急忙跑去食堂报告孟悠悠，顺便叫她检查有没有少什么东西。

莎莎和小芸端着午餐在人群里搜索孟悠悠，看见她一个人坐在角落里，两个人高兴地跑过去坐在她旁边。

"莎莎，小芸，你们怎么想起我了？不去看球赛了？"孟悠悠假装生气地撇着嘴，不满地说。这两个家伙看见帅哥就犯花痴，幸好李俊泽今天不在这里。

"两位美女，你们好，要不要点心啊？"杨飞刚出去到学校外面买了点心回来。看见孟悠悠的两个好朋友也在，赶紧拿出吃的讨好。

"好啊！"莎莎立马将点心拿到手里，嘴巴上说着"谢谢"。

莎莎看见吃的就忘记了找悠悠干吗来了。小芸只好自己跟她说，还没等开口就听见杨飞四处张望地问："俊泽跑哪里去了？"

孟悠悠摇摇头表示不知道，今天她是一个人来的食堂，也没看到李俊泽。

"是那个全校第一的大帅哥李俊泽吗？"莎莎放下手中的点心兴奋地望着孟悠悠。

看着莎莎这副模样，孟悠悠额角爬上三道黑线，心想，这家伙又犯花痴了。

"是啊！"杨飞笑着说道。心里嘀咕：俊泽那家伙还真的是很有人气啊，嘿嘿……什么时候借他的名气跟两个美女拉拉关系，也好让她们在悠悠面前给我说点好话。嘿嘿……为了兄弟的幸福，俊泽你不会介意的吧……哈哈……

"你们很熟啊？"小芸看着满脸堆笑的杨飞，和只顾埋头吃饭的悠悠。

"是啊，我是俊泽最好的朋友，悠悠跟俊泽都住在那个优等生公寓，你们知道吧？"杨飞道。

"啊？悠悠，你一点都不厚道，怎么都没听你说过你跟大帅哥很熟啊。"小芸看孟悠悠只顾低头吃饭，于是夺过她手上的勺子埋怨道。

"悠悠，我们是好姐妹吧？"莎莎用一双明亮的大眼睛哀求地望着孟悠悠。

"有时候是，有时候不是。"孟悠悠知道这两个家伙一定是想让自己介绍李俊泽给她们认识。可是李俊泽那个冷面死神连自己都不敢跟他多废话，更别指望介绍了。

说话间，李俊泽便拿着午餐在杨飞身边坐下，一言不发地开始吃饭了。

莎莎和小芸望着李俊泽，两眼冒星地低声道："好酷啊……"

李俊泽知道这两个花痴女生是孟悠悠的好朋友，也不好发作，只是不满地瞪着

孟悠悠，边喝着汤。

莎莎顺着李俊泽的目光看向孟悠悠，才想起找孟悠悠是有事的。"悠悠，刚才我跟小芸去教室找你，你不在。我们看见一个女生在你书桌里翻东西，鬼鬼祟祟的，我们也没看清楚她有没有拿东西，你回去记得看看有没有少什么东西啊。丢了来找我们，我们还记得那人的样子。"

"莎莎，我们该走了，时间到了。"小芸将手伸到莎莎面前，给她看手表上的时间。

"呀——我哥的比赛！悠悠，我们走了啊……"说完还抓了一个点心塞进嘴里，拉着小芸飞也似的跑开了。

"不会又是那个秦湘在搞鬼吧？我们回去看看！"杨飞道。

"不会啦，我又没什么值钱东西。大概是谁借我的笔记去看吧。杨飞，你不要老是针对班长好不好。"孟悠悠笑着说道。她书桌里除了笔记还真的就没有什么好东西了，谁会去偷笔记呢？

"好——我不说了。"杨飞看悠悠似乎有些生气了，便不敢再多言。

"你们俩慢慢吃，我先走了。"李俊泽说完便起身离开。回到教室，教室里一个人也没有。耳畔再次回想起莎莎的话，谁会去偷她的东西呢？谁不知道她是孤儿，没什么值钱东西啊！经过孟悠悠的书桌，李俊泽随手抽出一本笔记。"啪嗒"一声，一件东西掉在地上，竟然是一块男士手表……

# 第六章　偷窃事件

午餐时间结束了，班上同学也都陆陆续续回到教室。李俊泽还是像猪一样趴在桌子上睡大觉。

杨飞和孟悠悠也回到了教室。孟悠悠还没坐稳就听见班上一个叫张铭的男生在喊他有东西不见了，周围的人都围上去问丢了什么。

"我爸给我买的一块新手表不见了，名牌啊！两千多……"男生急得满头大汗，把自己书桌里的书本全都翻了出来也没找到。

"你好好想想，放哪儿了？"

"是啊，再仔细想想，是不是落在家里了？"

"没有啊，我记得明明就放在课桌上的，怎么不见了？"男生摸着后脑勺仔细回忆着，想了几遍都是放在书桌上的。

"不见了就是有人拿了呗。"秦湘从教室外面走进来，似是无意地望了望孟悠悠。"在班上丢了东西肯定就是班上人偷的，你就一个个书桌去找好了。我想大家为表示清白也不会介意的。"

"嗯，那你就一个个看吧。"班上大部分人都同意秦湘的办法，还有少数同学开始虽然不怎么情愿，但是根据少数服从多数的原则最后也答应了。

丢表的男生一个一个地查看了书桌都没找到，现在只剩下最后一竖排了。"为表示清白，先从我这里开始吧。"秦湘道。

检查了秦湘的，也还是没有，最后就剩下孟悠悠和她身后的两个男生的桌子了。秦湘走到孟悠悠桌子旁边，"是你自己把东西拿出来，还是我们来搜？"

"秦湘，你什么态度！好像是悠悠拿的一样！不要老是欺负她！"杨飞站到秦湘面前愤怒地说。

"难道不是她吗？"秦湘抬起头回瞪着杨飞，她比谁都清楚那个表放在哪里，因为是她悄悄放进孟悠悠书桌的。秦湘心中念道：让你变成小偷，看谁还会帮你说话！"杨飞，你不要被她骗了，我们班就她一个人家里最穷。不对！她是孤儿，没有家的。所以，东西一定是她拿的！"秦湘猛地将孟悠悠的课桌掀翻。

书桌里的课本和笔记本都散落一地，一块崭新的男士手表就安静地躺在一本笔记本上。

"怎么会有一块表？"围观的同学小声议论着。"没想到真的是她耶——""一点看不出来她是那种人啊——"

孟悠悠看着那块陌生的男士手表愣住了，怎么会有一块手表在她的书桌里？"我没拿，不是我拿的……"孟悠悠红着眼睛跟同学们解释着。

秦湘捡起手表，高举着嘲讽道："人赃并获，你还不承认吗？走！去见老师！"秦湘一把抓住孟悠悠的胳膊，拽着她往外走。

正巧班主任走进来，看着围在一起的学生们愣了愣，又看见孟悠悠红着眼睛被秦湘抓着，急忙问"出了什么事？"

"老师，张铭的手表不见了……在孟悠悠书桌里找到了！"一个学生答道。

此时的张铭一直在看秦湘手上的表，发现那个表不像自己的那块，虽然有些相似，但是不一样。"班长，你手上的表不是我的。"

怎么会？这手表明明是我拿来放进孟悠悠课桌的，怎么会不是呢？秦湘虽然心里这样想，但是也不能这样说，不然就承认是自己拿了手表。"张铭，你好好看看，是不是？"秦湘将手上的表交给张铭。心想，白痴，连自己的表都不认识了吗？

张铭一接过表就知道这的确不是自己的那块。于是摇着头对秦湘说道："班长，这真的不是我的！你错怪孟悠悠了。"

"不是？"秦湘不敢相信地望着张铭，活见鬼了！我亲手放的还能错？"你看清楚了？这表明明是男士表，为什么会在孟悠悠那里？"

"张铭，你的手表是什么样的？"班主任问道，同时也示意让秦湘放开孟悠悠。

孟悠悠当真是有口难辩，这块男士表怎么就会出现在自己书桌里呢？而且看上去蛮贵的，是谁放的？"老师，这表不是我的，我也不知道怎么会在我这里。"

"和这个差不多，很像的……"张铭还没说完就看见班主任从衣兜里拿出一块崭新的手表，和张铭手上的那块很像。"是这个吗？"

"是！"张铭一眼就认出了那是自己的表，"上面还有我的名字呢，我爸特意找人刻上去的。"张铭将手上的表放在班主任手上，又拿回自己的表。"老师，您在哪里找到的？"

"一个拾金不昧的同学放在我桌子上的，只留下一张字条。"班主任将一个字

拜托公主
Bai Tuo Gong Zhu

条递给张铭。

张铭打开就看见上面歪歪扭扭地写着："我捡到一块手表，是你们班张铭的。请老师还给他。"看那字迹比小学生的还难看，多半是左手写的，不想让人知道他的身份。

"那这块表又是哪里来的？"秦湘不停地追问道。一边质问，心里一边琢磨：奇怪了，明明是我亲手从张铭的桌子上拿来放进去的，怎么会不是呢？是谁在搞鬼？

"我不知道，这表不是我的，老师，交给您吧。"孟悠悠道。

"你们吵什么！睡会午觉都不行！"李俊泽趴在桌子上埋怨道。只是他头也不抬，真不知道他是不是在说梦话。"喂——孟悠悠，两点钟叫我啊。手表放你桌里了，不要忘了……"李俊泽含糊不清地说着，说完就没声了。大概是又睡着了。

"好了，真相大白了。大家都午休吧，我也回办公室了。"班主任将手上的手表交到孟悠悠手中便离开了。

"对不起啊，孟悠悠，因为我大家都误会你了。我跟你道歉。"张铭满怀歉意地说。

"嗯，没关系。东西找到就好了。"孟悠悠笑着说。说完便蹲下身去捡散落的课本，却被杨飞猛地拉起来。

"班长，你掀翻的桌子，难道不该你捡吗？"杨飞将孟悠悠拉到身后走向秦湘。

秦湘只好乖乖地将东西捡起来，然后扶起桌子收拾好，末了不忘瞪了一眼杨飞转身离开……

"回来！还没跟悠悠道歉呢！就走啦！"杨飞要追上去把秦湘拉回来，却被孟悠悠阻止了。

"算了，班长也是无心的。没事了，你回座位吧——"孟悠悠将杨飞推回他的桌位，转身回到自己位子上，手中握着手表，好巧的事啊，险些害我被人冤枉！孟悠悠悄悄望了望趴在桌子上的李俊泽笑了笑。

事情的真相只有秦湘和李俊泽知道。

原来，李俊泽看见那块表再想起莎莎她们的话，就立刻想到了有人故意陷害孟悠悠。于是将自己的手表放进她的书桌。然后用左手写了字条连手表一起悄悄放到班主任桌上。而秦湘也在李俊泽说那块表是他的表的时候就猜到了。是他将表调包了，做了后面的事。只是这是一个不能公开的秘密，谁也不想让人知道，所以大家都选择了隐瞒……

# 第七章　爬墙

两点，李俊泽被孟悠悠叫醒后，随手拿着一本书懒懒地翻着，突然想起孟悠悠的事。不经意地瞄向杨飞，杨飞这个臭小子，如果不是我帮忙，你的孟悠悠这会儿死定了！你也会为她着急了！让你知道，你要怎么谢我。想着想着嘴角不经意地上扬起来。

恰巧杨飞看孟悠悠时瞄到了李俊泽的微笑，于是站起身走过来，"你在看什么书呢？笑得这么开心，平时都不见你对我笑。什么书有那么大魅力，把我们冷酷的俊泽都逗笑了。我看看……"他一把抢过李俊泽的书，一看是生物。搞什么啊？生物课本有什么好笑的？他东翻翻西翻翻也找不到哪里好笑，疑惑地望着李俊泽。"俊泽，你没事吧？"

"没什么，把书还我。"

"不行，你先告诉我你笑什么。"杨飞把书藏到身后。

"好吧！我在书上第三十页发现了你的亲戚。"

"开什么玩笑？我怎么不知道啊？"杨飞半信半疑地翻开课本，"三十页，三十页……"却看见三十页上面一只毛发黝黑的黑猩猩映入眼帘，"李俊泽，你什么时候变得这么欠扁了！"杨飞捏着课本一角朝李俊泽的桌子砸过去。

"放学请我看电影！"李俊泽收拾好课本面无表情地说道。

"凭什么！要看电影找你的粉丝去！"杨飞想着自己刚被他捉弄，现在他反而叫自己请他看电影，什么世道啊？这小子真是越看越欠扁，看着他那张脸就想揍他……杨飞气呼呼地想着。

"我帮了你一个大忙，你知道后一定会谢我。"李俊泽回到座位睡觉，任凭杨飞如何追问他也不开口了……

下午刚放学，秦湘就背着书包走了。上课时她曾传了一个字条给李俊泽，约他放学后在校门口见面。

李俊泽知道一出校门就会遇到秦湘，于是对杨飞说："我们今天比赛爬墙，输的请宵夜！"

拜托公主
Bai Tuo Cong Zhu

"悠悠怎么办？总不能要她跟我们一起爬墙吧？"杨飞道。这些天，他们三个都是一起回去的。

　　"你叫她到校外的咖啡屋等我们。"李俊泽回座位收拾书包，想想要翻墙，带着书包麻烦，于是索性不带了。

　　杨飞也将书包塞进书桌，走过去拍拍李俊泽的肩，"你等我一下。"他朝孟悠悠走去，温柔地说："悠悠，等会儿你自己去咖啡屋等我们。"

　　孟悠悠点点头，这几天莎莎和小芸都在追着莎莎哥哥的比赛跑，也没时间陪她，所以她也就跟杨飞他们一起放学回家。

　　杨飞和李俊泽爬墙去了，孟悠悠独自走到咖啡屋。不久就有行人看见十三中的墙上两个男生一前一后地跳下来，朝咖啡屋跑去。

　　"我早说过你一定赢不了我！夜宵、电影都算你的啊——"李俊泽道。

　　"为什么要爬墙啊？"杨飞问。

　　"那个人是你的孟悠悠吧？"李俊泽成功地转移了话题。

　　杨飞望过去，果然看见了孟悠悠，于是丢下李俊泽加快脚步跑过去。

　　孟悠悠一直望着校门口，没看见杨飞出来，猛地见到他站到自己身边，吓了一跳，"你们怎么会从那边过来？"

　　"我们爬墙出来的。"杨飞笑道。

　　李俊泽慢悠悠地走过来，"走吧，看电影……"

　　"我想回家了，你们去吧。"孟悠悠说完便朝公寓方向走去。

　　杨飞失落地望着孟悠悠的背影。

　　"走啦！看电影——"李俊泽拉着杨飞朝电影院走去……

　　"杨飞，你搞什么鬼啊？我说去电影院看，谁叫你去租盗版光碟回去看啊！"李俊泽不满地看着杨飞，哪里会不知道杨飞在想什么。

　　"这样很好啊！把悠悠一个人扔在家里，我怎么会放心啊？"杨飞提着两大包吃的喝的，向公寓冲去。

　　"那晚上，你就放心我和孟悠悠单独住在一起啊？"李俊泽板着脸说道。其实就是想开开玩笑捉弄他，有时看见杨飞那么紧张孟悠悠，他也觉得奇怪，为什么他就会看上孟悠悠呢？虽然说实话，那丫头长得还可以，但也不是国色天香、倾国倾城啊。而且学校追杨飞的美女也不少吧，怎么就没看上一个，偏偏就选了孟悠悠呢？看着他和孟悠悠的关系似乎越来越好，他有时也会有点不舒服。暗暗埋怨杨飞重色轻友……只是每次一说他重色轻友，杨飞就笑着说李俊泽是妒忌，所以他现在

也不说了。但是越来越喜欢拿孟悠悠来捉弄他。

"是有点不放心，可是没办法啊。不过，我再次警告你，不准……"杨飞停下来指着李俊泽的鼻子说道。

"到了，我去开门。"李俊泽再次成功岔开话题，绕过杨飞去开门。若是不打断他，这个小子不知道又要说多久呢。

听见开门声，孟悠悠从房间探出脑袋，不是去看电影了吗？怎么回来了？

李俊泽懒懒地躺在沙发上，看着在忙着放盗版光碟的杨飞，不停催促："你快点啊，好了没？"

"马上。"杨飞弄好后朝楼上喊道："悠悠，你要不要下来一起看？"

"不用了，我想看会书。"

杨飞听后失望地坐在沙发上，就和李俊泽安安静静地看影片，偶尔吃点东西喝点饮料。原本是租的很好笑的喜剧片，两个人从头到尾愣是没笑。

看完电影后，杨飞就回家了，买来的大部分东西都没动，全部捐给了冰箱。

日子就这样一天天过着。孟悠悠还是每天准时七点去叫醒李俊泽，李俊泽还是每天都睡两节课，但终于是不迟到了，只不过都是被孟悠悠拖到学校的。李俊泽还是每天想方设法躲着秦湘。杨飞就像尾巴一样黏着李俊泽和孟悠悠，三个人好似三剑客。莎莎和小芸偶尔也会奇迹般地出现，而后就花痴地说莎莎哥哥打球有多帅……

在不经意间，淡淡的情愫却在发酵。

谁也没有细想那个本来嗜睡如命的"大皇帝"李俊泽，为什么会每天认命地被叫起床，也没有谁细想过为何这个冷酷淡漠、不可一世的男生会容许孟悠悠这样的小女生围绕在身边。

有时候，连杨飞都会忍不住怀疑李俊泽其实是喜欢悠悠的，但是每当他想询问时，又因为俊泽对悠悠的冷淡态度而打住。

"应该是……不喜欢的吧……"杨飞心想。

而对悠悠来说，每天给李俊泽提供早餐，每天和他一起上学，也只是因为他们住在同一个屋檐下，作为毫无任何血缘关系的同居人来说，他们理应搞好关系。所以即便是李俊泽平时对她爱理不理的，也没关系，她已经做到自己该做的了。这就足够了。

可是，悠悠和李俊泽之间的互动却是每个人都看得清楚明白的。那个拒人于千里之外的李俊泽身边有孟悠悠娇小的身影。而那个待人温和可亲的孟悠悠身边也常

常出现李俊泽霸道的身形。这样明显的反差，搭配起来却异常和谐，似乎是冥冥之中有股力量牵引着，分不开，也散不掉。

也因为这样，杨飞的心中更加慌乱了……

# 拜托公主

## 独角戏与情正浓

班主任在上课，杨飞却坐在位子上傻笑着胡思乱想。"如果每天早上都可以吃到悠悠亲手弄的早餐就好了……只要我努力，一定会成功的！如果我和悠悠结婚会是什么样子呢？一定很幸福……"杨飞低声呢喃着，完全没有看到讲台上班主任已经看了他N+1次了。

### 第二篇

## 第八章　去酒吧

"俊泽，我爸妈出差了，要一个多星期才回来……"杨飞想去公寓住几天。

"你别打我房间的主意啊！"李俊泽一下就猜出了杨飞的目的。想借机搬进去接近孟悠悠，要让你进去，我不成超大电灯泡了？

"我知道你那里有空房间。"

"没了，被我和孟悠悠分了，放书、放衣服了，那个小公寓就几间房而已……"李俊泽说道。

"俊泽，就当我欠你一个人情，拜托啦……"杨飞撇着嘴哀求地望着李俊泽。"我跟你一起睡总行了吧？"

"算了，我才不要……"李俊泽看见秦湘过来也不再跟杨飞开玩笑了。

"俊泽，我昨天等了你两个小时，你为什么没到？"秦湘哀怨地望着李俊泽，眼中闪着泪光。

"我说过，我对谈恋爱不感兴趣，你别烦我了。"李俊泽转过身去，他不明白为什么女生那么喜欢小题大做，喜欢一个人会有那么强烈的感觉吗？不过是有点好感罢了，需要那么认真吗？

"俊泽，我不会放弃的！"秦湘含泪跑开。李俊泽，你迟早会接受我的！她心中坚信必将如此。

李俊泽头疼地看着秦湘离开的方向，要怎样才能让她放弃啊！"杨飞，你的事我可以帮忙，但是有一个条件。"

杨飞听见李俊泽答应让他过去暂住，高兴地拍着胸脯说："说吧，别说一个条件，一百个都行！"

"帮我摆平秦湘，别让她烦我！"

杨飞打了个响指，诡异地笑着说："OK！教你个最简单的办法，你去找个女朋友，她就会死心啦！"

李俊泽狠狠地瞪着杨飞，埋怨道："什么馊主意这是？不行！换一个！"

拜托公主

Bai Tuo Gong Zhu

"可以的啦！"杨飞将李俊泽拉到窗边，指着操场说，"只要我们俊泽站在那里一喊，全校几千几百个女生抢着要。到时候你就没时间让秦湘烦啦！"秦湘喜欢俊泽的事情，杨飞比谁都清楚。

　　"死杨飞！我让你帮我摆脱那个女的，你找一堆人来烦我！你不想活了是吧？"李俊泽举起拳头威胁道，突然灵光闪过……你小子敢整我！我非让你知道我的厉害不可！他脑海中飞快地计算着……"是啊！我仔细想想还真不错，嗯！明天就直接去追孟悠悠，好让秦湘……"

　　"停！"杨飞急忙截住他的话，拱着手做出可怜的样子哀求道："大哥！我错了，我真的知道错了，你原谅我吧，不要破坏我的幸福……"

　　李俊泽看着杨飞那比乞丐还可怜的样子，无语了。心想，孟悠悠什么时候成你的幸福了？

　　放学后，莎莎和小芸来找孟悠悠。刚到教室门口就看见了李俊泽在窗边站着，脚下不自觉地转了方向盘，重色轻友地朝帅哥走过去。

　　"嗨！李俊泽……"两个人望着李俊泽花痴地笑着。心中不停地感叹：唉，帅哥就是帅哥！近距离看更帅！360度，怎么看都帅！

　　"唉——莎莎，我在这边……"孟悠悠对着莎莎和小芸喊道。这两个家伙，一看见帅哥就忘了我了，真是有异性没人性。

　　杨飞看见孟悠悠的两个死党来了，赶紧笑着打招呼。想着先跟她们搞好关系，方便以后请她们在孟悠悠面前替他多说些好话。

　　"呵呵……什么人都想找我们俊泽，也不看看自己什么德行！"秦湘见到李俊泽唯一的朋友杨飞跟这两个女生很熟的样子就一肚子火。

　　李俊泽猛地站起身，瞪着秦湘，一副要扁人的样子。

　　虽然知道李俊泽没有打女生的习惯，但秦湘还是吓得后退了几步。

　　"杨飞，等下陪我出去玩，你的事我就帮忙。"李俊泽走向莎莎和小芸，"你们叫莎莎和小芸吧？有没有兴趣一起去？"

　　"好啊！"两个人听见李俊泽叫出自己的名字，还邀请她们出去玩，赶紧把头点得像小鸡啄米似的。

　　"走了，杨飞。"李俊泽揪着杨飞背上的衣服拉他走出教室。不知道为什么，最近没来由得很烦躁、很郁闷，李俊泽就想出去放松一下心情。知道自己这会儿没心情去玩，他也没叫孟悠悠一起去，以免扫她的兴致。

　　"悠悠，我们出去了，你自己回家吧！"话音未落，莎莎和小芸就已经没

影了。

"呵呵呵……孟悠悠，看来你在俊泽心里也没什么分量啊，他根本没叫你去……"看见孟悠悠也没受邀请，秦湘心中也舒坦了些。讽刺完，她便拿着书包得意地走出去。

莎莎和小芸静静地跟在李俊泽身后，杨飞心中倒是惦念着孟悠悠，也没心思管她们。

在马路上没目的地晃荡了半个小时，莎莎终于耐不住了，"我们去哪里玩？"

"你们选吧。"李俊泽面无表情地说。

小芸跑到他身边，花痴般地望着他的侧脸，"好酷的表情哦——"

李俊泽看看旁边的杨飞不见了，回头才发现他掉队了。"杨飞，你没吃中午饭哪！快点！"

听见李俊泽叫自己，他才收拾好纷乱的思绪追上去。"去哪里，俊泽？"

"酒吧！"李俊泽只想灌醉自己，麻木自己，才不会有那些没头绪的莫名烦躁。

酒吧里的萨克斯手演奏着有些哀伤的乐曲，四个人闷坐在角落里。

"四位要点什么？"服务生走过来问。

"啤酒！"

"好啊好啊……"莎莎和小芸再次连忙小鸡啄米。

"再来两杯可乐！"李俊泽道。

"那个，其实我们也能喝酒的……"莎莎说。如果借机装醉，还能让帅哥送我回家！莎莎心中盘算着。

"我可没时间送你们回去。"李俊泽抱着手臂冷冷地说道。

被人看穿心思，莎莎和小芸也不再说话。静静地望着李俊泽，就只看到帅哥也会醉的。

杨飞这才注意到李俊泽今天不太对劲，不是在耍酷，而是真的心情不好。"俊泽，你心情不好就不要点啤酒了，我们都喝可乐吧。"

服务生端来了啤酒和可乐。

"我醉了你送我回去正合适啊！"李俊泽说完便开始一个人猛喝。

看着面前越来越多的空啤酒瓶子，小芸有些担心了。"李俊泽他没事吧？好像不太对劲耶……"她小声对杨飞说道。

"对啊，小芸，我们闪吧。"莎莎拉着小芸便离开了。

# 第九章　醉酒出糗

"俊泽，够了，不要再喝了，回去了。悠悠一个人在家会害怕的，我们赶紧回去……"杨飞连拉带拽地哄着李俊泽往外走。

李俊泽踉踉跄跄地走着，刚出酒吧天上就下起了小雨。他挣脱了杨飞，冲到马路中央痛苦地仰天大吼道："骗子！都是骗子！从小到大都只会骗我！你们根本不关心我……"

一辆车从他身边疾驰而过，溅了李俊泽一身污水，这时候的他，模样狼狈不堪，跟街上的流浪汉差不多。

杨飞只好冲过去将他拽回人行道，只是刚拉回去李俊泽，他便又跑到了马路中央。杨飞拉又拉不住，无奈之下，只好叫了计程车，跟司机合力才将醉醺醺的李俊泽弄上车。

平安到达公寓，杨飞从李俊泽身上找出钥匙开了门，扶着醉得不省人事的李俊泽走进去。

孟悠悠原本已经睡下，听到楼下有动静料想是李俊泽回来了。没想到出来就看到一身泥水的李俊泽和落汤鸡似的杨飞。两人那模样要多狼狈有多狼狈。"你们怎么弄的？遇到打劫的了？"孟悠悠急忙拿了干毛巾给他们，然后又去厨房煮姜茶。

杨飞扶着李俊泽走进浴室，调试好水温把他放进浴缸里。"看你高高瘦瘦的怎么这么重！"杨飞走出浴室随手关上门，就去李俊泽房间去找换洗的衣服了。

孟悠悠端着两杯煮好的姜茶走出来，浴室门突然打开，醉醺醺的李俊泽穿着内裤大咧咧地站在门口对孟悠悠吼道："吴妈，我的衣服呢？"他还醉着，根本不知道站在面前的不是他小时候的乳娘——吴妈，而是孟悠悠。

孟悠悠吓得大叫一声，捂着眼睛转过身去，"杨飞！你搞什么鬼！"

听到孟悠悠的叫声后，杨飞抓着衣服便冲出来了，瞧见只穿着一条内裤的李俊泽站在浴室门口，急忙丢下衣服冲过去将他扶进去关上浴室的门。

"杨飞，我煮了驱寒的姜茶，你们俩一会儿出来要记得喝，我先睡了。"尴尬

的孟悠悠隔着浴室门对杨飞说完便跑上楼去了……

第二天一早，孟悠悠便起床下楼做好了早点，照例去叫李俊泽。"喂，该起床了，再不快点要迟到了。"

房间内李俊泽和杨飞睡得正香。被孟悠悠吵醒的杨飞急忙高高兴兴地换了衣服去开门。

李俊泽皱着眉不满地抓过枕头捂住自己的脑袋继续睡。

"我做好早点了，你们俩下来吃吧。"由于昨晚的尴尬场面，孟悠悠总觉得不好意思，跟杨飞说完便径直下楼去了，没有像往常一样亲自去将李俊泽拉起来。

"好好好……"杨飞转身冲到床边猛地一跳，跪在床上，震得李俊泽不满地将两个枕头砸向他。"俊泽、俊泽，起床了！吃爱心早餐了，哇塞——悠悠做的早餐，我想都不敢想啊，今天竟然有机会吃到，真是太感谢你了，真是我的好兄弟啊！"杨飞激动得在李俊泽脸上狠狠地亲了一口。

"杨飞！你干什么！"李俊泽翻身坐起来用手背狠狠地抹了抹被杨飞侵犯的地方，看他的眼神就像看恶心的"小强"。"你不是那个什么吧？我是男的，你亲我做什么！"

"哎呀，我是激动嘛！我的李大少爷啊，你还计较什么啊，我的可是初吻啊！你都不知道被多少女生亲过了，我都没计较，你那么大反应做什么？"杨飞兴奋地将李俊泽拽下床，催促他换了衣服，然后便拖着他下楼去。

"看着就很好吃！"杨飞兴奋地望着桌子上的早点赞道。

孟悠悠低头吃饭，不看他们也不说话，一看到他们便会不由自主地想到昨晚的"意外"。

李俊泽吃饭一向不说话，所以在这样安静的环境下杨飞的笑声就显得特别突兀和刺耳。他当然知道孟悠悠此时这么安静是什么原因，偏偏李俊泽对昨晚的事一点印象没有。他一想到平时严肃的李俊泽在孟悠悠面前出糗就忍不住想笑。

"杨飞，只是一顿饭而已，你不用这么夸张吧！至于吗你！"李俊泽以为杨飞因为吃到了孟悠悠亲手做的早饭而兴奋得神经不正常了。

孟悠悠也猜到杨飞是在笑什么，为了避免尴尬，她决定先离开，"我吃饱了，你们俩记得洗碗，我先去学校了。"说完便抓起沙发上的书包急匆匆地离开了公寓。

孟悠悠离开后，杨飞笑得更夸张了，险些将饭喷到李俊泽脸上。

"杨飞，我觉得你不对劲，你在笑什么？"李俊泽渐渐意识到杨飞是在笑自

己。他低头看看自己的衣服，并没有什么地方不妥，又摸了摸脸上，也没有饭粒。终于忍不住爆发出来，"杨飞！你到底在笑我什么！"

"你真不记得了？"杨飞强忍着笑意问道。

"别笑了！我的忍耐是有限度的，不想变熊猫就赶紧说！"

"你去洗碗，一会儿路上我告诉你，哈哈哈……笑死我了……"杨飞放下碗筷大笑着要上楼，却被李俊泽拦住了。

杨飞被逼无奈只好将昨晚的事一五一十地告诉他了。

李俊泽恍然大悟，难怪他早上觉得孟悠悠看自己时怪怪的，没想到竟然是出了那么丢人的事。想到此时好兄弟竟然还肆无忌惮地大笑，他更发火。"死杨飞！你这臭小子！我看你长得太圆了——欠扁！要不是你没照顾好我，我也不会出糗！你死定了！"李俊泽举着拳头追着杨飞满屋子跑……

上学路上，杨飞仍旧时不时地憋不住笑出声来，气得李俊泽一路给他白眼无数。

"放心，就算不是为了你，我也会为了悠悠保密的。"杨飞得意地吹着口哨走在前面……

035

第二篇——独角戏与情正浓

# 第十章　杨飞傻笑

班主任在上课，杨飞却坐在位子上傻笑着胡思乱想。"如果每天早上都可以吃到悠悠亲手弄的早餐就好了……只要我努力，一定会成功的！如果我和悠悠结婚会是什么样子呢？一定很幸福……"杨飞低声呢喃着，完全没有看到讲台上班主任已经看了他N+1次了。

李俊泽也因为早上跟昨晚的事想整他，故意不叫他。但他无意间听见杨飞似乎在说什么，于是悄悄把座椅向杨飞那边靠过去，打算偷听。

"每天都可以吃到悠悠做的早餐，晚上，我下班回家，悠悠做好晚餐等我回来，吃完饭，我们一起去看我们的孩子，我教他说话走路，当然，先教他喊妈妈……"原来杨飞是在幸福地憧憬着他跟孟悠悠的未来。

李俊泽趁着老师转身写提纲，便将身子凑过去偷听，却听见杨飞说他跟孟悠悠的孩子，吓得连人带椅子一起倒在地上。脑袋里第一反应就是：昨晚出事了？！

这时下课铃声也响起了。老师满脸乌云地转过身来，冷漠地说："杨飞、李俊泽，到办公室来！下课！"说完便气冲冲地走出教室。

杨飞疑惑地看着倒在地上的李俊泽，"俊泽，你怎么了？"

"出去再说！"李俊泽爬起来，揪着杨飞的衣服往外走去。脑子里乱成一团，昨晚出事了？杨飞对孟悠悠做了什么？怎么会有孩子……走到无人的角落，李俊泽转身一把揪住杨飞的衣领低声质问道："你小子昨晚是不是对孟悠悠做什么坏事了？

"什么啊？没有啊，你侮辱我的人格可以，但是不能玷污我可爱纯洁的悠悠！"

"你自己在那里说你跟孟悠悠的孩子，还说……"

杨飞一把捂住李俊泽的嘴，尴尬地问道："你听见了？我声音很大吗？老师会不会也听到了？死定了……"杨飞沮丧地望着远处走廊上的孟悠悠。

李俊泽掰开杨飞的手，"声音不大，除了我没人听到。你快说，你到底做什么

拜托公主

Bai Tuo Gong Zhu

了？昨晚还出了什么事？"他一脸严肃，没有半点开玩笑的样子。

"没有，只是我胡思乱想、胡说八道而已。"杨飞心中倒是真想他跟孟悠悠能出点什么事。

"还好——"李俊泽松开杨飞的衣领，长长地松了口气，心里莫名地开心。

"你们怎么了？"孟悠悠抱着语文作业本走过来问道。刚才她看到李俊泽气冲冲地拽着杨飞出去，又瞧见杨飞被揪着衣领，担心他们打架，于是过来看看。

两个人吓得脸色都变了，害怕被她知道各自心中的秘密，急忙连连摆手说没事。

"那我就放心了。"孟悠悠转身朝办公室走去。

杨飞跟李俊泽也低着头走进办公室。

班主任正坐在位子上等着他们俩。

"作业都收齐了，还有什么事要我做吗？"孟悠悠放下作业本，轻轻询问班主任。

"悠悠你先等一下，"班主任转而望向杨飞跟李俊泽，愠怒地责问道，"你们俩昨晚干什么去了！一个笑了一整堂课，一个掉到地上弄出那么大动静！"

一提到昨晚，孟悠悠的脸"刷"地一下红了。

"悠悠，你不舒服？脸怎么这么红？"班主任关切地问道。孟悠悠可是她的宝贝，明年的文科状元就靠她了。

李俊泽的脸也逐渐热起来，他可算是知道孟悠悠脸红的原因了。

"可能吧……"孟悠悠心虚地低声应道。

"那你去校医那里看看，快去吧……"班主任亲自将孟悠悠送出去，才回来接着教训李俊泽和杨飞。

"杨飞！上课的时候你为什么傻笑？我上课很好笑吗？"班主任瞪着杨飞问道。原本她眼睛就不小，此时再一瞪就显得更大，吓得杨飞一身冷汗。

"我昨天看了一本笑话书，今天突然想起来，所以忍不住……"杨飞编了个理由。

"怎么了？我看见你们班孟悠悠刚出去，进来又看见这俩。难道是三个优等生一起犯错误了？"另一位老师走进来调侃道。

"没有，那个孟悠悠可是个好学生。这俩臭小子，杨飞笑了一节课，李俊泽打瞌睡，连人带桌掉到地上！你说气人不气人！"

李俊泽暗暗松了口气。心道：原来你是以为我打瞌睡啊！也好！不用我再编理

由找借口了。可是我以前也打瞌睡啊，你之前怎么不说？

"李俊泽，你打瞌睡可以，只是别弄出那么大动静啊。"班主任走到李俊泽身边低声道。说完便转身对杨飞说道："还有你！杨飞，下次再笑就跟我请假出去笑……李俊泽，顺便把这些作业本带回去……"

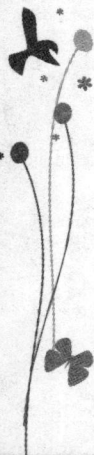

# 第十一章　我喜欢江直树

李俊泽抱着作业本跟杨飞一起走出去，出门却又都塞到杨飞手中，恢复了以往酷酷的表情。

"你怎么不拿啊？凭什么都给我啊？一人一半！"杨飞看着怀里的作业本不满地嘟囔道。

"要不是你上课胡说八道，我会掉地上被老师训话吗？"李俊泽想到这里就有气，早知道不去偷听就好了，被发花痴的臭小子吓个半死……

迎面走来一群花枝招展的女生，李俊泽的心突然"咯噔"猛跳了一下，看着她们不由自主地放慢了脚步。

"俊泽，听说你又打瞌睡了？我叫我妈特意给你熬了鸡汤……"一个女生捧着一个粉红的饭盒，笑得跟花儿似的上前说道，只是话音未落便被身后另一个女生拉了下去。

"俊泽，我这个可以提神！"那女生举着一瓶不知道什么名字的药，对李俊泽喊道。

"俊泽，你是不是晚上失眠？我有安眠药……"

李俊泽额头直冒冷汗，心道：这都是什么跟什么啊，安眠药？我又不自杀！

"俊泽……"

"俊泽……"

一群女生乱成一团，走廊被塞得满满的，李俊泽根本过不去，更不敢靠近她们，唯恐被她们一人撕了一片去。这火暴场面跟巨星演唱会差不多。

"校长来了——"杨飞一声大喊。

女生们全部散去，李俊泽如获大赦地赶紧溜回教室。坐在位子上的李俊泽不禁感叹：这学校的消息传得真快，堪称一绝啊，我刚从办公室出来，她们就知道"打瞌睡"的事情了。估计今后得出不少顶级狗仔……

放学了，杨飞死缠着李俊泽说他家里没人做早饭跟夜宵，所以要跟他去公寓。

孟悠悠负责做晚饭，"来骗吃骗喝"的杨飞负责洗碗。吃完晚饭孟悠悠则悠闲地靠在沙发上看一本名叫《恶作剧之吻》的小说。

"悠悠，你在看什么书？"杨飞从厨房走出来，解下围裙凑过去问。

孟悠悠只是扬了扬手上的小说没有回答，然后便接着看。

"悠悠，你喜欢什么类型的男生？"杨飞双手背在身后紧张地相互搓着。

一旁的李俊泽听到此话心中笑道：真是笨猪，你还不如直接问她是否喜欢自己。

"江直树。"孟悠悠头也不抬地说道。她很欣赏小说里面的男主角。

"江直树？"杨飞根本不爱看小说，更不知道她说的就是小说里的人物，有些沮丧地问："哪个学校的？"

"真是猪！那是小说里的人！"李俊泽看着杨飞无奈地摇着头。心道：这小子没救了，彻底傻了，直接送去精神病院算了。

"小说里面的？"杨飞顿时高兴起来，忙打听他有什么特点。

"跟你一样……"李俊泽故意只说一半，看到杨飞兴奋的表情，马上说："都是男的！"

杨飞的感觉就像是在最开心的时候被一盆冷水淋得直打哆嗦，不满地瞪着李俊泽说："你这跟没说一样啊！"

"他很聪明，什么都会，看似外表冷酷无情，但内心执著，高高帅帅的，成绩蛮好的……我上楼睡了，你们早点睡吧。"孟悠悠拿着小说小跑着上楼回自己的房间了。

客厅里只剩下杨飞跟李俊泽愣在那里。

杨飞盯着李俊泽一句一句地重复道："他很聪明，什么都会，外表冷酷，内心执著，高高帅帅？俊泽，为什么悠悠说的江直树那么像你啊！"杨飞的声音都带着哭腔了。

李俊泽尴尬地逃回房间反锁上门。"爱情果然会使人变成白痴！"

杨飞冲上去狠狠地拍着门喊道："为什么？为什么？为什么那么像你……"

"我哪儿知道啊！"李俊泽躺在床上悠闲地说道。

"杨飞，很晚了。你们别闹了好不好？我要睡觉了。"孟悠悠从房间里探出半个脑袋，说完就缩了回去关上门。

"李俊泽，你开门……"杨飞将声音放得极低，唯恐吵到孟悠悠。

李俊泽下床打开房门，转身跳到床上，翻开笔记本电脑，修长的手指在键盘上

拜托公主

Bai Tuo Gong Zhu

面飞快地跳跃着。

"李俊泽，你什么时候变成江直树的？"杨飞关上门指着李俊泽问道。

"我一直都这样啊。"李俊泽不理他，继续敲击键盘。

杨飞想想也对，李俊泽确实一直都是那个样子，然后便躺在床上。刚躺下去又猛地坐起身道："不行，你得告诉我你喜不喜欢孟悠悠。"

"江直树喜欢的袁湘琴是一个没身材、没脸蛋、没IQ，什么东西都不会的笨蛋……"李俊泽根本没有注意到杨飞的问题，口中念着他刚翻出来的《恶作剧之吻》的读后感。他习惯在看完每篇小说之后写出自己的看法，并做些记录。

"咦——没一样跟悠悠符合。这么说江直树是不会喜欢我的悠悠了。"杨飞高兴地念叨着，最后还不忘给李俊泽一记白眼，"真是没眼光，那么可爱的悠悠都不喜欢……"

# 第十二章　加了把椅子

第二天早晨孟悠悠做了早餐仍旧去叫李俊泽和杨飞。

三个人坐在桌边吃着饭，杨飞傻笑着，不时地笑出声来。李俊泽咳了两声提醒他，但是却不见杨飞有任何反应，于是狠狠地夹了一筷子菜塞在杨飞碗里。

杨飞终于有反应了。只见惊愕的他抬起头来，然后露出感激的笑容，对着李俊泽说："谢谢，直树。"然后便埋头吃饭。

孟悠悠担忧地望着杨飞，心中疑惑道：他怎么对着李俊泽喊直树？不是昨晚没睡好吧？又过了一分钟，其间杨飞仍旧一直傻笑着。孟悠悠小心地问："杨飞，你昨晚还好吧？"

"我很好啊，吃饭、吃饭……"杨飞笑着说完便又低下头去。

李俊泽也被他弄得浑身不自在，夹了菜坐到沙发上去吃，为的就是避开花痴杨飞。一边狠狠地咬着饭菜一边骂道："这个死杨飞，真是够丢人的！笑得比花痴还花痴，我看孟悠悠像江直树，杨飞你才像袁湘琴！"

"李俊泽，你怎么了？"孟悠悠看到李俊泽一脸不满地望着这边，于是轻声问道。

"他影响我食欲！"李俊泽白了第N+1次笑出声的杨飞一眼后答道。

上学路上杨飞仍旧傻笑不停，想到第一堂课就是班主任的课，孟悠悠不禁为他担心起来。

果然！孟悠悠的担心不是多余的！

杨飞在课上一直傻笑，连李俊泽对他使眼色也没看到。

天哪！班主任看他好多次了！一定要叫醒他！身为兄弟的李俊泽心中念着，趁着班主任转过身去，便伸手去拍杨飞。谁知花痴杨飞突然笑出声来，惹得班主任一声大喝！李俊泽被这一吓，连人带桌加椅子全倒在地上。巨大的声响过后，他立刻意识到：完蛋了！

杨飞似乎也被吓到，没有再傻笑了。

看到杨飞正常了，李俊泽总算得到了些许安慰。

杨飞伸手扶起李俊泽说："直树，你没事吧？"

李俊泽险些再掉回地上去，心中祈祷着：希望不要死得太惨……

"杨飞、李俊泽！跟我到办公室，其他人自习！"班主任将粉笔头一扔，便气冲冲地疾步走出去……

同学们都向李俊泽投去怜悯同情的目光，李俊泽只是好心叫醒杨飞，却被老师抓到了，真可怜。

杨飞和李俊泽低着头走进办公室……

过了片刻，秦湘突然站起来，说："你们自习，我去看一下。"于是走出教室，站在办公室外偷听。

孟悠悠起身帮李俊泽收拾好倒在地上的桌椅跟课本，然后才回到自己位子上看书。心中还是忍不住为他们俩担心。

"杨飞！你昨天又看笑话了？"班主任在办公室的吼声十分具有穿透力，秦湘在门外听得清清楚楚。

办公室内，杨飞低着头不敢吭声。

班主任将目光转向了李俊泽，"还有你！李俊泽，昨天才告诉你！"说到此处她的声音逐渐低了下来，这是学校的宝贝，校长都要顺着他，她也不好太凶他，"昨天连人带桌，今天还加了把椅子！你晚上干什么去了？"老师仍旧当他是打瞌睡。

"晚上？"秦湘自言自语地走回教室质问孟悠悠："孟悠悠，你跟俊泽晚上干什么去了？为什么俊泽会打瞌睡？"

"我记得李俊泽以前上课也打瞌睡啊！"旁边一个男生嘀咕道。

"你闭嘴！我没问你！少多事！"秦湘凶巴巴地瞪着那男生说。秦湘的爸爸妈妈都是生意人，而且比较霸道，学校里以往惹到秦湘的人都会"走霉运"，所以很多人都不敢招惹她。

"你为什么不直接去问李俊泽？我又不是他家的佣人。"孟悠悠对秦湘不客气的样子颇有不满，连头也不抬地说。平日里她尽量委曲求全，并不是她软弱，只是不想为小事与同学起争执。而且她现在心中想的是要如何帮李俊泽他们求情。

"即使你想，我们俊泽也不会请你这样没品位的女佣！孤儿院长大的孩子，从小就缺乏爸妈的管教，所以你才这么没教养的是吧！"

秦湘触及她的伤处，孟悠悠无力还击，一滴眼泪掉下来落在课本上。自小就没

有父母，这让她很自卑，所以很多时候她都不敢去争取。她一直告诉自己，只要不去伤害别人，别人就不会来伤害她，所以她对人谦和，所以她不去争，结果却总是受伤。

"你这种女生就只会哭！你就是拿它去勾引俊泽的吧？"秦湘步步相逼。

孟悠悠猛地站起身，愤怒地望着秦湘，转而嘲讽地一笑。

"你笑什么？"秦湘有些看不透这个平日里软弱的小丫头了。

"李俊泽果然还是有眼光的，至少没选你！"

"你说什么？有种再说一次！"秦湘一把将孟悠悠推倒在地上。

孟悠悠脸上仍旧带着嘲讽的笑，起身拍拍身上的尘土，"我的时间宝贵，不想浪费在无聊的人身上！"说完便朝教室门口走去，她决定去帮李俊泽他们求情。

"站住！你要去班主任那里告状吗？"秦湘以大声来掩饰心中的恐惧，班主任喜欢孟悠悠这是有目共睹的。若是孟悠悠真的跟班主任告状，那秦湘在老师们面前一直苦苦经营的乖宝宝形象就全毁了。那样李俊泽会恨她，会觉得她是个坏女生。

"即使我说是，你也拦不住我！"孟悠悠走到窗外，看看秦湘。突然觉得其实她也蛮可怜的，她对李俊泽那么好，却总是得不到好脸色。

全班人都趴在窗口看着孟悠悠走进办公室，虽然嘴上没说什么，但是心中都很解恨。

只有秦湘身边的几个死党跟班替她抱不平。

"这个孟悠悠真不是个东西！"

"对呀，只是同学间吵吵嘴嘛，至于去搬老师出来压人吗？"

"班长你可要小心啊，班主任那么喜欢孟悠悠！"

"哎呀，班长，这次你死定了！特别是刚才杨飞已经惹怒班主任了，孟悠悠这时候去……"

"对！那个孟悠悠肯定会添油加醋说班长欺负她！"

……

几个人七嘴八舌说得秦湘心乱如麻。

转身走出教室的孟悠悠其实把刚才的话尽收耳中。鼻头一酸，有了想哭的冲动。

"不能哭，孟悠悠，不准掉眼泪！刚才没忍住在大家面前落泪，已经很丢脸了，现在更不能哭，要坚强！"孟悠悠在心中这样警告自己，于是硬是把眼泪憋了回去。

孟悠悠一边往老师办公室走，心里一边打鼓。

"希望老师不要太过责怪李俊泽和杨飞。"想到这里，她不禁加快了步伐……

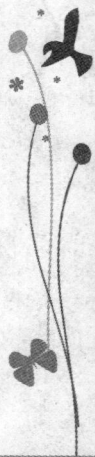

第二篇 —— 独角戏与情正浓

## 修王子现身

　　坐在回学校的公交车上，孟悠悠的心情已经好了很多，跟来时完全不同。孟悠悠疑心是因为遇到了这个叫文修的家伙，只是心里有个声音在说：才认识一天不到而已，你不会就一见钟情了吧？醒醒吧……

# 第十三章  孟悠悠失踪

跟班们的猜测让秦湘心里更加不安，但绝看不到由一丝愧疚而引起的悔恨之意。她只恨自己当时没有扇她两个耳光，或者再踹她两脚，而不是只推了她一下。

"悠悠，你有事吗？"班主任虽然正在气头上，但看见孟悠悠，马上露出笑脸来。

"老师，很对不起，其实他们的事我也有责任。因为他们是帮我补习数学，弄到很晚才会……对不起，老师，可不可以不要罚他们。"孟悠悠想不到好的理由，只好为他们撒了个谎。

杨飞跟李俊泽惊讶地望着孟悠悠，原以为她最多也就是来求个情，没想到她竟然把责任都揽到自己身上了，此时他俩不免都替孟悠悠委屈。

"真的？"班主任看看杨飞跟李俊泽，看到他们一脸委屈的样子，正好印证了孟悠悠的说辞。于是咳了两声说："既然是这样，那就算了，是老师错怪你们了。但是你们学习也不要太拼了，要注意休息。尤其是悠悠你，你的档案上说你身体不是很好，千万不要再熬夜了。在白天多用功就好了，晚上还是应该好好休息。你先回去吧，我还有事跟他们俩说。"

孟悠悠深深地鞠了个躬，才退出办公室，高兴地朝教室跑去。

秦湘突然出现在教室门口，一句话不说便给了孟悠悠一记响亮的耳光。"我不会放过你的！哼！没教养的野丫头！"

孟悠悠既委屈又疑惑地看着她。"虽然我没有爸爸妈妈，但是从小都没有人打过我，我更没有欺负过别人。今天你让我明白了，即使有爸爸妈妈的人，教养也不一定比孤儿好！再见，有教养的班长！"孟悠悠委屈地跑开了，消失在走廊尽头。

杨飞跟李俊泽出来正好看见孟悠悠在走廊尽头的最后一抹身影。秦湘跟班上的同学都站在教室外的走廊上，教室窗口上也趴着不少人。两个人疑惑地快步走过去。

"悠悠怎么了？"杨飞问。

拜托公主

Bai Tuo Gong Zhu

秦湘没理他，径直走进教室。

"谁叫她刚刚去班主任那里打班长的小报告！换成我我也会给她一巴掌！"秦湘的一个小跟班答道。

"俊泽，我们班长对你这么好，那个孟悠悠……"另一个跟班开始替秦湘在李俊泽面前诉苦。

"什么小报告？"李俊泽隐约意识到孟悠悠蒙受了什么不白之冤，而且还被秦湘打了一耳光。

"刚刚她跟班长起了争执，自己没站稳摔倒在地上，就跑去找老师告状，这不是打小报告是什么？"

"谁说孟悠悠是去打小报告了？她是去帮我和李俊泽求情的！你们却说她打小报告？是谁动的手！"杨飞已经猜到了是秦湘，正要进去替孟悠悠讨回那一巴掌，就被李俊泽拉住了。"李俊泽！你要是帮秦湘，你就不再是我兄弟！"

"先找到悠悠再说！"李俊泽如今担心的是孟悠悠，根本无暇去考虑秦湘。

"秦湘！找到悠悠再跟你算账！"杨飞指着秦湘恶狠狠地丢下一句话，便循着孟悠悠跑开的走廊追了过去。

"帮我们跟老师请假，说孟悠悠不舒服，我跟杨飞送她回去了。"李俊泽交代好事情，也去追孟悠悠。

"难道是冤枉了孟悠悠？"

"悠悠平时人那么好，怎么会是打小报告的人呢？"

"那她怎么不解释？"

"那种情况，不明不白地挨了一巴掌，谁还能解释啊？"

教室里七嘴八舌地议论着。

秦湘这才有些后怕了。

那节课班主任没有再来教室，所以直到下课，才有人去替孟悠悠他们请了病假。

杨飞在校园里找了个遍，都没有发现孟悠悠的身影，这时手机响起了。杨飞一看是李俊泽的号码，急忙接听，"喂，你找到了吗？"

"没有，我打电话去门卫，他们说几分钟前有一个女生说不舒服离开了学校。"电话里李俊泽的声音也显得焦虑不安。

"俊泽，你回去看看，我等下在学校附近找找，找到了电话联系。"杨飞说完便挂断了电话，直接翻墙出了学校，在校园外的街道上寻找着。

李俊泽回到公寓，也没有发现孟悠悠的身影，匆匆在客厅留了张纸条便出去

了。打电话问杨飞，得知他也还没找到，李俊泽便打车去孟悠悠常去的书店和超市寻找，但均一无所获。

杨飞和李俊泽发疯似的四处寻找，直到傍晚他们也没有找到孟悠悠……

# 第十四章　异地遇坏人

孟悠悠一出校园就稀里糊涂地被一群人挤上了一辆公交车。在车上，17年的委屈突然都集中到了一起，所有的伤与痛一起发作，她几乎心痛到昏厥过去。

心好痛！我快不能呼吸了……为什么，爸爸、妈妈，你们为什么不要我？难道我真的那么讨人厌吗？可是我已经努力争取做到最好了！我努力了，我真的努力了……她心中呢喃着，然后迷迷糊糊地靠着车窗睡着了。

不知道过了多久，她被一个人叫醒了，车上空空的，已经没有其他乘客了。

售票员说："终点站到了。"

孟悠悠木讷地点头起身下了车，独自走在街道上，夜色渐浓。她突然想起刚刚坐车都没有付钱。

哭完了，看着天色逐渐暗下来，孟悠悠打算回校了，想到自己一句话没说，就跑出来这么久，班主任肯定担心死了，她心里不禁内疚起来。可是当她抬起头打量四周时才发现，这个街道陌生到不能再陌生。

孟悠悠跟一个过路的老婆婆一打听才知道，她已经到了另外一个市区，回学校所在市区的最后一趟班车也已经开出半个小时了，而且她兜里只剩5个一元硬币了。

她想象着班主任担忧的脸，不禁快步走进电话亭，想打个电话报平安。拿起电话才想起自己谁的号码都不记得，于是不得不放下电话。

饥肠辘辘的孟悠悠，攥着5个硬币走进一家超市，只买了一个两块钱的小面包充饥。

天已经完全黑了。孟悠悠拨弄着手心的3个一元硬币无奈地走在街上。陌生的店铺，陌生的花草，陌生的面孔……

"只有三块钱，不够住旅社。看来今晚只能睡马路了，明天还要想办法回学校。"孟悠悠一边嘀咕着，一边漫无目的地往前走。却没意识到她已经逐渐远离了喧嚣的人群……

昏暗的灯光下，飞蛾一次又一次不顾一切地冲向光源，发出"啪啪"的声响。

迎面两个人影一晃而过，孟悠悠却没发现。

路旁的绿化树长得甚是茂密，将路灯的光线完全遮住了，在下面形成一大片黑暗区域。

孟悠悠刚踏进去便被两个男人捂住嘴巴抬起来，奔向不远处的一条深巷……

巷子里的光线更加黑暗，而且是个死胡同。

"把钱拿出来！否则就别怪哥哥不客气！"其中一个黄头发的瘦男子摸着下巴恐吓着。

就在两个男子欲对孟悠悠下手的时候，一个人影从巷子口闪过，孟悠悠赶紧大声求救。

"放开她！"泪眼蒙眬间，孟悠悠看见一个高大的身影站立在他们身后。于是两个痞子不得不丢下孟悠悠去"教训"这个不知死活的家伙。

孟悠悠哭着望着这个帮助自己的人，由于来人背着光，所以根本看不清脸，更何况孟悠悠一双眼睛已经哭肿了。她只看见来人两拳便将欺负她的人打倒在地上。孟悠悠也在两个痞子逃跑之时昏了过去……

"喂，你醒醒……"

孟悠悠隐约感觉到有人在拍自己的脸，于是艰难地睁开了眼。意识还停留在英雄救美的前一刻。那人抬手抓住孟悠悠的手腕，"小妹妹，不要怕，坏人已经被打跑了。"

孟悠悠定睛一看，面前的是一张阳光帅气的脸，并不是那两个不怀好意的痞子。看这人的身形似乎真的就是巷子里救她的人，可是眼前这个男孩子看上去最多也就比孟悠悠大个一两岁，他是那个两拳打倒流氓的人吗？

孟悠悠再环顾四周，发现这是一个明亮的卧房，不再是那个昏暗的深巷……

# 第十五章　一起看卡通

"看你已经没事了，去洗个澡换身衣服我送你回家。"说完便走到衣橱里翻出行李箱给孟悠悠找衣服。

"喂！我……"

"我不叫'喂'，你可以叫我文修，或者修王子。"他拿了一套女装丢到孟悠悠面前。

"你女朋友的衣服？"孟悠悠四下张望着，这里明显就是一个旅店的客房，而他行李箱里竟然有女人的衣服，说明他的女朋友也在。

"是我妹妹的，我出来比赛，她每次都吵着要给我整理行李，每次都把她的衣服塞进来……"文修宠溺地笑着说着妹妹。

看着他阳光的笑脸，孟悠悠竟然一时愣住了，这张脸真是帅气十足，特别是笑起来的时候，感觉像是整个房间都充满了阳光。

文修回头看了看傻愣愣望着自己的孟悠悠，调笑道："口水流出来了。"

孟悠悠条件反射地用手去抹嘴角，却发现哪里有什么口水，再看那张帅脸的主人已经笑得前俯后仰，直不起身来了。"喊——自恋自大、自以为是……"孟悠悠一边骂，一边抓着衣服朝浴室走去。

文修拿出睡衣摆在床上，然后打开电视趴在床上看电视。

浴室里"哗哗"的水声停止了，一分钟后孟悠悠穿着文修妹妹的衣服出来了。湿淋淋的发丝，可爱的套装，此刻的孟悠悠真的叫见多了各种美女的文修也觉得惊艳。

看上去可爱却又透着一丝性感，一双秋水似的眸子又叫人忍不住想怜惜她。

"不错，比我妹妹穿起来好看多了。"文修打量着孟悠悠笑着说。

孟悠悠被他看得有些不自在了。

"走吧，你住哪里，我送你回去。"文修下床穿了鞋就要往外走。

"我是十三中的学生……"孟悠悠低声说。

文修惊愕地转过身，他妹妹也在十三中读书，而且这个时候十三中应该在读书，她怎么会跑到这里来了？模样看上去挺乖巧的，没想到也是翘课一族啊……文修心中想。

"今天没有车了……而且我……没有钱……"孟悠悠的声音越来越小。仅有的3个硬币也在遇到那两个流氓的时候丢了，她现在是比街上的乞丐还穷的穷丫头。

"那你有没有亲戚朋友住在这里？"

孟悠悠摇了摇头，"我是孤儿。"

"那没办法了，你今晚只能陪我睡了。公交车已经没了，你的学校又那么远。"文修已经决定了收留这个女生，但还是忍不住恶作剧地去吓她。

"不用了！不用了……"孟悠悠抓着胸前的衣襟连连后退，直到后背撞上墙壁，眼中掠过一丝惊慌。

看见孟悠悠害怕的样子，文修再次不顾形象地大笑起来，抓起睡衣进浴室去了，直到水声响起，都还可以听到里面传出他嚣张的笑声。

等到他换上睡衣走出来发现，孟悠悠正坐在床边看动画片，他瞟了一眼里面的喜羊羊与灰太狼，不屑地说："你竟然看这种东西，真幼稚！"他径直躺在床上一手抱着脑袋，一手抓着遥控器飞快地将频道换成了NBA现场直播赛。

自己喜欢的卡通节目被换掉了，孟悠悠愤恨地扭头瞪着那个嚣张的男生，突然想到什么似的笑着学他刚才的语气说，"看这种东西，真幼稚！"

文修闻言猛地坐起身，"这是NBA现场直播！哪里幼稚了！"他不允许这个只会看卡通的幼稚女生质疑他的篮球。

"看动画片哪里幼稚了？那是《喜洋洋与灰太狼》！"孟悠悠也不甘示弱，这里给她的感觉特别放松，此时她已经将之前遇到坏人的事情忘得一干二净了。这个有些拽、有些自恋的男生也让她觉得特别安心。

两个人都毫不退让恶狠狠地瞪着对方，四只手死死地抓着遥控器。

文修看着孟悠悠生气的样子也觉得很可爱，突然笑起来松开遥控器，第一次有人成功阻止他看直播球赛，以往在家里，连他泼辣的妹妹都奈他不得，此时却让了这个小丫头。

孟悠悠嘟着嘴"哼"了一声，将电视频道换回去，津津有味地看着卡通片。

文修饶有兴致地跟她一起看。时不时说道，"那个灰太狼真可怜，每次抓到小羊都被它们逃走，真白痴！蠢死了……"

孟悠悠扭头瞪了他一眼，见他识相地闭嘴了，然后才继续看电视。

"真无聊，又是平底锅来了！"文修看着电视里红太狼拿出平底锅修理灰太狼，不满地说道。他一抬头刚好遇上孟悠悠杀人般的目光，于是乖乖闭了嘴，在嘴巴上做了个拉拉链的动作。

　　两个人说说闹闹间竟然不知不觉地睡着了……

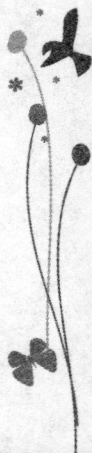

# 第十六章　回学校

孟悠悠的生物钟很准，七点钟准时醒了。

旁边的文修面朝她睡着，似乎还没醒。孟悠悠睁大眼睛望着他，心里说：这人长得还真不赖，帅帅的，比李俊泽那张死神脸温暖多了。

"怎么，看我长得帅，是不是想偷亲我？"文修笑着睁开眼睛，其实他早醒了，只是看孟悠悠还在睡，担心吵醒她，所以没有动。

"哼！你这人真自恋！"孟悠悠坐起身伸了个懒腰，这时，脸上猝不及防被文修亲了一下。她正要发怒却看见他觍着脸说："我救你一次，亲你一下做回报不算过分吧？"

孟悠悠瞪了他一眼，使劲抹了抹被亲过的脸颊，下床去拉开了窗帘，打开了窗户，呼吸外面略带凉意的空气，精神马上好了起来。

"喂，你那是什么反应？我嘴巴又不脏，你那么使劲擦脸做什么？"文修不满地抗议……

两个人去吃了早餐，然后便买票计划回学校了。

坐在回学校的公交车上，孟悠悠的心情已经好了很多，跟来时完全不同。孟悠悠疑心是因为遇到了这个叫文修的家伙，只是心里有个声音在说：才认识一天不到而已，你不会就一见钟情了吧？醒醒吧……

孟悠悠偷偷地望向坐在身边的文修，却发现他正笑着看着自己，于是赶紧把目光移开。

"没关系，喜欢看就看呗，我又不收你钱。"文修嘴角挂着因为强忍笑意而被扭曲了的线条。

"那是，你以为你是动物园的大猩猩啊，看你还买门票。"孟悠悠说完便别过脸去不理他。车一直平稳地开着，车内的空调温度正合适，孟悠悠又懒洋洋地睡去了。

文修脱下外套小心地盖在她身上……

车在十三中门口停下了，文修将她送下车。

"我发现你越来越有趣了，你是三年级一班的孟悠悠吧？"文修还记得昨晚她说过的每一句话，当然包括她的名字跟班级。"把手伸出来！"

孟悠悠不解地将手伸过去，心道：他不是因为我偷看他一眼就要打我吧？

文修拿出圆珠笔，在她掌心留下一串数字，"本帅哥的手机号码可是很多女生求都求不到的哦！好好背熟它，我得赶回学校，拜拜了，悠悠！"

孟悠悠愣愣地望着他。

"愣着做什么？记得背熟它，全世界只有一个哦！别无分号！"文修从车窗里探出脑袋对孟悠悠喊道。

孟悠悠低头看看手机号，不知怎么一下就记住了。眼睛瞄到"十三中"三个大字才突然想起自己到学校了，应该去上课了，于是急忙跑进去……

孟悠悠失踪了近30个小时，杨飞跟李俊泽30个小时没休息地找她。最后实在找不到了，不得不打电话报警。学校那边也瞒不住了，校长知道他挖来的宝贝突然失踪了，出动了全部保安去找人，连不是重点课的老师都被派出去了。

当孟悠悠出现在办公室门口，所有老师都惊呆了，转而疑心是否出现幻觉。

"对不起老师，我昨天搭错车了，去了……直到今天才买到车票回来。害大家为我担心了，很抱歉。"孟悠悠低着头说道。

"回来就好，回来就好，快去教室吧，杨飞跟李俊泽那两个小子，为了找你都快成疯子了。"班主任拍着她的肩膀说。

孟悠悠离开办公室朝教室走去……

# 第十七章  李俊泽的关心

班主任急忙去报告校长，说明孟悠悠的情况。

孟悠悠缓缓朝教室走去。心中有些忐忑，杨飞跟李俊泽一定又气又急，我进去不会被扁吧？

当她毫无预兆地出现在教室门口，全班都惊呆了。

"悠悠！"杨飞大喊着跑过去，激动得想把她一把拥入怀中，只是碍于这里是教室。

李俊泽看了她几眼，长长地松了口气，在全班的欢呼声中趴在桌上开始每天必备的功课——睡觉。他们找了孟悠悠将近三十个小时，累坏了，直到看到孟悠悠平安地出现在眼前，他才放了心，开始安心睡觉。

"悠悠，你去哪儿了？昨晚在哪儿过夜的？"杨飞焦急地问道。

"我昨天搭错了车，所以……"孟悠悠本想说还遇到坏人，但怕杨飞他们担心，所以隐瞒了这段。只是说后来遇到一个好人，买票送她回来，昨晚也是他收留的。

"谁啊？男的女的？多大了？"杨飞不停地追问。

孟悠悠暗暗庆幸自己没有说那一段，否则杨飞肯定要问个没完了。

秦湘走过去，迟疑了一下，说："孟悠悠，对不起，昨天的事，是我不对。"

看到秦湘一脸内疚跟诚恳，孟悠悠已经原谅她了，"没关系，都过去了，我都忘记了。对不起，因为我的冒失，让大家为我担心了。"孟悠悠对着同学们鞠了个躬。

"秦湘！你最好是真心的，否则我还会找你算账！"杨飞恶狠狠地说，随后和孟悠悠都回到了自己的位子上。

李俊泽抬头看看孟悠悠，心道：看她活蹦乱跳的样子，应该没事，害我们白担心了。

孟悠悠将手心的号码抄在一个笔记本上。

李俊泽突然发现一向穿校服的孟悠悠今天穿的却是便装，不过也蛮好看的，但是一看就知道这衣服很贵，不像是她这个穷丫头的衣服。

孟悠悠正在看书，就发现一个纸团从李俊泽那边飞过来。于是悄悄打开，上面写着：你昨天的衣服呢？如果有事一定要告诉我。看到李俊泽这样关心自己，孟悠悠倒是有些惊讶，心里却是暖暖的。

孟悠悠悄悄写了个纸条扔回去。第一次在课堂上做小动作，孟悠悠觉得新奇无比，心情变得更开朗了。

李俊泽打开孟悠悠的纸团：昨晚的确出了事，但是有惊无险，一个好人救了我，还收留我，给我他妹妹的衣服穿，还送我回来。谢谢你的关心。

"我只是关心我的胃，杨飞弄的早点叫人难以下咽，我觉得吃那些东西对我的健康有威胁。"李俊泽故意将课本弄到地上，趁着捡课本之际低声道。

孟悠悠竖起课本挡着脸偷偷笑着。虽然他这么说，但她还是很高兴，这应该就是李俊泽的关心方式了！

第三篇

——修王子现身

## 第十八章　杨飞的表白

下午放学了，杨飞跟着孟悠悠和李俊泽朝公寓走去。

"今天悠悠总算回来了！我们去买点东西庆祝下！"杨飞说完便拽着两个人朝超市走去，大包小包地买了许多才回去。

三个人并排坐在沙发上，孟悠悠坐在中间。三个人各抢了一袋零食静静地吃着，气氛有点怪。

"你们会打架吗？"孟悠悠的话打破了平静。

"有人欺负你？"杨飞担心地问道。他想不出乖巧的孟悠悠怎么会问这个。

李俊泽没有说什么，但吃东西的速度明显变慢了许多。

"没有，我只是想知道一拳打倒对方需要多大的力气。"孟悠悠突然想起了那夜文修两拳打倒两个人的那一幕。

"好酷啊！我应该不行，但是我可以找保镖！哈哈哈……悠悠，要是有人敢欺负你，你就告诉我，我找人给你报仇！把他打得满脸桃花开！"杨飞笑着说。杨飞家境殷实，并不比李俊泽家差，但是他父母主要在国外发展，所以知道杨飞背景的几乎没有，即使是李俊泽也不清楚，只知道他家里很有钱。

李俊泽愣愣地问道："你招惹了什么人，还是什么人招惹了你？"

"都不是，昨晚我遇到两个坏人，有个男生两拳就把他们打倒了，一对二还把他们打得狼狈逃窜。"孟悠悠想起文修那张充满阳光的笑脸就觉得开心，嘴角不自觉地微微扬起。

"那男生是谁啊？那么厉害？"杨飞有些不信。

"他说他叫文修。"孟悠悠将零食塞进嘴里不再说话。

李俊泽若有所思地凝视着前方。

杨飞一边吃东西一边含糊不清地说："没听过。"

"十七中学的篮球主力。"

"李俊泽，你知道他？"孟悠悠听到李俊泽的话急忙问道。她原以为这不是真名，没想到真的有这个人。

杨飞也颇有兴趣地催着李俊泽说。

"他爸爸是商界大亨，家里蛮有钱。人长得挺帅。他以前是业余拳手，有那样的实力没什么好奇怪的。"李俊泽的语气怪怪的，其他人却没有注意到。

"哇——第一次听见你夸人帅耶！他真那么了不起？比你呢？"杨飞问道。

"追她的女生比追我的多，孟悠悠，你当心了。"李俊泽的语气越来越怪。

"你什么意思？"孟悠悠越听越不明白。

"他可能对你很感兴趣，要得到他的手机号可不容易。"李俊泽兀自打开一罐啤酒喝起来。

李俊泽现在心里确实有点莫名其妙地不舒服，而且很明显地表现在了脸上，但他平时就是一副冷冷的表情，所以杨飞也当他是在耍酷。

"你怎么知道我有他手机号？"孟悠悠有点死不承认的气势。

"看你抄手机号码时，花痴似的笑就知道了。"李俊泽喝着啤酒略带嘲讽地说。心中亦有些不满或者说是不服气。孟悠悠你眼睛都看哪里去了？同个屋檐下摆着我这么大一个帅哥，你看不见吗？非得去外校找？我李俊泽会比不上那个花心大萝卜？

杨飞看着孟悠悠问："悠悠，是真的吗？"

孟悠悠兀自吃零食，不理李俊泽，心道：我才没有花痴的笑呢！

"悠悠，有几句话，我想对你说。你可不可以跟我出去一下？"杨飞放下零食，一本正经地说。那个文修的出现让他有了危机感，所以他决定现在表白。

"不能在这里说吗？"孟悠悠渐渐意识到杨飞想说什么。在学校，杨飞对她的那种"特别"的好，孟悠悠不是不明白，只是她觉得现在还早，而且她不爱杨飞。

"我出去。"李俊泽一手放在裤袋里，一手拿着啤酒走出去。

外面的夜色很美，只是晚风有点凉。想到杨飞跟孟悠悠表白的事，李俊泽不自禁地笑出声来。杨飞要难过一阵子了，孟悠悠不会答应他的。那个笨杨飞还真有点可怜，不过孟悠悠和顾文修之间会不会有什么？

老实说，面对顾文修的追求，即使是修女也应该会动心吧！顾文修没追过女生，都是女生追着他跑。他这次一反惯例主动把手机号给孟悠悠，是有什么不同寻常的含义吗？

李俊泽一个人在外面吹着冷风，心中思索着他们三个人的关系。

"悠悠，我……"

孟悠悠急忙打断杨飞的话，"你是我一辈子的好朋友，我会永远记得你的。"因为孟悠悠不会答应，所以她不想让杨飞再说出那些话，以免日后见面尴尬。

"你当我是好朋友？"杨飞想要的却不止这些。

"其实你也算是我的一个大哥哥，我从小就一个人，你做我哥哥吧？"

"哦，好啊……"杨飞有些落寞地说。也许我跟她只能是这样，更何况还有个那么优秀的篮球王子，能做他大哥也不错……应该是不错了，每天都可以看到她，应该不错了。

"那，我这个大哥可不可以抱你一次？"

孟悠悠犹豫了片刻，终于还是放下东西走了过去……

外面的李俊泽觉得有些冷，于是进去取衣服，却看见杨飞跟孟悠悠抱在一起。这算什么？难道是我猜错了？孟悠悠喜欢杨飞？李俊泽的手机突然响起来。

相拥的两个人这才发现李俊泽站在门口，急忙松开对方。

李俊泽看看手机上显示的号码却不接，把手机交给杨飞，"就说我出去了，手机没带身上。"

杨飞接过电话，"喂……伯母？我是俊泽的同学，他出去买点东西，没带手机……他很好，您放心吧……他有按时吃饭……晚安，伯母！"杨飞将手机还给李俊泽……

李俊泽一边收好电话，心里一边暗暗不爽。

一则是母亲的来电让他的心情有点不好，但是最关键的还是因为刚才看见了孟悠悠和杨飞的拥抱。不知道为什么，反正就是看不惯，他恨不得马上冲上去把抱在一起的两人扯开。不过，他仍然克制住自己，即使拳头已经握紧。

他和孟悠悠仅仅是同学而已，因此他根本没有阻止两人发展的权力！就算他们要在他面前大秀甜蜜，他也只能看着！

"该死，我竟然这么烦躁！"李俊泽暗暗对自己说。

杨飞在一旁看着显得更加冷漠的李俊泽，担心地问："俊泽，你还好吧？"

李俊泽压制住心底的异样情绪，说道："还好，不用担心。"说完，又瞥了孟悠悠一眼，声音更冷了，"她怎么又打电话来了……"她，指的是自己的母亲。

杨飞舒了口气，说道："好吧，你没事就好。好了，事情也解决了，我们走吧。"说完，一只手随意地搭上李俊泽的肩膀，往门外走。李俊泽看都没看孟悠悠一眼，就走了出去。"随他们去，在不在一起都不关我的事。"李俊泽在心里告诫自己，但是只有他自己才知道，他有多么介意，多么想把两人刚才发生的事情问个

清清楚楚、明明白白。

　　而孟悠悠在一旁看着李俊泽把母亲的来电丢给杨飞处理，自己还站在一旁一副老大不爽的样子，她非常不能理解。

　　竟然这么不珍惜来之不易的亲情！竟然这么对待自己的母亲！

　　很想跑上前去，抓着李俊泽问个明白。

## 修王子的号码
## 只为你留

孟悠悠的脑袋出现了短暂的罢工状态。等等！是古还是顾？难道不是姓文？篮球王子，篮球王子……好熟悉的样子。顾莎莎！顾文修！天啊！莎莎的哥哥！死了！完蛋了！孟悠悠急忙躲到顾文修身后。孟悠悠没有想到救她的人竟然就是莎莎跟小芸天天跟她念叨的人，而且就是莎莎的哥哥！

# 第十九章　莎莎的哥哥？！

"是伯母的电话，你为什么不接？"孟悠悠想不明白，也有些生气。她想要有母亲打电话来关心她，却没有这个机会，因为她是孤儿，可李俊泽却相反。

"我家的事，你以后会明白的。"李俊泽装作不在意地看看孟悠悠跟杨飞，"你们俩没什么吧？"

"俊泽，我现在是悠悠的大哥了，所以，如果你欺负她，我一样不会放过你！"杨飞笑着走向李俊泽，一副要扁人的样子。

"第一次见面就挨她一巴掌，我敢欺负她？"李俊泽难得地露出了笑容。

"认识你几个月了，我还是第一次看你笑，也不是很丑啊。为什么不常笑呢？"孟悠悠欣赏地看着李俊泽。

李俊泽略略勾起嘴角，转过身去，摆了个臭美的姿势，"我会丑吗？即使不笑，追我的女生也能从这里排到长城去。"

"没见过这样自大的，狂妄！"孟悠悠故意转过身去不看他，却暗暗偷笑，没想到李俊泽也会这样臭美。

"孟悠悠，我看你对杨飞脾气不差嘛，为什么老针对我呢？"李俊泽颇为不满地说。

"那当然，我哥对我好嘛！"孟悠悠幸福地望着杨飞。虽然并没有血缘关系，但是能有一个哥哥，她还是觉得很幸福。仿佛这世间突然有了一个家，那就是杨飞所在的地方。

"你的意思是我对你不好？真没良心！"李俊泽似乎有些不满地向楼上走去，独自进了自己的房间，摆弄起他的笔记本电脑来。

"悠悠，俊泽还是很关心你的，只是他不说而已。你失踪后，他的担心并不比我少。其实俊泽的心还是蛮细的，你会不会考虑追他？"杨飞有些酸涩地问道。他一直觉得李俊泽对孟悠悠似乎也有点不同，以李俊泽冷漠待人的作风，他不应该那么在乎一个同学的安危。

拜托公主
——Bai Tuo Cong Zhu——

孟悠悠听得有些尴尬，也转身走上楼，"开什么玩笑？文修不比他差……"孟悠悠是想说那么优秀的文修她都没有去追的念头，更何况是这个一天到晚只会板着脸的李俊泽？

但是那番话在杨飞和李俊泽听来，却是另外一个意思——她喜欢文修……

早晨三个人一起去学校，一路上气氛都怪怪的，没有人说话，连以往零食都堵不住嘴巴的杨飞也异常安静。

"我爸妈今天就会回来，所以，从今天开始，我就不能吃到悠悠弄的美味早餐了……"杨飞垂着头无精打采地说着。

"快期末考试了，两位要加油哦！"孟悠悠觉得气氛太沉闷，于是借考试给他们打气。

"上次我们同分，这次我一定会在你前面！"李俊泽昂着头带着酷酷的表情……

午休时间孟悠悠正在教室看书，一个人出现在教室门口叫她。

孟悠悠一抬头便看见一张充满阳光的脸，"文修？你怎么来了？"

"哇——那男生好帅啊！"

"他和孟悠悠什么关系？"

"好羡慕啊。"一个女生花痴状地望着门口的帅哥。

"旁边是李俊泽，今天又来了一个大帅哥！"

"你的反应没有我预期的好。"文修走到孟悠悠面前有些失望地说。

李俊泽抬头看看那人，心道：果然是他！十七中篮球王子——顾文修！

"反应？应该是什么反应？"孟悠悠有些不解地问。难道要跟花痴一样两眼冒星星表演口水直流三千尺吗？

"我想你至少会冲上来给我一个Hug（拥抱）或者是Kiss（吻）……"文修笑着调侃道。

旁边无数女生在心中呐喊：帅哥！我给你拥抱！我给你亲亲！

杨飞看得眼睛都不眨一下，念叨着："果然和俊泽说的一样，又高又帅……"

几个女生笑脸如花地走到孟悠悠身边，眼睛却是一直没有离开过顾文修，"嗨，帅哥！"

顾文修并没有生气，如皇太子般地微笑道，"美女们好，我是十七中的文修……"

教室里一阵尖叫，"篮球王子！"

"他果然和传言中一样！"

"好帅的王子啊！王子的微笑，王子的举止……"

"他篮球很棒的！"

"好帅啊！听说很多女生追啊。"一个女生拿出手机对着顾文修一阵猛拍，其他人见状也纷纷效仿。

"你不上课吗？"孟悠悠的脑袋被吵得晕晕的，对顾文修和其他同学的话都有点反应迟钝。

"我刚训练完，所以就溜出来看你了。感动吧？"顾文修拉着孟悠悠的手往外走。

孟悠悠机械地迈着步子，跟在他后面，"我为什么要跟你去啊？你妹妹是谁啊？对了那件衣服我放在家里了……"

"一会儿你就知道了。"顾文修带着她离开教室，来到三年级三班的后门外。教室的门关着，里面的人都在午休。顾文修拿出手机打电话，"喂，妹，你哥哥我现在正站在你们教室外！"

他妹妹是莎莎和小芸的同学？孟悠悠惊讶地望着门上的班级牌。

教室里突然爆发出惊叫声和欢呼声，"顾文修耶！"窗台上突然冒出一片黑压压的脑袋。

孟悠悠的脑袋出现了短暂的罢工状态。等等！是古还是顾？难道不是姓文？篮球王子，篮球王子……好熟悉的样子。顾莎莎！顾文修！天啊！莎莎的哥哥！死了！完蛋了！孟悠悠急忙躲到顾文修身后。孟悠悠没有想到救她的人竟然就是莎莎跟小芸天天跟她念叨的人，而且就是莎莎的哥哥！

# 第二十章　顾文修的吻

莎莎跑出教室，"哥！"她猛地蹿到顾文修身上，像树袋熊一样吊在他身上，"哥，你终于来看我了！"

"哇——好重啊，你又长胖了。快点下去，要压死我了！"顾文修夸张地说。

"胡说！我明明瘦了100克！"莎莎不满地撅着小嘴，埋怨哥哥当众说她胖。

莎莎其实并不胖，只是脸上有些婴儿肥，所以看起来有点胖胖的。

"修哥，你朋友？"小芸看到顾文修身后还站着一个女生暗暗发笑，这个应该是他的新女朋友吧？虽然她跟莎莎都狂热地崇拜顾文修，却并不爱这个极有女生缘的帅哥。主要原因是她知道这个看似绅士的王子，其实是个花心大萝卜，所交的女朋友都没超过半年就被换掉了。

顾文修放下莎莎，微笑着点点头。伸手从身后强拉出不愿出来的孟悠悠。

"悠悠？！"莎莎惊讶地望着哥哥身边的死党——孟悠悠。

"怎么是悠悠？"小芸也颇感意外。

顾文修也不知道她们每次提到的另一个好朋友就是孟悠悠，"你们认识？太好了，我原本想介绍你们认识，看来不必了。"顾文修笑着望向孟悠悠。心道：她脸红红的样子还蛮可爱的。

"顾文修，你快老实交代！什么时候对我的好姐妹下黑手的！"莎莎抓着顾文修的衣襟质问道。虽然顾文修是她的哥哥，但她不想看到好姐妹将来被这个花心王子甩掉。

"形象、形象……她就是上次我去比赛时救的那个女生。"顾文修拍落莎莎的手，扯了扯被抓皱的衣服。

"不会这么巧吧！"小芸感叹着。

莎莎假装生气地要拉孟悠悠离开，"哥，你太坏了！我求你来我们学校那么多次，你都不肯来。这次为什么改变主意来了？悠悠，我们走，不理他！"莎莎得知孟悠悠其实是被哥哥救的那个女孩子后，也稍稍放心了，至少不是顾文修打悠悠主

意特意来找她的。只是她不知道这次顾文修来这里还真的是为了孟悠悠，不是来看她这个妹妹的。

"你走我没意见，她留下！"顾文修一把将孟悠悠拉到自己身边，仿佛是宣诏其他人：这个可爱的公主是他的专属品，谁也不能碰。

"哥，你太坏了！欺负我！我要打电话告诉老妈！"莎莎拿出手机开始拨号。

顾文修抢过手机，"喂，妈，莎莎又逃课……"

"你恶人先告状！"莎莎跑过去抢手机，却没有哥哥高，也没有他力气大，抢了几次都抢不到。莎莎转念一想，伸手去拉孟悠悠。

顾文修一手拿着电话一手揽着孟悠悠的肩。

莎莎拉不动她只好放弃，"你不怕我跟悠悠说你的坏话？"她威胁地看着哥哥。

顾文修捉弄似的将手机还给她。

莎莎拿到手机一看，号码根本没有拨出去，"算你聪明，没有真打电话。"莎莎满意地收好手机。

"今天还真是惊喜！修哥，你是不是该有所表示？"小芸也看出了顾文修似乎是真的喜欢孟悠悠，心底也觉得他们蛮般配，所以出言调侃他们。

"悠悠，不如放学后去你那儿庆祝？顺便看看那个酷酷的李俊泽！"莎莎贼贼地偷笑着。

"认识你们两个好姐妹可真好！今晚可以看到两大帅哥！太棒了！"小芸已经有些迫不及待了。

只有孟悠悠担忧地低着头，想起李俊泽那张冷冰冰的脸，还有上次他撵秦湘出去的语气……她不由得为晚上的"庆祝"担心起来。李俊泽会不会突然发飙把我也一起撵出来？

"那我怎么办？你们三个下午还有课，我一个人去哪儿？"顾文修仍旧揽着孟悠悠的肩，丝毫没有要放开她的意思。

"不管！反正五点半你在学校外面等我们！"莎莎耍赖似地将孟悠悠拉到自己身边。

"好吧，暂时放开你。"顾文修倾身对孟悠悠耳语道，"要想我哦，晚上见……"然后突然在孟悠悠脸上轻吻了一下。

"哥！你坏哦！我们也要！"莎莎说完也闭上眼睛撅着小嘴凑上去。

顾文修用手指弹了一下莎莎的额头，假装生气地说道："你凑什么热闹，我的

吻是悠悠专属的！"

莎莎冲着顾文修做鬼脸，不理他。

孟悠悠被那突然的一吻吓呆了，回过神来，才发现顾文修已经走了，窗台上挤满了脑袋，一个个羡慕而嫉妒地望着自己。

"悠悠，修哥这次似乎是真的很喜欢你哦，我们还没见过他主动去找哪个女孩子。好好考虑一下！"小芸笑着说，看见孟悠悠的脸红得像红富士苹果一样，忍不住笑出声来。

孟悠悠尴尬地红着脸跑回教室，一进去就遇上一双双爱心似的花痴眼睛。

"悠悠，我们看见顾文修吻你了耶！你们什么关系啊？"

"他是你男朋友吗？我们都不知道……"

"你快说，你们认识多久了？发展到什么阶段了？"

原本一直趴着的李俊泽缓缓抬起头来。顾文修吻了孟悠悠？他看上了这个还没发育成熟的小丫头了？他怎么就看上孟悠悠了？耳朵里充斥着那些女生八婆的问题，他再次趴下去，口中不满地低声念叨："真是一群爱打听隐私的八婆！一个堪比专业水准的狗仔队！"

"我不知道，我跟他不熟，你们问他妹妹——顾莎莎吧……"孟悠悠话音未落，就看见一阵风涌出教室，刚才还围着孟悠悠的一大群女生全都不见了。

"悠悠，那个顾文修跟你说什么了？"杨飞忍不住好奇地问道。

"没什么，他说晚上去公寓庆祝……"孟悠悠小心翼翼地说着，唯恐李俊泽突然暴怒地跳起来吼她。

"那，晚上需要我这个电灯泡消失么？"李俊泽抬起头面无表情地望着孟悠悠，心里却有一股莫名的烦躁。

"为什么？你想到哪里去了？你不能走！"孟悠悠想到莎莎跟小芸说要看李俊泽，要是他不在，那两个疯丫头非杀了她不可！还有那个顾文修，现在越来越不规矩了，当着大家的面就吻我，丢脸死了……虽然被他吻的时候感觉还不错，但是那么多人看着……好丢脸好丢脸……孟悠悠拍拍自己的脸，刻意提醒自己不去想它，"总之，你不能走！留下！"

李俊泽惊讶地望着孟悠悠，她为什么这么急着留我？是担心、害怕顾文修？还是……"好了，我知道了。"说完就趴回去继续睡觉……

## 第二十一章　野蛮妹妹　自恋哥哥

"悠悠，我们也很想去耶……"几个男生围过来，孟悠悠一直都是他们心中的乖乖女朋友的首选人物，有这么个接近她的机会谁都不想错过，而且严格来说，莎莎跟小芸也都还是美女。

如果人太多，他会不会不高兴？孟悠悠脑海中又浮现出李俊泽站在楼上走廊处，冲着客厅里的人大吼的情景。她急忙摇摇头，甩掉那些恐怖的画面，看看李俊泽还在睡觉，才稍稍放心了。算了，这种头疼的问题还是交给莎莎去处理吧！

"呃……今晚的主角是顾文修，莎莎是他妹妹，你们去问莎莎吧，问她……"

听到孟悠悠的话，一群人一窝蜂地涌向莎莎班级，教室里只剩下杨飞跟李俊泽两个男生。

"有时候，你也蛮聪明的！不想得罪他们，所以叫他们去找顾莎莎。孟悠悠，以前我倒是小瞧你了……"对孟悠悠温柔了几天的秦湘冷哼着嘲讽道。尤其是今天见到顾文修跟她那么亲热，她还回来"纠缠"李俊泽，秦湘就更火大。凭什么这个被父母遗弃的小丫头能得到两个帅哥的心！虽然她不愿承认李俊泽喜欢孟悠悠，但是事实摆在眼前。自从孟悠悠来到她们班后，李俊泽就再也没有早上迟到过了。甚至在很多时候，他竟然也不睡觉了，好几次她在上课时回头看李俊泽，却发现他望着孟悠悠的方向。

"对啊，我也觉得我不笨。这样的问题莎莎会比我处理得更好。"孟悠悠却没有听出秦湘是在嘲讽自己，反而将它当成赞语听，还听得很顺耳。

"对！你不笨！你是笨到家了！"李俊泽突然站起来瞪了眼秦湘，对孟悠悠生气地说。他想不明白天底下怎么会有这么迟钝的女生，不是语文天才吗？怎么连别人的话外之音都听不出来？我真怀疑阅卷老师的眼光！怎么可能给她满分！那我不是应该加分了吗？

莎莎那边虽然乱，她却并不烦他们，反而很享受自己成为男生、女生的焦点人物。"大家静一静，静一静。嘘——"顾莎莎不顾形象地爬上自己的课桌，对人群

拜托公主
——Bài Tuo Cong Zhu

做着请他们噤声的动作。

人群终于安静了。

"今晚是属于我哥跟悠悠的。我们不应该破坏的，对不对？我保证大家还有再见到我哥的机会！"莎莎拿着课本卷成的"喇叭"说。

"什么时候？"女生们急忙问。

"明天！我保证我哥一定会来我们学校打球！明天是周末，不上课，想看帅哥美女的，请明天到篮球场等候！"莎莎笑着拍胸脯打包票。

"真的？明天？"人群问。

"我以我顾莎莎的人格保证！"

见到大家都逐渐散去，莎莎这才长长地松了口气。

"莎莎，你确定修哥会答应来？"小芸怀疑地望着她。虽然这兄妹俩的感情很不错，但是顾文修一般是不会为了莎莎来这个学校的，而且是打篮球，以修哥的球技这些男生根本不够资格当对手，他不会那么无聊来跟他们打球吧？

"当然！我有绝招！你看着吧！"口中碎碎念，"哈哈哈……我真是佩服我自己！这么多人一下就搞定了！太有才了！以后……"

下午一放学，莎莎和小芸便跑去等孟悠悠跟李俊泽。杨飞家教颇严，父母回来后他就得乖乖回家去，所以没能参加他们的聚会。

"你怎么不爱说话？"莎莎走到李俊泽身边笑着问道。

"俊泽，要不要我帮你赶走这只讨人厌的苍蝇？"秦湘瞪着李俊泽身边的莎莎，咬牙切齿地说。

李俊泽停下脚步，冷冷地看了一眼秦湘，然后独自迈着大步朝公寓走去。

"即使没有我，你们也无法走进俊泽。包括你，顾莎莎！"秦湘对莎莎也充满了敌意，说完这番话才由她的几个跟班陪着离开。

莎莎对着秦湘的背影做了个鬼脸，"你就是那个吃不到葡萄说葡萄酸的坏狐狸！"莎莎看见顾文修在对面，于是冲上去跳到他背上，"哥！你等很久了吗？"

李俊泽瞟了一眼这兄妹俩，心道：哥哥自恋，妹妹野蛮。果然是亲兄妹！

顾文修好不容易将背上的黏人虫弄下来，看见孟悠悠过来急忙微笑着走过去，"包包重不重？我帮你拿。"

孟悠悠笑着拒绝了。心道：只是一个书包而已，有必要这么夸张吗？

"哥——我的书包好重啊！你帮我拿吧！"莎莎不等顾文修答应，就将自己的书包扔到他手上。

兄妹俩一样霸道！李俊泽心中瞬间做出评论。

"李俊泽，你书包重不重？我帮你拿吧？"莎莎跑到李俊泽身边。

李俊泽没有回答，目光一直看着前面的路，不管身边的莎莎。

"果然很酷！"顾文修来到李俊泽身边微笑着说。他常听莎莎说到这个冷酷的冰王子，一直很好奇。"我妹老提你，今天总算见到了。不错不错……高高帅帅的！"

"彼此彼此。"李俊泽道。

"听说你跟我的悠悠是室友？她应该不难相处吧？"

"她做的早点不错。"李俊泽嘴上说着这个，心里却在说：孟悠悠什么时候成了你的了？还真是超级自恋！

# 第二十二章　爱与被爱都幸福

"真的？哪天我也要尝尝！"顾文修笑着说……

一行人步行回到公寓，李俊泽拿钥匙打开门，莎莎跟小芸直奔冰箱而去。

"晚上要怎么弄？吃什么？"莎莎望着空荡荡的冰箱问。

"虽然我很想吃悠悠做的东西，但今天不能让我的公主辛苦，所以，我出去买好了！你们想吃什么？"顾文修说话时，始终带着王子般的微笑，目光充满宠溺地望着孟悠悠。

"机会难得啊！大家狠狠敲他一笔！点贵的！"莎莎大喊道。

听到莎莎的话，小芸急忙说道："修哥，我要吃烤肉，还要玉米，要鸡腿、鸡翅，还有薯片！对了，外加一瓶减肥药！"

"减肥药？"孟悠悠惊讶地望着小芸。"你用不着吧？"孟悠悠打量着充满骨感美的小芸，心道：就剩下白骨跟皮了，还吃减肥药？增肥药还差不多！

"我是替莎莎点的！免得她忘了，长胖了怪我！"小芸笑着拿莎莎打趣。

"那就先谢谢了。"莎莎对小芸道了谢，然后转身对顾文修喊道："哥！我要吃牛排！"

"牛排没有！牛肉干还勉强！你真以为你哥我是开银行的啊？"

"好吧，我要果冻！还要……算了，超市里好吃的东西你看着买吧！反正不好吃或者不够吃，我们就吃你的！"莎莎对着顾文修露出两颗小虎牙，示威地凭空咬了咬。

"好！算我怕了你了，酷哥，你呢？"顾文修将目光移向沙发上的李俊泽。

李俊泽淡淡地抛出一句"随便"便不再理睬他们。

"最后是我的公主了。"顾文修走向孟悠悠。

"我只要一样。"孟悠悠微笑着说。

"还是我的公主心疼我！要什么？"顾文修微笑着伸手去搂孟悠悠的肩，却被她躲开了。

"满汉全席！"孟悠悠扭头对顾文修挑衅地说。

"哇！悠悠你真厉害！太棒了！"莎莎笑得花枝乱颤，连连拍手。

顾文修故作委屈地望着孟悠悠："连你也认为我是开银行的？"

"没有，我们认为你刚洗劫了银行！"孟悠悠道。

"修哥，你的克星出现咯！"小芸打趣地对顾文修说完，然后又故意望了望孟悠悠。

"陪我出去买东西！"顾文修拉着孟悠悠走出去，完全不等她回答。

李俊泽心中不满地望了望他们消失在门口，心里想着这兄妹俩还真是一家人，都这么霸道……想着想着竟然不知不觉地说出来了。

"对呀！我爸当年也蛮霸道的。是遗传，我爷爷也是。"莎莎一本正经地说，完全没有注意到李俊泽的脸色不是平时那般的冷酷，而是很不爽的样子。

被顾文修拉着走了一段路之后，孟悠悠才挣脱他的手，不满地说："喂！你这人怎么这样啊？太横了吧？"孟悠悠赖着不肯走。

"那要不要我背你？"顾文修微笑着说。

孟悠悠看着他阳光的笑脸，真的不忍心再吼他。心道：难道这就是古语说的伸手不打笑脸人？为了避免被顾文修背着在大街上"出丑"，孟悠悠放弃了抵抗，乖乖跟着他走。看着他高瘦的背影，孟悠悠不由自主地想到他充满活力的笑脸。夕阳中的那个背影充满了阳光，比正午的阳光更让人觉得温暖。

文修好像一个魔法王子，有绅士般的微笑，帅到让人想揍他的脸，这总能让人觉得开心。虽然你有时很霸道……孟悠悠一边走一边想着。

"为什么一直看着我的背？"顾文修仿佛背上长了眼睛一样，突然转过身来，然后对着孟悠悠露出一个露八颗牙齿的标准微笑，"看我的正面吧，我自认为我的脸还不错！"说着还学小女生一样对她做了个V字型手势。逗得孟悠悠忍俊不禁……

"真想让这条路变长，我们就这样一直走下去。"顾文修搂着孟悠悠的肩幸福地说。

"我才不要，累死人了！"

"没关系，你累了我背你！"顾文修把她搂得更紧了。

孟悠悠突然停下脚步，担心地望着他："如果你也累了呢？"仿佛他真的背着她一样。

"有你在我身边我就永远不会累！"顾文修也停下脚步，凝视着孟悠悠。这个

女孩子不是他见过最美的，却是最可爱的！唯一一个让他动心的！"我发现我是真的喜欢上你了。"

虽然孟悠悠也曾这样猜测过，但是马上就被她自己否定了。如今真的听到这句话，她还是很惊讶。认识不过三四天，不，确切地说是一个晚上多一点，这样的两个人有可能吗？

"我吓到你了？"顾文修发现孟悠悠脸上的迷茫与惶恐，然后有些自嘲地说："我知道我们认识的时间不长，但是，我对你就是偏偏有种放不下的感情。即使看着你也会忍不住思念你，一秒钟都不想放开你。如果我有魔法，我就变成你的影子，每天跟着你，寸步不离。"

第一次听到别人对自己讲这么动情的话，孟悠悠觉得心底有一个调皮的小白兔一直蹦蹦跳跳不停，脸颊变得滚烫。

看见孟悠悠红红的脸颊，顾文修第一次觉得喜欢一个人也是一种幸福。这才明白当初那些女生为什么都那么开心地为他付出。因为他今天也尝到了真心喜欢一个人的幸福，丝毫不比被人喜欢的幸福差。

第四篇

修王子的号码只为你留

# 第二十三章　初吻

"对不起……"孟悠悠低着头，脸红得可以拧出一杯苹果汁来。

"嘘——这种事没有对不起。你这样会让我认为你是在拒绝我，走吧……"

两个人并肩走进一家大超市，推着购物车选吃的。顾文修从一个货架走过去，几乎是看都不看，直接每种抓一袋就丢进推车里。

刚看了半个货架，推车已经快满了。"喂，别拿那么多，一会儿拿不了。"

"没关系，我拿！不会让我的公主辛苦的。"顾文修依旧我行我素胡乱买。

柜台边几个导购小姐跟收银员小姐一直望着顾文修，窃窃私语，不时露出娇羞的笑意。

十多分钟后，顾文修推着堆得跟小山似的推车去柜台结账。

"哇——好帅！"导购小姐对着收银员小姐低声说完便飞快地跑到一边去，躲在架子后面偷看。

"这些你要怎么带回去？我可不会帮你拿！"孟悠悠指着柜台边满满一推车零食问。

"没关系，我们可以帮你……们拿回去。"架子后的导购小姐探出半个身子娇羞地说。

顾文修笑着看了看似乎对导购小姐的表现很不满的孟悠悠。她生气了？也许是吃醋了！"不用麻烦几位美女了，可以把这个购物车借我吗？给押金也行。"他对着正在忙着用机器计算账单的小姐问道。

"当然可以！一共是六百九十九。"收银员小姐的笑和南航的空姐有得一拼，比盛开的玫瑰花还诱人。

"刷卡可以吗？"

"可以！"

……

付完账，顾文修得意地推着推车走出超市，然后又去买了肯德基套餐，看着孟

拜托公主
——Bai Tuo Gong Zhu——

悠悠板着脸于是笑着说："早说了没事吧！你怎么了？吃醋了？"

"我才没有！"孟悠悠停下脚步冲顾文修大喊道。

"现在见识到我的魅力了吧？"顾文修一脸得意跟嚣张地将手搭在孟悠悠肩上。

"哼！出卖色相！美男计！"

"哈哈哈……你承认我帅了吧！悠悠，我的公主！我知道你不喜欢，可是这也是没办法的啊，谁叫你老公我长得这么帅呢？下次你在我脑门上贴个字条好了……"顾文修指着自己额头，强忍笑意地说。

"贴什么字条？你又不是僵尸！"孟悠悠说到此处，突然想起刚刚顾文修自称老公，于是恶狠狠地瞪着他，"喂！谁说你是我老公了？谁批准的！"

看见孟悠悠的反应，顾文修大笑起来。

孟悠悠咬牙切齿地瞪着他，直到顾文修停下大笑，一脸严肃来赔礼道歉才说，"好吧，这次就原谅你！"

"我们这样像不像恋人！"顾文修完全沉醉在这片绚丽的夕阳中。

"哪里像？"孟悠悠立刻大声反驳，"一点都不像！"

顾文修猛地把脸凑近孟悠悠，"那你觉得怎样才像？"眼神迷离而暧昧，似乎是要吻她。

孟悠悠吓得连连后退，"喂，顾文修，这可是大街上耶！"

顾文修猛然立直身子，严肃地说："好吧，回去再补回来也一样，可是要算利息！"

"凭什么我要任由你摆布啊！"孟悠悠一脸不满地抗议着。心道：虽然我很喜欢被你宠着的温暖感觉，但是你也不能太霸道了！

"你是要逼我在马路上吻你吗？我是无所谓的。"顾文修坏笑着挑了挑眉。

"你敢！"

顾文修凑过去就在她唇上啄了一下。

孟悠悠闪电般推开他，"你干什么！"她左右望望，发现身边竟然还有不少围观的观众！"真是丢脸死了，都是你害的！丢脸死了……"孟悠悠一边叨念着一边低着头快速穿过人群。

顾文修推着推车紧紧地跟在她后面，一脸无辜地解释道："这是你逼我的！"

实在太过分啦！我的初吻就这样被你开玩笑似地夺走了！一定要找机会修理你！孟悠悠粉拳紧握地想着。

看见孟悠悠气得语塞，顾文修一脸阴谋得逞地坏笑，"千万别逼我，我可什么都做得出来。"

等候在公寓外的莎莎远远就看见哥哥跟悠悠回来了，于是高兴地跑回屋里去报喜讯。

"累了吗？"眼看快到公寓了，顾文修突然又停下来，关切地问道。

孟悠悠惊慌地躲开他的目光，"你又想怎么样？"

"你累的话我背你啊！"顾文修一脸真诚地看着她。

"不用！我不累，我自己走。"孟悠悠说完便赶紧往前走。

顾文修突然伸手将她拉回来，笑着说："可是我累了啊！"

"开什么玩笑？我可背不动你！我要进去了！"孟悠悠说完便急忙向大门走去，却挣不脱顾文修的手。

"那你吻我一下！"顾文修又将她拉回来。

"我不要！"

"那我们就一直站在这儿。不然我费力一点，我吻你？"顾文修笑着凝视着孟悠悠，又是那种暧昧而迷离的眼神。

看着顾文修柔情似水的眼，孟悠悠险些迷迷糊糊地答应他，清醒后急忙挣扎，"不要！我要进去！救命啊，救命啊……"孟悠悠挣不脱，索性大声喊救命。

李俊泽听到孟悠悠的呼救，冲出门来怒视着顾文修，"悠悠，你没事吧？"

# 第二十四章　看烟花

"别闹了，我要进去了。"孟悠悠趁着顾文修对李俊泽的突然出现而陷入短暂失神之际，挣脱他的手，低着头急急忙忙地跑进去。

"别跑那么快！当心摔着。"顾文修推着推车走过去，看着一脸不爽的李俊泽露出招牌式的王子微笑，"酷哥，帮个忙吧。"

"我没空！"李俊泽转身走进去，留下顾文修跟满满一推车零食立在外面。

顾文修只得一个人将东西弄进去。一见到零食来了，莎莎将最后一点点没有破坏的形象都撕烂了，整个人扑上去，将推车抢到一边，跟小芸在里面东挑西捡，"哥，你好棒啊！抢的？"莎莎看着推车问。

"嗯，抢的！"顾文修故作无奈的样子。

"真的？"小芸说着随手拿起一袋薯片先吃起来，"嗯，味道不错！"

"是吗？我也要吃！"莎莎放下自己手上吃到一半的零食去抓小芸的。她们边啃鸡腿边挑鸡翅，吃得满手都是油，莎莎还将十个手指头放在嘴里挨着吮了吮。

"李俊泽，你怎么不吃？"莎莎消灭完第三个鸡翅后才想起李俊泽。

"不用！"李俊泽看了看莎莎夸张的吃相，转身朝楼上走去，径直回了自己房间。

"哥，他怎么了？"莎莎撅着嘴走向顾文修，委屈地眨巴着眼睛。"我好心叫他吃东西，他怎么转身就走了？"

"我去看看吧。"孟悠悠也觉得今天李俊泽似乎有点不对劲。每次看她总是很不爽的样子，难道是我哪里惹到他了？孟悠悠一边上楼一边猜想。

来到李俊泽门外，孟悠悠抬手敲了敲门，等了半分钟也没听到任何回应，于是推开门走进去。

李俊泽坐在床上靠着墙，摆弄着膝盖上的笔记本电脑。"有事吗？"他头也不抬地问道。虽然他没有看，却知道进来的是孟悠悠，跟她住了这么久，他已经很熟悉孟悠悠的敲门声了。

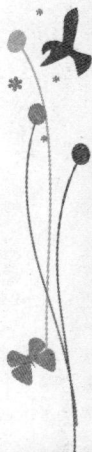

"那是我要问你的话。"孟悠悠看着李俊泽，心道：还是一张臭脸，真怀疑你是不是面部神经有问题，总是一张冷冰冰的脸。

李俊泽的手指在键盘上飞快地跳跃敲击着。

"你……"李俊泽的打字速度明显慢多了，"你跟顾文修……怎么样了……"

"……"孟悠悠也不知道他们之间算什么，顾文修说话总是一脸坏笑，让她也不清楚那些话是真的还是开玩笑。虽然曾经有那么一瞬间让她觉得他们是情侣，但马上就被顾文修的霸道破坏了气氛。"不说这个了，你呢？"

"我？"李俊泽抬起头望着孟悠悠，不明白她说这句话是什么意思，"我怎么了？"

"你为什么一个人躲回房间？"

"没有，我只是习惯一个人，你不用管我。"李俊泽低头继续打字，却听到了有些重的关门声。她真的下去了？李俊泽猛地抬起头却看见孟悠悠还站在那里。

"风吹的！不是我，要打开吗？"孟悠悠以为是刚才门关上时的声音太大，吵到他了。

"随便。"李俊泽低头继续打字，嘴角却轻轻扬起，连他自己也没有察觉到自己的笑。

孟悠悠走过去，"你在写什么？"

"没什么。"李俊泽不动声色地用另一个窗口覆盖了原先的内容，"你下去陪顾莎莎他们吧，我一会儿下去。"李俊泽现在只是想打发她下楼。

"那我等你吧。"

李俊泽看了看孟悠悠，然后关掉了电脑下床穿好鞋子，"那就下去吧。"

两个人一起走下楼。

"李俊泽你不生气了吧？"莎莎小心翼翼地问。

"他一直都没生气，莎莎，别担心了。"孟悠悠将李俊泽推到沙发边，"你要吃什么？"

"给我一盒饼干就好。"李俊泽坐在顾文修旁边，对面沙发上是三个女生。

孟悠悠找了一盒李俊泽常吃的薄饼递给莎莎。

莎莎拿着饼干朝李俊泽走去，"饼干……"

李俊泽接过饼干说："谢谢。"

"好难得哦，冷酷的李俊泽竟然也会说那两个字啊！"孟悠悠笑道。

听到李俊泽的"谢谢"两个字，莎莎的心情也明显好了很多。不知是借机亲近

李俊泽还是真的说事，莎莎抱着顾文修的胳膊坐在了他跟李俊泽之间。"哥，我答应了同学请你明天去我们学校操场打球，你一定要去哦。"

"开什么玩笑，我才不去。"顾文修笑着说，"你答应的我可没答应。跟他们打球赢得太容易了，不去！"

"你当真不去？"莎莎紧紧地掐着他的胳膊问。见到顾文修还是不答应去，于是坏笑着放开他，顺便帮他拍落袖子上的灰尘似的掸了掸。"那好，你明天别后悔。"于是起身向对面沙发走去，"我打赌你明天一定会去！"

李俊泽望了望莎莎，暗道：这个霸道千金又在搞什么？难道明天有什么事？

"时间差不多了，我们出去看烟花！"小芸看着手表说道。

"有吗？你怎么知道有烟花？"孟悠悠好奇地问。

"刚刚打了个电话，应该到了。"小芸起身走出去，手机突然响起了。小芸看了看电话号码，"快来啊，马上就开始了，倒计时！10，9，8，7，6，5，4，3，2，1！"

语音未落便听见一束绚丽的烟花呼啸着冲入夜空，再"砰"地一声绽开。

"小芸，还真有你的！好漂亮啊！"莎莎捧着脸惊叹不已。无意间看到孟悠悠，于是悄悄朝顾文修走去，"哥，这么好的气氛你不好好利用吗？"

顾文修赞许地笑着揉揉莎莎的头，向孟悠悠走过去。

莎莎跟小芸都退到了一边，把剩下的时间跟空间留给顾文修跟孟悠悠。

# 第二十五章　等着看戏

小芸很好奇莎莎要用什么方法让顾文修去自己的学校打球。

莎莎神秘地笑了笑，在嘴巴上做了个拉拉链的动作。

"不是吧，我们可是好姐妹，你连我也瞒？太不够意思了吧。"

"明天你就知道啦！"莎莎望着远处顾文修的背影做贼似的笑了笑，然后进去找李俊泽……

"悠悠。"顾文修把手搭在她肩上。

"手，拿开！"孟悠悠看着自己肩膀上的手说。

"跟我在一起你也变得霸道了？"顾文修笑着将她搂得更紧了。

孟悠悠现在觉得心里乱糟糟的，仿佛有只小猫将几个线团扯得到处都是，想打开却是找不着头绪。

"悠悠，你怎么了？好像生气了，我弄疼你了吗？"顾文修赶紧放开手，不再笑了，一脸正经地问，"哪里痛？对不起……"

"没有，你别乱猜了。"孟悠悠抬头望着天上的烟花。这烟花只有一瞬间，虽然那么美好，仍旧只是一瞬间。

烟花是一种令人目眩神迷的东西，同时也叫人惋惜，它只能像昙花一样灿烂一瞬间。这世上很多东西都不能长久，人与人的感情又能维持多久呢？就像顾文修对我。孟悠悠微微叹息了一声。

"悠悠，你别这样，我不勉强你就是了。"顾文修不明白她为什么突然沉默，更不明白她为什么叹息。以为是自己的错，连忙道歉。

"看到你的笑会让人忘记忧伤，你知道吗？我觉得好心情会传染，会让身边的人也开心；坏心情也会给周围的人带去悲伤。"孟悠悠抬眼望着顾文修的脸，伸出手想去抚摸那像上帝杰作般的眉眼和鼻梁，但最后还是放弃了。

"所以，你的坏心情也给我带来了悲伤。"顾文修想让她开心起来。

"因此，你要远离我啊。"孟悠悠调整表情，露出一个如烟花般绚丽而短暂

拜托公主

Bai Tuo Cong Zhu

的笑。

顾文修咬着嘴唇像一个快被遗弃的可怜宝宝。"可是我会想你。"

孟悠悠看着顾文修的样子，忍不住笑起来，"别闹了，时间不早了，你们也回去休息吧。"孟悠悠委婉地下了逐客令。

"我没闹，我是认真的！悠悠，你愿意做我的女朋友吗？"顾文修紧紧地握着孟悠悠的手，好像一松手她就会逃走。

"你在开玩笑？"孟悠悠不敢相信顾文修会真的对自己有超过朋友的感情。因为她觉得他是那么耀眼，而自己只是一个平凡的小丫头。

"也许很唐突，但我的诚意是一百分。我等你！"顾文修在她额头轻轻吻了一下才放开她，"我回去了，你也好好休息。"说完便进屋去拉着莎莎跟小芸离开了。

三个人离开，吃的还剩一大半。孟悠悠和李俊泽把东西收拾好才一起上楼休息。

"孟悠悠，顾文修跟你说了什么？"李俊泽脑海里全是他在阳台看见的，孟悠悠跟顾文修在烟花下的一幕。

"嗯……"孟悠悠点了点头。心中也有些疑惑，这个什么事都不关心的冷酷家伙，问这个干什么？他不是一向事不关己高高挂起吗？况且，即使是跟他有关，要他表个态还得看他心情。孟悠悠是万万不敢想象这个人是因为喜欢她，才问了这么一个问题。

"他应该是认真的吧。"

"你很了解他？"孟悠悠走向自己的房间。"不说这个了，晚安。"

李俊泽回头看了看她，只看见她进房间时的一抹背影。看顾文修的样子，孟悠悠似乎是没有答应！想到这里李俊泽的心情突然又开朗起来……

早上，孟悠悠还在床上就被楼下的门铃声吵醒了。起床去开门，发现竟然是莎莎跟小芸。

"悠悠，我们去学校看球赛吧！"莎莎拖着孟悠悠就往外走。

"我不想去。"孟悠悠说。

"哎呀，好姐妹嘛。帮帮忙啦。去吧去吧……好看！保证精彩！"小芸也跟着莎莎一起劝她。

莎莎则是不管孟悠悠有没有答应就拉她往外走。

"等等啊，我换衣服，我还穿着睡衣呢……"孟悠悠被逼无奈只好答应去现场

看球。

三个人刚离开，李俊泽就打开房门出来了。刚才孟悠悠跟她们的话他也都听到了，只是没有露面。"这个野蛮千金又在搞什么鬼？"李俊泽也回房换了衣服朝学校走去。

三一班很冷清，三三班却人声鼎沸，比平时上课还热闹。

"莎莎，你不是说你哥今天会来吗？"

"怎么他还没到？你不会骗我们吧！"

莎莎爬上自己的课桌，对人群做了个暂停的手势，"你们安静！我现在打电话，保证我哥会在十分钟之内出现在操场，你们下去等吧，也可以留在这儿，但是不准吵！"莎莎话音刚落，一群人就跑得没影儿了，都急着看帅哥啊。

她这才从桌子上跳下来，拿着手机悠闲地拨通顾文修的电话："喂！哥，起床了吗？吃过早点了没有？"

"你想求我去你学校对不对？ No Way（没门）！"

"没有——我才不会呢，我只是关心你嘛。哥，你心情不好？我讲个笑话给你听。今天早上我看到李俊泽跟悠悠很亲密的样子，你昨晚的告白是不是失败了？没想到大名鼎鼎的修王子也会有被甩的时候！"

"顾——莎——莎！你不想活了吗！"电话那头传来顾文修咆哮的声音，听上去是真的被激怒了。

"没有、没有……现在开始讲笑话。我们班几个男生也喜欢悠悠，说要找你单挑篮球。我知道你跟悠悠已经吹了嘛，所以我就代你弃权了。他们几个正在球场上'决斗'呢。哥，你说他们这么不自量力是不是很好笑？我要是悠悠我就选李俊泽。哥，心情有没有好点？我要去球场看热闹咯……"莎莎话音未落那边就已经挂掉了电话。

莎莎坐在位置上拍手大笑，她现在完全可以想象顾文修在家里火烧PP似的找衣服、穿鞋子、刷牙、洗脸、偷开老爸的宝马轿车急匆匆地赶来。

小芸拍着手走过来，一脸佩服，"我真服了你了，这样的谎话也想得出来。修哥会信吗？"她不认为顾文修会笨到相信莎莎的鬼话。

"走着瞧咯，走，去找悠悠看好戏去！"莎莎拉着小芸去找在教室看书的孟悠悠……

"你也不怕修哥到时候知道收拾你啊？"小芸摇头，一副无可奈何的样子。

"不怕不怕，有可爱、大方、善良、美丽、动人，关键是我哥哥超级喜欢的悠

悠大小姐做咱们的挡箭牌，还怕哥哥会干吗啊？是吧！"说完，莎莎拖着小芸走得更快，"快点，不然就会错过好戏咯！"

　　其实莎莎并没有恶意，只是贪玩了一些。现在能够逼着帅气哥哥上场大显身手，她当然开心。有这么优秀的哥哥，她这个做妹妹的其实是很自豪的。

　　再说，既然哥哥喜欢她的好姐妹，她当然要好好帮帮忙。虽然她内心觉得李俊泽也是相当不错的，不过毕竟是自己哥哥啊！总归是要偏心一点的。

　　不过，顾文修，就这一次哦，再没有这样好的机会了！你可要好好表现啊！

## 俩王子的"斗牛"

　　渐渐地，其他队员都退到了场边，球场上只剩下李俊泽跟顾文修，他们俩却浑然不觉。但看球的也刚好只为看这两个帅哥，所以场上只剩下他俩后，观者的热情有增无减。

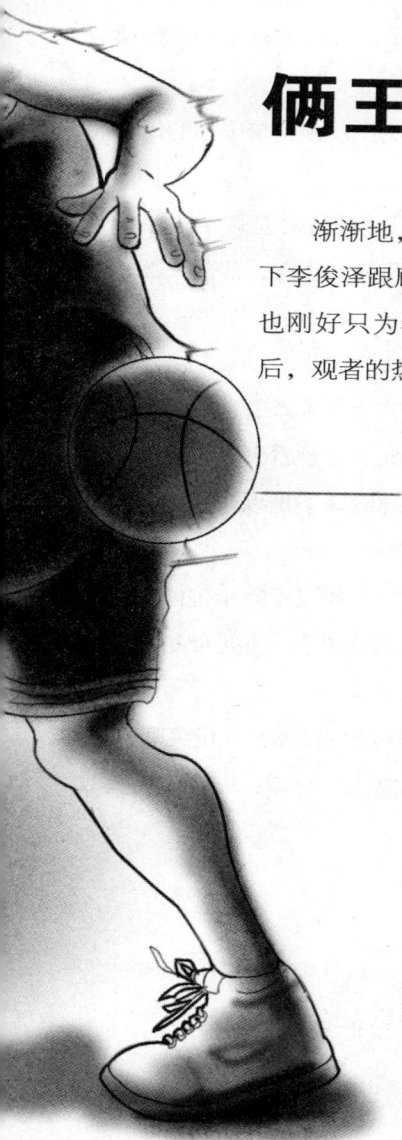

# 第二十六章　文修PK俊泽

"悠悠——你一定要帮我啊！不然我的信誉就要被画上一个大叉了！"莎莎哀求地望着孟悠悠。顾文修会不会上场打球就要看孟悠悠了，莎莎不得不装可怜博取她的同情。

"哇，今儿有什么好事？三位美女都在这里。"杨飞在家接到李俊泽的短信叫他来学校，于是便赶来了。

听到杨飞说话，莎莎才看到李俊泽也站在窗边，只是被窗帘遮住了大半个身子，莎莎和小芸都顾着找孟悠悠没有注意到他。看到杨飞他们也在，莎莎突然计上心来，"你会打篮球吗？"

杨飞看了看窗外的球场回头问："今天有球赛？"

"对呀，今天有球赛，你要不要去？"莎莎原本是想让李俊泽去，但是想到平时没见他碰过球，觉得他应该不会，所以只好找杨飞。而且在她看来顾文修就是篮球王子，没有人能胜过他，虽然李俊泽很酷，但是论打球应该不是顾文修的对手，她不想看到自己的偶像被打败。

"俊泽，你篮球不是也不错吗，不如我们俩也去吧？"杨飞走向李俊泽。他一直不明白李俊泽叫自己来学校做什么，如今听到莎莎她们说球赛，于是便猜想与球赛有关，所以提议让李俊泽去。

李俊泽正要拒绝就听见孟悠悠怀疑的声音，"李俊泽会打篮球？开玩笑吧？"

听见孟悠悠怀疑的话语，李俊泽不服气地回望着孟悠悠。暗道：你个小丫头敢小瞧我？你等着！于是转身走出去。

杨飞认为李俊泽生气走了，于是也不打算去参加了。

不到三分钟球场上传来一阵高过一阵的尖叫声。

"我哥来了吗？太快了吧！用飞的吗？"莎莎走过去趴在窗台上向操场望去，却并没有看到顾文修，但是她看见了一个高高帅帅的身影在球场上奔跑着。"李俊泽？"

"小芸、悠悠，快来看啊！李俊泽在打球！天！太酷了！和我哥一样棒耶！长投——哇！进了、进了……"莎莎在窗边激动得又跳又叫，"哇——三分球！又进了！没想到李俊泽的球技这么棒！和他人一样酷！"想到等会儿哥哥顾文修跟李俊泽的PK赛，她就忍不住想欢呼。"早知道这样，我就应该搞一个比赛，两大帅哥PK！只卖门票也能狠狠地赚一笔！我就能天天shopping（购物）了！太可惜了！"

"莎莎，有你这个妹妹，我真替修哥觉得悲哀。"小芸装出十分同情顾文修的样子说道。

杨飞在窗边看着球场上的李俊泽说道："若是顾文修也来就好了……"他一直觉得李俊泽球技很棒，如今听说顾文修是篮球王子，于是很想知道他们谁更厉害。

"真的吗？！你也那样认为啊！"听到杨飞说想看顾文修跟李俊泽的对决赛，莎莎更加为自己的想法而自豪。"我哥应该在路上了，等下就到！我实在太聪明了！十三中酷男李俊泽与十七中篮球王子顾文修大PK！天哪！身为赛事主办者的我，一定会名扬各大校园！啊——激动啊——"莎莎兴奋地拉着孟悠悠朝操场跑去……

小芸这时也不得不甘拜下风，心中想着：这个莎莎还真能折腾！修哥不来都不可能了，遇到李俊泽这样强劲的情敌，换我不开着战斗机来才怪！原来这就是她的绝招！

站在尖叫声此起彼伏的操场上，莎莎再次拨通了顾文修的电话，她还故意站在女生堆里，以方便电话那边的顾文修能清楚地听到女生给李俊泽加油的声音。"喂！哥……这边好吵……你大声点……我听不见……球赛太刺激了！我跟你讲……"她特意提高了分贝，"李俊泽的球技太酷了！哥，下次再讲给你听，我好像看到有人在拍照耶！我弄两张给你！挂咯！"莎莎噼里啪啦地说完了，不等顾文修回话就直接挂掉。

顾文修正开着老爸的宝马朝十三中过来，原本只是想来看看莎莎说的笨男生出糗，半路又听莎莎说李俊泽在打球，立刻加快了速度，一路飞奔而来。"早该想到那个李俊泽对悠悠有意思了，悠悠拒绝我是因为他？今天一定要把她赢回来！"顾文修猛踩油门，提高车速……

在校门口放哨的男生一看见顾文修的车到了，便打电话通知莎莎。

收到通知，莎莎一脸坏笑，看看孟悠悠暗道：好戏就要开场了！"悠悠，快看啦！你的室友在打球耶！你应该给他加油啊！"

"李俊泽，看这边！"莎莎双手拢成喇叭对李俊泽大声喊道，趁他回头之际让

孟悠悠加油。实际上是算准了在孟悠悠帮他加油的时候，顾文修就会出现，目睹现场这一幕。

"加油！李俊泽！"孟悠悠哪里知道莎莎的小算盘，于是便给李俊泽喊了一声加油。

就在那一刻，顾文修出现了！优雅地笑着看看球场上的李俊泽。看到孟悠悠给李俊泽加油，全身血液都突然沸腾起来！心中一个声音在说："这球赛最后的赢家只能是我！"

"比赛蛮精彩！你记得给我加油哦！"顾文修脱下外套丢给莎莎，伸手拍拍孟悠悠的头，小跑着进入球场……

拜托公主

Bai Tuo Gong Zhu

# 第二十七章　输了？

全场再次进入一个新一轮的高潮！女生的尖叫声几乎要将附近的楼顶掀翻！

"顾文修！加油！"

"李俊泽！加油！"

女生们交替着给两大帅哥呐喊助阵。

孟悠悠却完全没有反应过来，疑惑地看着球场上的顾文修，"他昨天不是说过不会来吗？莎莎，你怎么说动他的？"

小芸笑着在莎莎的PP上拍了一下，"这是替修哥打的！你太坏了！"

莎莎伸手揉揉被打的PP，冲小芸皱了皱鼻子，"少来了！能看到两大帅哥PK，你不兴奋吗？快看！我哥上篮了！"

一个男生传球失误，球朝顾文修的方向飞出去。

顾文修伸手接住球，起跑、跳跃、投篮，一个优美的弧线，三分球，进了！

"不愧是篮球王子！动作太帅了！"

"文修，我们爱你——"全场都飘着花痴女生乱抛的Kiss。

莎莎一边跳一边叫，还不忘拉着孟悠悠叫她一起喊加油。

顾文修进球后，回头看了看孟悠悠，对她挥挥手，然后朝李俊泽走过去。

"看到没？修王子在对我挥手耶！"一个花痴女生陶醉地说着。

莎莎不满地轻哼一声，"花痴，我哥是在对我挥手啦！"

孟悠悠无奈地摇摇头，暗道：你本身就是大花痴，还好意思说别人，全场最疯的就是你了！

小芸伸手将顾莎莎的脸扳过来，"莎莎，我觉得修哥是在对悠悠挥手吧？"

莎莎尴尬地笑了笑，"呃——差不多啦，我跟悠悠还分什么彼此啊……一样啦……"

顾文修走近李俊泽低声笑道："李俊泽，小心哦，我可是很厉害的！"

双方重新确定了队员，继续比赛。一方以李俊泽为得分主力，一方以顾文修为

得分主力。与其说这是一场篮球赛，不如说是李俊泽跟顾文修的二人对抗赛！只要球一到这两个人手里，其他人就再没有碰球的机会，最多只能捡球。

渐渐地，其他队员都退到了场边，球场上只剩下李俊泽跟顾文修，他们俩却浑然不觉。但看球的也刚好只为看这两个帅哥，所以场上只剩下他俩后，观者的热情有增无减。

这时，李俊泽的三分球进了，两人打成平分，莎莎急忙冲上去叫暂停。"哥，李俊泽，今天就到这里为止吧！你们应该都累了哦，去喝水休息吧……"莎莎不想看到他们两个为比分而争执，所以趁平局时停止了比赛。

李俊泽此时才隐约感觉自己似乎被顾莎莎她们"算计"了。

"我今天的表现还可以吧？"顾文修笑着问莎莎。心中却是另一番话：你个丫头片子，看我以后怎么修理你！竟然对我用激将法！

莎莎也知道哥哥心里在想什么，于是抱着他的胳膊撒娇，"哎呀，好哥哥，你就不要计较了，这也证明你是真的很喜欢悠悠嘛，那以后我跟小芸就不用担心你始乱终弃了啊……"

"快放开，全是汗！你呀！"说到此处，顾文修才明白莎莎是说他滥情，于是"恶狠狠"地质问道，"我什么时候始乱终弃了？"

"没有、没有……我说错了。哥你是最最专一的……"莎莎赶紧溜到一边，嘴里却悄悄嘀咕，"你在十七中半年换了七个女朋友，你以为我不知道？哼，我可是……"眼睛瞄到李俊泽在旁边，急忙凑过去。"李俊泽，你今天好棒啊！"

孟悠悠拿着一瓶水走过去。

小芸急忙拉住她，将自己手上的水给孟悠悠。"两个人啊，你给谁？你要看他们为一瓶水打架？"

孟悠悠笑着点点头，拿着水走过去。

此时其他女生也都拿着水和毛巾蜂拥而上。"顾文修、李俊泽……"

孟悠悠被人群挤到了一边，离他们越来越远。

李俊泽看见涌上来的女生暗叫糟糕，"这些人都是你弄来的，我要你马上带我离开！"他觉得摆平这样的场面只有靠这个霸道千金顾莎莎了。

"好呀！"莎莎高兴地望着李俊泽，心想，他这样说是在暗示我什么吗？看着涌过来的女生，她坏笑着对顾文修做了个拜拜的手势，"哥，这里就交给你咯！Bye——"说完就拉着李俊泽朝人群外跑去，"大家快去啊，我哥可是很难得来一次的，照相！拥抱！什么都行！"

女生们闻言说还可以跟顾文修拥抱（尽管他一身汗，但是MM们不在乎！这就是帅哥的魅力），急忙朝顾文修跑过去。同在一个学校，她们又岂不知李俊泽是冷面帅哥，不能靠近！相比之下自然都选择了顾文修。

　　这时李俊泽心里却不舒服了，看着女生跑得一个不剩，心道：难道我还真比不上那个顾文修？

　　看见李俊泽走出人群，孟悠悠赶紧拿着水跑过去，"李俊泽，真没想到你还真是深藏不露啊。刚才的比赛很精彩！"

　　李俊泽接过水喝着，脸上对孟悠悠的话毫无反应，心里却在想：你不知道的多了，我本来就是高手！是你自己不识宝！

　　"俊泽，你慢点，小心别呛着。"莎莎关切地看着李俊泽。

　　李俊泽被莎莎一吓，一口水全喷在地上，"咳咳咳……我还是习惯你叫我李俊泽。"他把空瓶还给孟悠悠，打算回教室休息一下。

　　"这瓶也给你吧，文修他应该用不着了。"孟悠悠说着将手上的另一瓶水也递给李俊泽。此刻，顾文修被人群围得水泄不通，手上满是水，脖子上满是毛巾……

第五篇——俩王子的「斗牛」

# 第二十八章　悠悠跟文修的误会

顾文修被女生包围着，眼看着孟悠悠越走越远，口中咬牙切齿地念道："顾莎莎！都是你害的！我饶不了你！"

"文修，笑一笑……"

"来，茄子——"

"再靠近点！"

一群女生争先恐后地抱着他的胳膊，另一群女生拿着相机"咔嚓咔嚓"拍个不停。

"悠悠——美女们，今天先到此为止好不好？让我走吧，拜托你们了，我女朋友跑掉了……"顾文修做可怜状哀求道。

"啊？你有女朋友啦？"

"好可惜啊——你没机会追到风华绝代的我了……"花痴女生的话一出口，便被其他女生以目光"杀死"。

"是孟悠悠？好羡慕啊！"

"顾文修，你去吧……"女生们自动让出一条道。

顾文修急忙冲出去追孟悠悠。

看着顾文修的身影消失在拐角处，女生们失落不已。

"唉，为什么帅哥都有这么多人喜欢！"一个女生无力地叹道。

"笨蛋！没人喜欢的是牛粪！"

"孟悠悠怎么这么好运？两个帅哥都跟她有关系。"

"唉，孟悠悠做了顾文修的女朋友，那就是说，她跟李俊泽不是情侣啦！哇——我有希望了！"一个女生突然叫起来。

"对！酷酷的李俊泽！想想都流口水……"一个女生捧着脸，左右晃着身体做出一副陶醉的样子。

"你以为是肯德基啊，还流口水……"一群女生"唧唧喳喳"地说闹着各自离

拜托公主
——
Bai Tuo Gong Zhu
——

开了。

顾文修追到二楼走廊处，才看到孟悠悠。"悠悠——"

孟悠悠停下脚步转过身，发现只有他一个人，没有看到那群女生。"你怎么来了？她们呢？"

"她们让我来追女朋友啊！"顾文修笑着慢慢走向她，心想，跑了这么久终于看到你了。

"顾文修，我什么时候说我是……"

孟悠悠话未说完便被顾文修拉着下楼去，"唉，亲爱的，我口渴了。"

"你不会自己去买啊！跟你又不熟！"孟悠悠转过脸去故意不理他。

"哇——你这么不负责任！我们好歹也曾睡在一张床上啊！你要始乱终弃？"顾文修做出害怕被抛弃的怨妇样子。

"我还跟李俊泽睡一张床了呢。"孟悠悠想也不想地就答道，她只是气刚才顾文修打完球没有马上来找她，却没想到她的话像利刃一样刺进顾文修的胸膛，一寸一寸扎进他的心脏。

他们睡到一起了？！原来莎莎并没有骗我，他们是真的在一起了！原来一直以来都是我自作多情、一相情愿。悠悠她喜欢的根本就是李俊泽！原来是我一直没有搞清楚状况……

顾文修茫然地一步步后退着，"很抱歉……是我……打扰你们了……"顾文修转身像疾风一样消失在走廊尽头。

孟悠悠想解释却已经来不及了，顾文修一路狂奔，她根本追不上。

小芸看见顾文修满脸痛苦地跑过去，隐约觉得事情不妙。又看见孟悠悠在后面追，急忙跑过去问她发生了什么事。

"我刚刚说了不该说的，其实我不是那个意思，我不是故意的，可是他不听我解释……"孟悠悠哭着靠在小芸肩膀上，断断续续地讲完了刚才的话。

"悠悠？你怎么了？"莎莎跟李俊泽走过来就看见孟悠悠哭得跟泪人儿似的。

"孟悠悠，发生了什么事？"李俊泽将孟悠悠从小芸怀里拉出来，看见她泪痕满面的样子心痛不已。

"我把文修气走了……我不是故意的……"孟悠悠一头扎进李俊泽的怀里。

李俊泽看着怀里的孟悠悠心中百感交集。幸福，喜欢的女生靠在自己怀里；心痛，她哭得如此伤心，他却帮不上忙；失落，她为另一个人哭泣……

"悠悠，你先别哭了，我打电话叫我哥回来。你们有什么误会说清楚就没事

了……"莎莎拿出手机一遍遍拨打着顾文修的电话，里面传出的声音始终只有：对不起，您所拨打的电话已关机。

"修哥一定躲起来了，莎莎，你找不到的。"小芸是莎莎的死党，也是顾文修的好哥们，一向比较了解他。"李俊泽，你先送悠悠回去，我们找到修哥后再去找你们。悠悠，不要哭了，我们会跟修哥解释的。"小芸安慰了她几句，便跟莎莎一起离开学校去找顾文修。

"我们先回公寓吧……"李俊泽扶着孟悠悠缓缓朝公寓走去……

两个人一言不发地走在街道上。

天空阴霾，空气显得很沉闷，四周的一切都吵得人心乱如麻，即使只是路人的脚步声。

没走多远就起风了，树叶在空中打着旋地飘落。

李俊泽看了看身边的孟悠悠，心想，你竟然真的喜欢上他，我们还没有来得及开始就已经结束了？

天上下起了大雨，雨点打在地上"噼啪"作响。李俊泽拦了一辆计程车，孟悠悠却不肯上。他只好脱下外衣双手撑着给孟悠悠挡雨。

回到公寓，孟悠悠木偶似地呆立在门边，李俊泽看她全身湿漉漉，急忙去拿干毛巾和吹风机。回来时却发现孟悠悠已经不在了，在房间里找遍了都没有，最后经过阳台时才发现她站在草坪上淋雨。

# 第二十九章　口是心非

"孟悠悠——你干什么呢！赶紧给我进来！"李俊泽一边吼着，一边冲出去将孟悠悠拉回屋里，锁上外面的门防止她再出去淋雨虐待自己，然后才转身去拿沙发上的干毛巾。

"我做了错事，我在惩罚我自己，你不要管。"孟悠悠抱着手臂蹲下去，虽然全身湿透了，她却觉得异常的烫……

李俊泽正要转身，就听见身后一声闷响，转过身发现孟悠悠倒在地上不省人事，急忙送她去医院……

孟悠悠躺在病房里吊着退烧药剂，体温逐渐正常了。李俊泽这才放心出去给顾莎莎打电话，告诉她孟悠悠住院的事，以免她们去公寓扑空。

半小时后，莎莎独自来看孟悠悠。小芸跟杨飞还在全力寻找顾文修。

直到下午，孟悠悠也没有醒过来，连医生也查不出她昏迷的原因，只是从她以往的病历档案推断出与发烧有关。但如今她的体温已经完全正常了，却还没醒，医生也只能说先观察24小时，然后再进行一次全面检查。

莎莎跟李俊泽守在孟悠悠床边，昏睡中的孟悠悠显得很不安。

护士又一次进来量体温，她们基本每隔几分钟就会轮流进来给孟悠悠量一次体温，但醉翁之意不在酒……

"护士，她到底什么时候会醒？"李俊泽担忧地问。

"也许快醒了，医生说她的昏迷一般不会超过24小时，而且烧也退了，应该快了。我先出去了，有事叫我，我叫欢欢。"女护士笑着对李俊泽说。然后才拿着体温计依依不舍地出去了。

莎莎不满地看着年轻女护士走出去，"为什么护士一见到帅男生就犯花痴！她们这是明显进来看帅哥的，根本不是照顾悠悠……"

李俊泽暗笑道：你还不是一样！

这时小芸急急忙忙地跑进来了，"怎么样了？"

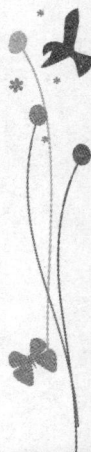

"烧退了，一直没醒。医生说再等等，不行就做全面检查。你找到我哥了吗？"莎莎道。

"修哥一直关机，你家没人，他学校的队友说他是去上海参加什么篮球训练去了，也不知道是真是假，我让杨飞去机场查乘客记录了。"小芸走到床边看着床上的孟悠悠，伸手摸了摸她的额头，心道：体温正常啊，为什么还不醒？

"昨晚我哥是说学校希望他去参加那个训练，但是他说了不去啊。怎么又突然去了？我哥也真是的，再怎么说也要开机啊！"莎莎埋怨道。

"那修哥什么时候回来？"小芸问。

"等我哥回来，黄花菜都凉了。他说那个训练要一年！"

"也许他们真的不适合……"小芸看了看床上的孟悠悠惋惜道。

"一会儿你们回去，这里交给我好了。快期末考试了，你们还要复习。"李俊泽淡淡地说。

"嗯，李俊泽，看不出，你原来不是冷血动物嘛。"莎莎看着李俊泽笑着说……

晚上，莎莎跟小芸都已经离开了。窗外淅淅沥沥地下着雨。

病房里只剩下孟悠悠跟李俊泽，李俊泽坐在椅子上守着她。"这个杨飞在搞什么？孟悠悠病了他都不来。孟悠悠我真是服了你了，你淋雨是在惩罚你自己还是在惩罚我？害我没有觉睡。你最好赶紧醒过来，换我睡。困死了。"李俊泽自言自语，床头摆了七八个杯装咖啡的空杯子。

"李俊泽——"

原本在打瞌睡的李俊泽一下惊醒了，看看孟悠悠已经醒了，急忙扶她坐起身，并倒杯热水给她，"还有没有哪里不舒服？"

"你怎么在这儿？"孟悠悠看了看四周知道自己在医院，但是却不明白为什么李俊泽在这里陪着。

"怕你半夜醒来又去淋雨，那样我之前所作的努力就都白费了，所以来看着你！"

"既然我醒了，你就回去吧，我不会再去了。"孟悠悠半低着头说道。她一向很自立，不愿给别人添麻烦，没想到却因为自己的病，连累李俊泽没有好好休息。

"深更半夜又在下雨。我才不出去！我要睡了，明天还要去学校，不久就考试了。"李俊泽坐回椅上裹紧了外套靠在椅子上睡着了。

孟悠悠看着床头那些带着浓浓咖啡香的空杯子，眼睛湿润了。为什么人总是口

是心非？李俊泽明明是关心自己却偏偏装作冷漠的样子；而我明明不是那个意思，却故意对文修说那番话。不知道文修现在怎么样了，他应该还在生气吧？不然守在这里的就不是李俊泽而是他了。其实我应该知足了……就把那些时光当做上帝赐给我的美梦，再见了，梦里的王子……

第五篇——俩王子的「斗牛」

## 一片纸屑落下来，
## 高中毕业了

"朋友分开的时候，不是……"虽然孟悠悠也有想过李俊泽是因为爱她，但是马上就被她否定了。换做别人，她或许会信，但是李俊泽这种根本不明白爱情的冷血动物，会喜欢她吗？她的答案是：除非丘比特失明了，拿着Love（爱）之箭乱射！但是她不知道，事实上丘比特真的是失明了！

# 第三十章　高中生活结束

因为孟悠悠已经醒了，所以全面检查也不需要了。第二天一早，李俊泽就去替她办了出院手续……

孟悠悠回到学校，班上的同学很多都来关心她的病情，但是没有人再提顾文修。中午午休时，莎莎跟小芸也来看过她，平时她俩一见到孟悠悠就不停地说顾文修的事，今天也是只字不提。

孟悠悠疑心是顾文修出了什么事，于是鼓起勇气问莎莎，"你哥……他……还好吧？"

"我哥？喔——他们学校要他去上海参加一个训练，一年以后才会回来。"莎莎不敢多说，担心再勾起孟悠悠的痛处。

孟悠悠点点头，"他平安我就放心了。"

"悠悠，快考试了，我们还要回去复习，先走了啊，下次再聊。"莎莎跟小芸说完，便跑回自己教室去了，从那以后，也很少再来找孟悠悠。

期末考试结束了，成绩还没有出来。杨飞约了孟悠悠跟李俊泽去爬山。三个人汗淋淋地爬上了山顶，坐在凉亭内休息顺便吃点东西。

"俊泽，你还不回去吗？"杨飞问。他有时也不明白自己这个哥们在想什么，放假从来不回家，总是找借口在外面晃荡，家里电话也不接，能躲就躲。

李俊泽将目光移向云雾缭绕的远山，没有回答。

"你为什么不回去？我想回家还不知道家在哪里呢。你呀，真是身在福中不知福！"孟悠悠不满地数落他。

"你愿意的话，我带你去我家住两天试试？我敢说你去过之后就不会这样说了。"李俊泽看了看孟悠悠，心道：什么情况都不知道就胡说八道。

"去你家？算了吧。"孟悠悠把头摇得跟拨浪鼓似的，她可不想去男生家里。

"那你总该打个电话吧？"杨飞道。

"过段时间再说吧。"李俊泽叹息着起身去拿东西吃。

拜托公主

Bai Tuo Gong Zhu

"你猜你这次的成绩能不能超过悠悠？"杨飞将身子倾向李俊泽。

"不知道，我根本没兴趣！"李俊泽递了一包薯片给孟悠悠，然后拿着一罐饮料静静地喝着。

"李俊泽，我真不知道你对什么感兴趣！没事就躲在房间里摆弄你那个破笔记本电脑。十天半个月不出门都忍得住。电脑里有什么秘密？"杨飞有些恼怒地说。

李俊泽猛然抬眼瞪了一眼杨飞，"你再说我的电脑我可要扁人了啊！"

5天后，考试成绩都出来了。李俊泽、孟悠悠再次同分，值得一提的是，孟悠悠语文满分。之后便进入了两个月的漫长假期。

整个假期孟悠悠都在书店预习下学年的科目，李俊泽则天天待在家里跟电脑做伴。

莎莎和小芸为了避免在孟悠悠面前提到顾文修，也因为害怕她问顾文修的事，所以一直有意躲着她。

顾文修一直没有往家里打过电话，总是写信，而且从来不留地址，所以莎莎她们也无法帮孟悠悠解释，只能听着他一点点说着训练的辛苦……

高三剩下的半年很忙碌，孟悠悠就在作业和课本堆中度过了高三生活。李俊泽偶尔也会上课打瞌睡，但是成绩还是那么好。

高考完毕，孟悠悠收到录取通知书后，才发现李俊泽跟她考进了同一所大学。

因为孟悠悠情况特殊，但成绩优异，因此那所学校同样愿意出资供她读书。而杨飞则因为父母工作发展的关系不得不迁到国外，渐渐与他俩失去了联系。莎莎和小芸也都填报了外省的大学，远离了孟悠悠，三人从此也失去了联系。

孟悠悠跟李俊泽在开学前必须搬离原来的小公寓，孟悠悠很早就开始收拾自己的东西了。为了节约钱，她并不打算现在搬出去，准备等到大学开学就直接搬进学校宿舍。

李俊泽靠在沙发上看电视，发现孟悠悠拿着几张报纸在那里用笔圈着什么，于是好奇地凑过去。"你在干什么？"一看才知道孟悠悠在找工作，"你在找工作？"

"对呀！利用假期开始找工作啊，不然等钱从天上掉下来啊？"孟悠悠头也不抬地说。

"学校不是答应出资供你吗？他们反悔了？"李俊泽急忙问道。并不是他们巧合地考入了同一所大学，而是李俊泽打听到孟悠悠填报的学校后，直接去那学校报到要求被录取，面对成绩优异的李俊泽，那所学校怎么会不答应，所以才会有后来

的故事。

"没有。可是不能因此就不找工作啊。何况这个假期很长啊！"孟悠悠微笑着舒展了一下胳膊。"这个？不！这个？也不好，还是……"

"我要回家，你陪我回去，我当你是为我工作给你工资，每天一百块。"李俊泽不想让孟悠悠出去赚钱那么辛苦。

"算了吧！虽然听上去很不错，但是那等于是白拿你的钱，我不要！"

"那你写点文章去给杂志社投稿吧，你不是语文不错吗？"李俊泽不死心又建议道。

孟悠悠抬起头咬着笔头想了想：这个主意不错！值得考虑！"OK！白天工作晚上写东西！"

"不行！"李俊泽马上反对。原本他就是想让孟悠悠不那么累，如今听到她白天工作不说，晚上还要写稿子，自然是不同意。

"为什么？我碍到你啦？"

"就是不行！你必须跟着我！"李俊泽一脸严肃地看着她，一副不容别人说半个"不"字的样子。

# 第三十一章　李俊泽的告白

"我为什么要跟着你啊？虽然我们进了同一所大学，但是你是男生我是女生，你要我跟你住男生宿舍吗？"孟悠悠开玩笑地看着李俊泽，看着他深邃的眼眸，笑容不由自主地僵在了唇边。好熟悉的眼神，好像文修。我怎么又想起他了？她移开目光望向落地窗外，岔开话题："呃，今天的月色不错啊！"孟悠悠话出口才发现讲错了。

李俊泽疑惑地望向窗外，夕阳正美，哪里来的月亮？离天黑还有一段时间呢。

"我是说……嗯，黄昏的阳光很好，晚上的月色应该也不错。"

李俊泽点点头，不去深究月色问题，"不然，我们还是租一间像这样的房子，我出钱你负责吃的。这样分工好不好？"

"我不要。"孟悠悠惊异地看着李俊泽，"你今天的话怎么这么多？一个月也不一定能听到你说这么多，你病啦？"

"我没病！我只是，只是，我……算了，下次再说……"李俊泽生气地跑回楼上自己的房间里，一拳砸在被子上。"我怎么那么笨！还是孟悠悠的EQ（情商）有问题？"

孟悠悠做好晚餐上去叫李俊泽。

两个人静静地吃着晚饭，谁也没有再说什么。饭后孟悠悠开始收拾餐具，李俊泽则来到草坪上躺着看星星。心中思索着：要怎么跟她说？可是听说顾文修就要回来了，今晚不说就不一定有机会了。但是，要我说那些话怎么会像我李俊泽？我一向只会担心怎么甩人，哪知道怎么……哎呀，烦死了！李俊泽烦躁地用手胡乱抓了几下头发。

孟悠悠坐在客厅看电视，却久久不见李俊泽进来，于是关掉电视机出去看他。

感觉到有脚步声靠近了，李俊泽扭头看了看，"你怎么来了？"虽然表面上冷冰冰的，但是心里却是七上八下。

"怎么今天没见陪你的宝贝？"孟悠悠笑着在李俊泽旁边的草地上躺下，仰望

着群星闪烁的夜空。

"我的宝贝？谁啊？"李俊泽不知道孟悠悠所说的宝贝是何人。

"你的电脑啊。它不就是你的宝贝吗？"孟悠悠笑着说道。

李俊泽淡淡地"哦"了一声。心中暗道：你才是我想陪的宝贝！

"我有话跟你说。"李俊泽若有所思地说。

孟悠悠转过头看了看李俊泽，脸上满是疑惑。他今天是怎么了？总是欲言又止的样子。

"你先闭上眼睛，不要看着我，不然……我……我说不出口……"李俊泽仿佛是下了上战场一样大的决心。

他什么意思？有礼物给我？孟悠悠闭上眼睛。

李俊泽转过头，看了看孟悠悠在月光下粉嫩的嘴唇，犹豫了片刻还是吻了下去。

孟悠悠惊慌地睁开眼睛。

李俊泽重新躺回去，"你明白了吗？"

孟悠悠看看李俊泽，他依旧一副不食人间烟火的清高模样。心里不满地说：什么意思嘛？跟那个臭文修一样，问都不问就吻我。再怎么说被吻的是我啊！脸上好热，一定红了！幸好这不是白天，不然被他看到……"算是Goodbye Kiss（分别之吻）？"

她怎么是爱情白痴啊！李俊泽生气地猛然坐起身吼道："不是！你还不明白？"他认为自己已经很主动了，没想到对方还是不明白他的爱意。

"明白什么啊？你什么都没说啊……"孟悠悠觉得委屈极了，他一个字都没说，要她明白什么啊？！

"那你以为我吻你干什么！"李俊泽真想马上冲上去再狠狠地亲她一下。她的反应怎么这样迟钝啊？

"朋友分开的时候，不是……"虽然孟悠悠也有想过李俊泽是因为爱她，但是马上就被她否定了。换做别人，她或许会信，但是李俊泽这种根本不明白爱情的冷血动物，会喜欢她吗？她的答案是：除非丘比特失明了，拿着Love（爱）之箭乱射！但是她不知道，事实上丘比特真的是失明了！

"我喜欢你！"李俊泽说完就转过身去，低声埋怨道，"真是笨蛋！非得我说出来吗？"

"刚刚是你在说话？你说话了？"孟悠悠开始怀疑自己的听力是不是有问题，

觉得自己开始产生幻听了。

"我怀疑你是故意的！"李俊泽转过身生气地看着孟悠悠。她的IQ（智商）跟EQ（情商）相差也太大了吧？

"我……懂了……但是，我现在还没有准备好……"孟悠悠总算相信了李俊泽的那个Kiss（吻）不是"吻别"的意思。

李俊泽失落地点点头。被拒绝了虽然是婉拒！但还是被拒绝了！这时手机响起了。李俊泽拿出来看见号码是老妈的，于是将手机递给孟悠悠，"你帮我接，说我不在！"

"哦。喂……"孟悠悠接过手机。

对方是个中年妇女，声音听上去很着急。"我是俊泽的妈妈，俊泽在吗？"

# 第三十二章  李俊泽回家

"他……"孟悠悠看看李俊泽，"他出去了，您有什么急事吗？我可以转告他。"

"俊泽的爸爸生病了。想见见他，他三年没有回家了……"电话里传出悲伤的哭声。

孟悠悠听到一个母亲为了想见儿子而痛哭，心疼不已，"伯母，您不要哭了，我一定劝他回去，不要担心，好好照顾伯父……"

李俊泽一把夺过手机，挂断电话，对悠悠吼道，"我什么时候说要回去了？"

"伯母说伯父病了，想见你。你明天就回去吧。"

"我妈还是老一套，骗我回去，我才不上当！"李俊泽的母亲是一个优秀的美女演员。自记事起，他便听到母亲一个又一个的谎言：总是说要陪他，却次次爽约；总是说她最爱的是家，却为了拍戏丢下他跟父亲南飞北往……他的童年记忆中，只有照顾他的奶妈跟父亲。后来她放弃演艺事业，回家后李俊泽跟她却不亲近，她就说谎骗他的同情，一次、两次……他都习惯母亲的谎话了，所以到后来她说什么李俊泽都不信。

"李俊泽！你的心是不是肉做的？你爸爸生病了你还这样！我答应了伯母，就一定会带你去！而且伯母哭得那么伤心，你还以为是骗你？"孟悠悠生气地大吼道。身为孤儿的她是多么渴望有爸爸妈妈在身边，哪怕是打她骂她，她都愿意。

"那是你没有领教过我妈的演技！她的'影后'之称可不是浪得虚名的！"李俊泽仍不为所动。

"我的确不了解他们，但是如果我有家，我有亲人，我绝对不会三年都不回去！"孟悠悠想到李俊泽的父亲可能奄奄一息地躺在床上，盼着见儿子最后一面；他的母亲可能正哭红了眼睛日夜陪在病床边，也不再怕冷面的李俊泽了，坚定地瞪着他毫不退缩。

李俊泽沉默了。心中说：是啊，三年都没有回家了，老妈也好久没有用过这

招了，也许这次是真的出事了。回去看看，如果没事我立刻就走。"那你陪我回去！"他想带着孟悠悠一起。

孟悠悠听见李俊泽终于肯回去了，这才长长地松了口气，回想起自己刚刚对李俊泽那么吼却没有挨扁，也为自己悄悄捏了把汗。她微笑着从脖子上取下一条亮闪闪的钻石项链，放到李俊泽手中，"我不能陪你回去。这是我的护身符，希望它可以看着你，直到你回到家。你不能弄坏或者弄丢，它对我很重要。"孟悠悠恋恋不舍地最后抚摸了一下项链才收回手。

"那你呢？"

"我们暂时分开一段日子，你回家看看伯父伯母。我也要好好想想一些事，晚安。"孟悠悠起身离开了草坪，回到自己房间。

房间里，孟悠悠双手捂着自己仍旧滚烫的脸颊，望着镜子里的自己。不算很美的眼睛，不算很美的鼻子，不算很美的嘴巴……一切都如此普通，为什么会得到文修跟俊泽的爱？想到这，李俊泽吻她的场景再次浮现在脑海。"啊——不要想了！不能想了！孟悠悠！冷静、冷静！假的！都是假的！你不能当真！李俊泽怎么会喜欢你？"孟悠悠没办法让自己不去想，只好自己对自己说那是假的。

但是，第一次见李俊泽的情景又浮现出来。她还记得李俊泽说她"要身材没身材，要脸蛋没脸蛋，要占便宜也不找你啊"……

孟悠悠沉浸在回忆中，脸颊越来越烫了，热量通过指尖传递到心里。她急忙不停地拍打自己的脸，强迫自己不去想那些跟李俊泽有关的事情，并且不停告诫自己，她只是一个孤儿，只是灰姑娘，真正的灰姑娘，不会像童话里一样遇到王子……

此时的李俊泽仰面躺在床上，这是他第一次没有打开电脑。他手里拿着项链，脑子里想的都是孟悠悠粉嫩的嘴唇，明亮的眸子……

第二天吃过早点，李俊泽打了一个电话，不到三十分钟就有一辆黑色迈巴赫57S来到公寓外。

车里走出三个穿着笔挺黑西装的高个子男子，看到李俊泽提着行李走出，急忙上去恭恭敬敬地弯腰45度，行了礼，接过李俊泽的行李拿上车。

一个男人打开后座车门，将手扶在车门框上，防止上车的人的头碰到金属框上。"少爷请！"

李俊泽点点头，却又回头看看，但不见孟悠悠出来。等了一分钟还是没有看见她，才恋恋不舍地上了车……

孟悠悠在一家咖啡厅打工当服务生，晚上八点才能下班。从上午十点就开始在咖啡厅端着咖啡走来走去，累得腰都快断了。偶尔还会遇上毛手毛脚的客人。

　　结束了一天的工作，孟悠悠换下工作服迈着疲惫的步子朝公寓走去。

　　"孟小姐！"一个略微有些发福的中年男人从后面追上孟悠悠。

　　孟悠悠不看也知道是谁。这个男人接连几天都去咖啡厅，没事就打听她的事，好几次跟着她回家但都被孟悠悠甩掉了。"先生，我下班了，您要喝咖啡请明天再去店里吧。我要回家休息了！"

　　"孟小姐，你别这样无情嘛，大家交个朋友又有什么关系？"他看看孟悠悠继续道，"孟小姐，像你这样的人才，在那里工作实在是太屈才了！不如你到我的公司上班，我给你这里的10倍工资！"他抓着孟悠悠的手细细地摩挲着。

　　孟悠悠厌恶地甩掉他的手，"先生！你最好离我远点！我很满意我现在的工作，不想换！抱歉，我累了，我要回家休息。"孟悠悠转身欲走，却再次被那男人抓住手向相反方向拖去。

　　"喂！你放手！我要喊人了！"孟悠悠使劲想掰开他的手，并且大声喊救命。但是这条街道比较偏僻，晚上会来这里的人并不多。

## 第三十三章　突然降临的幸福

"把你的脏手拿开！"一声断喝的同时，那个拉孟悠悠的中年男人被一拳打翻在地上。

好熟悉的声音！是文修！孟悠悠抬起头，果然看见了一个熟悉的身影站在路灯下，在灯光下显得那么耀眼。还是那么帅！还是一拳就解决问题了……

挨打的男人带着伤痛灰溜溜地逃走了。

"长得那么漂亮还穿成这样半夜出来晃，那不是引诱男人犯罪吗？"顾文修脱下外套披在孟悠悠肩上，遮住她因为穿着露肩装而裸露的光洁纤美的肩膀。

真正看到顾文修时，孟悠悠却不敢相信自己的眼睛了。真的是他吗？他不是去上海了吗？莎莎不是说一年才会回来吗？明明还不到一年！"你什么时候回来的？"

"才回来几天而已……没想到又是这样的场面，你还真是容易招惹坏男人。"顾文修看着面前的孟悠悠，最后以微不可闻的声音念道："又瘦了……"

"这么晚了你怎么会在这里？"孟悠悠问，一颗心不知是因为刚才那一吓还是怎么的，跳得飞快。

"我每天晚上都跟着你，你真的不知道？"顾文修并没有刻意隐藏他的身影，但是孟悠悠却是真的没有看到过他。

孟悠悠摇摇头，"不早了，谢谢你。你回去休息吧，应该不会有事了，晚安。"孟悠悠脱下外套还给顾文修。

"还是我送你回去吧，不然我不放心。"顾文修将外套披回到她肩上，双手抚着她的肩。说完，两人一起向公寓走去。

皎洁的灯光照着人行道上的树木，在地上印出参差斑驳的影子，风吹过，树叶动了动，影子也跟着婆娑起舞。

两个人都沉默着。

最后顾文修打破了沉默，"你出来工作，李俊泽不担心吗？"虽然这近一年的

训练很辛苦，他也很努力想要忘掉孟悠悠这个人，但是却始终忘不掉。每天都会不由自主地想起她，有时是起床的时候，有时是吃饭的时候，有时是在球场上打球的时候……

"他……回家了，不知道我在这里工作。原本他是不准的……"孟悠悠突然意识到自己在文修面前却一直说李俊泽，这让她有点不好意思，所以半路岔开话题，"你呢？见过莎莎了吗？"孟悠悠没有看他，否则她会发现顾文修的目光始终落在她身上，不曾离开一刻。

顾文修此次提早回来只是因为想念孟悠悠，这几天晚上他一直暗中保护着孟悠悠，直到看着她平安回到家才回宾馆，还未曾回过家，甚至家人都不知道他已经回来了。

"明天回去，莎莎还好吗？"顾文修随意地问道。

"我们很久没有联系了……训练累不累？"孟悠悠几乎要找不出话题了。那次的误会还要不要解释？已经过了快一年了，算了，也许他早就忘了。

"很累。"

两个人再次陷入沉默，总找不到恰当的话题。

不知不觉已经到公寓外了，孟悠悠停下脚步，"我到了……"

"哦。"顾文修这才抬起头，看见面前的公寓。心道：这么快就到了。"晚安……"他缓缓地转过身离开，脚步很慢很慢。心里一直在想：她和李俊泽到底怎么样了？是朋友？还是恋人了？"悠悠——"他转过身想问清楚，因为他回来的原因就是为了问清楚！

"什么？"孟悠悠正在开门，听见顾文修叫她，于是也回过头去。

"李俊泽，他——跟你，跟你表白过吗？"顾文修终于鼓起勇气问出心中所想。

孟悠悠不太明白他为什么会这么问，但还是照实点点头，"三天前他离开的前一晚。"

怎么会是那个时候？难道不是那次球赛之前吗？难道那是我误会了吗？三天前的表白是什么情形？孟悠悠她答应了吗？"你答应了？"

"我没回答他，我想，我还没有做好准备。你呢？你找到喜欢的女生了吗？"

"我还在准备，我心里一直有一个人。她让我很心痛。我努力想忘掉她，但是挂念却只是更浓。所以，我回来找答案。"得知孟悠悠没有答应李俊泽，顾文修心中又重新燃起了希望之火。

"那……有答案了吗？"孟悠悠虽然怀疑，但还是不敢确定顾文修说的人是她。分开的这段时间，以顾文修的条件，完全可以找到一火车跟他门当户对的女孩。

"我不确定，我不知道她是怎么想的。"

"哦——"孟悠悠轻声应了一声，心想，也许他说的不是我。然后露出一个有些牵强的笑容，"祝你好运！晚安吧，谢谢你送我回来。"

"等一下！"眼看孟悠悠要走进公寓了，顾文修突然叫住她，"我想要试最后一次。请你，给我一个机会！"顾文修做了个深呼吸，脸上露出久违的王子般的微笑，虽然那笑容看上去那么不安，"虽然我离开了这么久，但我觉得你每天都在我身边。想念你就像呼吸一样自然，一样情不自禁。我真心希望你能够让我陪在你身边，让我不再彷徨，不再迷茫不安，不再有心痛的感觉。我会用尽我全部的力量去爱你、保护你，不让任何人欺负你。悠悠——我爱你！"

面对顾文修深情的第二次表白，孟悠悠感动得热泪盈眶。原来他说的就是我！心底升起一团暖暖的热流，随着血液传递到她的全身。幸福就是这种感觉吗？被爱的感觉，被宠着的感觉，好温暖……原以为已经陌路的幸福又回头来了，好突然！

"给我一点点时间好吗？"

"多久？"

"今天晚上。明天我会给你答复。"孟悠悠急忙走进公寓关上门，因为她再慢一刻，眼泪就当着顾文修的面掉落了……

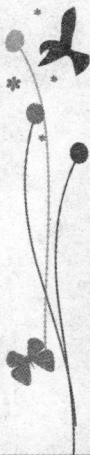

# 永远只做
# 你一个人的修王子

"我喜欢看你笑的样子！文修，晚安。"孟悠悠退出房间关上门，回到自己的小屋。坐在床上抱着半人高的玩具熊，认真地想着顾文修的话。我应该要怎么做？文修跟李俊泽，我不想看到他们任何一个难过。我心里到底是怎么想的？文修，我对他的感觉是爱吗？还是只是……"唉，熊熊，你告诉我，我该选谁？"孟悠悠认真地望着面前与她对坐的玩具熊。

# 第三十四章　孟悠悠的选择

孟悠悠去冲了凉，换上睡衣准备休息了。经过大门时突然停下了，像被什么牵引似的走到门边轻轻打开了门，却看见顾文修坐在阶梯上，靠在墙边睡着了。刚刚止住的眼泪突然又涌出来。你怎么这么傻！为什么不回去等？只是一晚上而已！明天再来就可以了啊！看见睡梦中的顾文修，似乎是因为冷而不知不觉地缩成一团，孟悠悠赶紧抹去眼泪，走过去叫醒他。"文修，醒醒，为什么不回去？"

"没关系，我想明早一早就见到你。"顾文修看见孟悠悠带着泪痕的脸，微笑着安慰道，"没事的，我是男生嘛！你怎么出来了？"

"进去再说吧！"孟悠悠用手背抹去溢出来的眼泪，扶起双腿发麻的顾文修……

"李俊泽不在，你今晚就睡他的房间吧。"孟悠悠拿了被子和枕头去李俊泽房间，里面的东西差不多都搬走了，只剩下床。"今晚委屈你了。"

"比睡外面好多了。"顾文修笑道。

"我喜欢看你笑的样子！文修，晚安。"孟悠悠退出房间关上门，回到自己的小屋。坐在床上抱着半人高的玩具熊，认真地想着顾文修的话。我应该要怎么做？文修跟李俊泽，我不想看到他们任何一个难过。我心里到底是怎么想的？文修，我对他的感觉是爱吗？还是只是……"唉，熊熊，你告诉我，我该选谁？"孟悠悠认真地望着面前与她对坐的玩具熊。

早晨，两个人同时走出房间。

"早！"孟悠悠尴尬地打了个招呼。想了一晚上，她还是没有想明白。

"早，你有答案了吗？"

孟悠悠低着头，"我还是没想清楚。"

"什么地方不清楚？"顾文修走过去。

"我不知道你在我心里是什么意义，我分不清楚。"

"把手给我。"顾文修伸出手。

孟悠悠缓缓地把手伸过去，放在他手上。感觉好温暖，好安心。

"现在有答案了吗？"顾文修拉着她的手，穿过他的衣服贴在心口。

孟悠悠清楚地感觉到手心传来的心跳跟温暖的体温。"我——我不确定……"孟悠悠抬起头，看见顾文修失落的样子，心隐隐作痛。"但，我想试着喜欢你应该不难吧？"孟悠悠不想看到顾文修脸上出现失望的表情。

"悠悠！"顾文修激动地将她拥入怀中。"我一定会努力做到最好，让你找不到借口再离开我！"

"文修，你为什么选我？那么多比我好的女孩子，为什么偏偏是我？"

"我也不知道，我就是喜欢你。"顾文修的喜悦之情是难以用笔墨形容的。"那天离开后我就去了上海，一直没有打电话回家。你也一直没有打电话给我，我以为我们真的结束了。"

孟悠悠感觉到他将自己拥得更紧了，但是她不明白，莎莎说他的手机一直关机打不通啊，他怎么会在等我的电话？"莎莎不是说你手机关机吗？难道她骗我？"

顾文修放开她，伸手点了点她的鼻子，"我给你的号码是唯一的！这辈子，除非我死，否则那个号码永远为你——孟悠悠开机！"

孟悠悠感动地点点头，眼泪再次溢出眼眶。"我刚好感冒了，他们不准我打电话，过了好几天一直都没有你的消息，我以为你生气不想见我了。其实那天我不是那个意思，那是一个误会！我跟李俊泽……"孟悠悠还要解释却被顾文修的唇封住了嘴。

一番缠绵的深吻后，顾文修放开了她，"过去的我不想再听，忘掉吧，今后你的世界就只能有我！"

"嗯，我去买早点！"孟悠悠的脸因为刚刚的吻而变得绯红，有些羞涩地半低着头。

"不，我先回趟家。回来好几天了，我的行李都还在宾馆，我想先回家看看。下午我去咖啡厅找你！昨天那个人还敢招惹你的话，就打我手机，手机号码还记得吗？"

孟悠悠点点头。

顾文修高兴地在她额头一吻，笑着下楼去。原来她还一直记着那个号码！随后他去宾馆拿了行李退掉房间，便叫了出租车急急忙忙赶回家。他现在的喜悦已经溢满了整颗心，迫不及待地想找家人分享。

"妈！哥打电话说他回来了！"莎莎正在被窝睡懒觉，就被顾文修的电话吵醒

了，原本正要对这个吵了她美梦的人发火，就听见电话里传出顾文修的声音，激动得弹坐起来，赤着脚就跑出房间冲顾妈妈喊道。

顾妈妈正在一边做早餐一边跟顾爸爸唠叨儿子总是没有消息，突然听到莎莎的话险些切到手指。"文修回来了？"

门铃响了。

莎莎朝门跑过去，"一定是哥回来了！"她高兴地打开门，果然看见顾文修拎着两大包行李站在门外。"哥！你总算回来了！想死我了！"莎莎张开手跳到顾文修身上，"吧唧"一声，她又在哥哥脸上狠狠地亲了一下。

"我快累死了！你还是这样野！当心以后没人敢要！"顾文修放开行李，像以前一样宠溺地揉揉莎莎的头发。

"文修，快进来，还没吃早饭吧？等一下，妈马上就弄好了。"顾妈妈赶紧又拿起菜刀为儿子做早饭。

莎莎帮着哥哥把行李搬到他房间。

"文修，你怎么一个电话也不打回来？"顾爸爸在客厅埋怨道。

莎莎她们并没有将顾文修去上海，是因为失恋这件事告诉家人，所以顾爸爸跟顾妈妈都以为儿子是去训练了。

"爸，哥他训练忙嘛。不是有写信吗？"莎莎替顾文修敷衍过去了。"哥，你是直接回来的吗？"莎莎本来想问他有没有见到孟悠悠，但是担心哥哥还在生气，所以不敢直接问。

"我见过悠悠了，下午我去找她。过几天就带她回来见爸跟妈。"顾文修一脸幸福地说。即使不说，莎莎也能从他脸上看出孟悠悠已经答应做他女朋友了。

"哥，你跟悠悠和好啦！太好了！你跟悠悠闹别扭之后，害得我跟小芸都不敢去找她了！所以也就看不到酷酷的李俊泽……"莎莎不满地撅着小嘴对顾文修诉苦……

# 第三十五章　请帖

"李俊泽跟悠悠表白过了，你还是转移视线吧。"顾文修一边将行李箱里面的衣服拿出来装进衣橱，一边对妹妹说。

"什么？哥，你说的是真的吗？"莎莎不太相信地看着顾文修，"你怎么不担心？"

"她已经是我女朋友了，我担心什么？"顾文修幸福地笑着。

顾妈妈在叫他们吃饭了，兄妹俩一前一后地走出去。

在顾妈妈盛饭的时候，顾爸爸将一张红色请帖放到顾文修面前。"文修，还记得小时候来家里的东方豪伯父吗？"

顾文修对请帖完全没兴致，"东方集团的总经理，他不是爸的朋友吗？怎么了？"

"东方家的千金东方燕儿18岁生日，他邀请我们去参加。听说燕儿长得很漂亮，正好你也没有女朋友，可以试着交往看看嘛。"顾爸爸笑着将请帖翻开，仿佛已经看到他们俩在一起了。

"我不要！"顾文修道。

"老爸！你怎么知道哥没有女朋友？"莎莎也不满地说。孟悠悠可是她的死党，怎么说她也会帮死党。而且她知道哥哥是真的喜欢孟悠悠。

"文修，你有女朋友了？妈妈怎么没听你们提过？"顾妈妈端着饭菜走过来微笑着问。

"哥说过几天就带她回来见你们。"莎莎望着顾文修笑道，仿佛是在邀功。眼睛在说：顾文修，今天我可是帮你说了好话啦，以后你要记得还我这个人情！

"真的？那女孩怎么样？她家里人同意吗？"顾妈妈原本还有些怀疑这两个孩子是因为不想见东方燕儿而撒谎，没想到莎莎竟然说文修要带女朋友回家，这才完全相信了。

"她是个孤儿，正在念大学，但她是个很好的女孩，爸、妈，你们见到一定会

喜欢的！"顾文修对孟悠悠完全有信心。

"家庭没关系，只要你喜欢，那女孩子确实不错的话，我们都不会反对的。"顾妈妈笑着端了一碗饭给顾文修。

顾爸爸脸上却没有多少笑意，他很喜欢东方家的那个活泼可爱的小公主，一直跟东方豪说着要撮合他们，没想到儿子已经有女朋友了。"那个生日Party你还是要去参加的。你东方伯父想见见你。"

"嗯！我会去的，什么时候？"顾文修没想到顾妈妈这么快就答应了，所以对Party的事也答应得很爽快。

"明天晚上八点钟。"莎莎笑道。

顾文修想了想，还是比较担心孟悠悠再遇上那个纠缠她的男人，于是决定先去送她回家。"明天你们先去，我想先送悠悠回家，她长得太招人了，我两次看到有男人找她麻烦，但我一定会在八点半之前赶到。"

"真的？文修，你要小心点，情况不对就报警。"顾妈妈担心地说。

顾爸爸脸上更加严肃了。那是个什么样的女人？能引来那些不三不四的男人，恐怕也不是什么正派人。

"老妈，你是太紧张啦！我哥可是练过的！报警的是他们吧？"莎莎对顾文修的身手有绝对的信心。小时候她很调皮，总是喜欢去欺负男生，最后打不过了就叫哥哥去帮忙。

"你尽快赶来。"顾爸爸没吃多少饭就直接去上班了。

"老爸再见！"莎莎将顾爸爸送出门才回来。听见顾妈妈还在问顾文修女朋友的事，于是笑着说："老妈，悠悠是我高中同学。她是我的好姐妹，可是个才貌双全的女生！"

顾文修感激地看着莎莎。心道：平时老跟我抬杠，这次算你聪明！否则我要你好看！

李俊泽回家已经好几天了，得知自己再一次被骗了之后，一直不肯跟李妈妈、李爸爸说话，每天躲在自己房间里玩电脑。

李妈妈端着茶走进李俊泽的房间，"俊泽，妈妈知道不应该骗你。但是如果不这样做，你肯回来吗？"

李俊泽关掉电脑，"没事的话，你骗我回来做什么？"

"其实是有一点点小事啦。"李妈妈笑着从衣服口袋里拿出一张红色请帖，"你爸爸公司的总经理为他的宝贝女儿开生日Party，他邀请我们全家参加。妈妈和

爸爸希望你去。那个东方燕儿你小时候也见过啦，你们可以……"

"我见她的时候才几个月，我哪里记得！"李俊泽真的是服了自己这个妈妈了。自己一岁多的时候被爸爸抱着见过才几个月大的东方燕儿，这也算见过吗？

"哎呀，俊泽，你就勉强去露个面嘛。你爸爸是董事会代表，你不去不行啊。而且Party上有很多跟你差不多年龄的男孩女孩，你多交几个朋友嘛。"

"受不了你啰唆，好，我去。"李俊泽接过请帖。随手丢在桌上。

"我们八点出发。妈妈给你准备了礼服，你穿上肯定很帅！"李妈妈高兴地跑出去拿了西装领带跑进来，放在李俊泽床上。"俊泽，现在五点咯，快去洗澡换衣服吧，一会儿就要出发了……"李妈妈的性格永远像一个大小孩。因为以前做演员，对自己的外形方面很注意，现在也一直在保养，所以看上去就更像是李俊泽的姐姐。

第七篇

永远只做你一个人的修王子

## 第三十六章　礼服惊艳

七点半，顾文修开着车去孟悠悠上班的咖啡厅接她。身穿礼服的顾文修一走进咖啡厅就引来无数美女爱慕的目光。他平常因为打球的缘故都是穿得很休闲，孟悠悠也是第一次见他穿正装。看上去更有一种成熟的魅力，与以往的阳光不同。

"送你的！"顾文修变魔术似的从身后拿出一束玫瑰花，双手捧到孟悠悠面前。

老板娘也笑着走过来，"悠悠，这是你男朋友？长得蛮帅的！"

"老板娘也很漂亮！"顾文修笑着对老板娘说。"我们今天有事，悠悠可不可以现在就跟我走？"顾文修突然想到要带孟悠悠一起去参加Party！所以他需要时间带她去挑选礼服，不得不让孟悠悠提前走。

"当然可以，悠悠，你走吧。"老板娘大方地放她下了班。

孟悠悠被顾文修拉着手跑出去，不知羡煞多少旁人。

"文修，你今天穿得很不一样，有什么事吗？"孟悠悠发现顾文修开车走的路不是回公寓的方向。

"帅吗？我要带你去参加一个Party。我答应他们在八点半之前赶到，所以我们还有接近一个小时的时间准备。先去挑礼服！"顾文修猛地扳动方向盘一个急转弯，敞篷车像流星一样射出去。风吹散了孟悠悠挽好的头发，生出一种凌乱的美。

顾文修的车停在一家礼服店门外。这家店在贵族中很出名，很多名门望族都在这里定做礼服。但是今天不能等他们定做，只好挑现成的款式了。

所幸孟悠悠就是衣架子，穿什么都好看！

"先生选好了吗？"女服务生拿着一件黑色的跟一件粉色的礼服走上前询问顾文修。这两件都是孟悠悠试过的。

"就这件粉红色的吧！"顾文修脑海中浮现出刚才孟悠悠穿着这件粉红色短裙礼服出来时的模样。虽然他已经猜到这件衣服她穿起来会很好看，但是真的看到她穿上礼服站在面前时还是觉得惊艳！

顾文修将孟悠悠送回公寓，让她洗个澡，换上礼服，顺便整理一下头发，他则独自开车离开了。

八点钟顾文修回到了公寓，孟悠悠穿着粉红色的礼服站在门外等着。

这时的孟悠悠头发末端稍稍弄了下小卷，看上去更可爱了。顾文修愣了愣，才对孟悠悠喊道："公主！快上车！Party要开始咯！"

等到孟悠悠坐在副驾驶座上后，顾文修才从衣袋里拿出一个黑色的小盒子。"送你的小礼物！我帮你戴上！"顾文修打开盒子，里面躺着一条流光溢彩的粉色珍珠项链跟一对粉红色珍珠耳坠。明显是一套，而且颜色跟设计的神韵都很搭孟悠悠身上的礼服。

顾文修亲手帮她戴好首饰欣赏了片刻，才开车朝Party会场赶去。

八点半，顾文修跟孟悠悠准时到达会场外。远远望去那里灯火通明，隐隐飘来悠扬的音乐。

"到了。公主殿下请下车吧！"顾文修亲自打开车门，很绅士地将孟悠悠扶下车。

顾文修右手掐在腰间示意孟悠悠挽着他。

"我去合适吗？"孟悠悠心中忐忑不安。第一次参加贵族聚会，会不会给他丢脸啊？

"合适！安啦！一切有我！"顾文修坚定地望着孟悠悠，在她额头轻吻以示鼓励。

"嗯。"孟悠悠幸福地点点头，挽着顾文修向大门走去。

莎莎在里面等了很久也不见哥哥来，沉不住气的她刚跑到大门。就看见顾文修跟孟悠悠盛装走来了。"哥——"

莎莎跑过去，脚下一滑向前扑去。

顾文修急忙上前扶住她。"莎莎，你怎么还是这个样子！像个野丫头似的！"

"哇——悠悠，你今天好漂亮啊！哥，是你去挑的？"莎莎一看孟悠悠身上的首饰，就知道不是孟悠悠选的。只有他哥哥顾文修才会对珍珠情有独钟，像她顾莎莎就不喜欢珍珠，独爱钻石！而且孟悠悠也不可能会有钱买这些昂贵的东西。

"对呀，悠悠过来啊。"顾文修回头去将孟悠悠拉上前，走到莎莎面前做了个自认为很帅的姿势，"怎么样？配不配？"

"太配了！哥，要是我早知道你选东西那么有眼光，我就让你帮我选了！"莎莎装作很惋惜地说道。

"你呀？不可能！我只为我的公主服务！我挑出来的都是精品，穿在你这个野丫头身上太浪费了。"顾文修毫不客气地打击着妹妹莎莎。

"哥！我看到那个人了……"莎莎跟顾文修两个人平时斗嘴都习惯了，对于哥哥的打击她已经完全免疫了，所以如今顾文修都只有被莎莎作弄的份儿。

"谁呀？"

"那个很酷的！那个……"莎莎知道李俊泽跟孟悠悠表白的事，如今悠悠跟哥哥在一起，她也不好意思说"李俊泽"三个字。

顾文修担忧地看了看孟悠悠，轻轻拍拍她的手背，"不要担心，我会一直在你身边的。你只要记得做个开心的公主就好了！"

孟悠悠点点头，跟着顾家兄妹走进去。

莎莎很识相地帮他们推开了玻璃门。"哥，老妈知道悠悠来了一定很开心，来的时候她还在说想尽快见见未来儿媳妇。"莎莎跟在他们后面低声道，"还有，这个Party简直就是东方燕儿的相亲会。不过她长得真的还不错，跟悠悠一样很讨人喜欢！"

顾文修跟孟悠悠两个，站在一起，绝对是完美的俊男美女组合，从进门开始，不断有人在打听这两个人是谁。莎莎则很开心地一路介绍，"那位帅帅的男生是我哥，旁边的是我哥的女朋友！"

三个人找到了顾妈妈。顾妈妈一见到孟悠悠就喜欢得不得了，暗暗称赞儿子有眼光，拉着孟悠悠四处介绍给别人认识。

顾文修则被逼去见顾爸爸。

# 第三十七章　遇见李俊泽

Party会场的边缘，人比较少。东方豪看着老朋友——顾爸爸笑问道："你们顾家的少爷还没到吗？我女儿可是已经等了三十分钟了！"

顾爸爸看看手表，"应该已经到了。"他清楚儿子从来都不是一个迟到的人。

"东方伯父好！"顾文修走到顾爸爸身边，虽然他已经很多年没有亲眼见到东方豪了，但是他常出现在报纸上，因此并不陌生。而且东方集团的实力日趋强大，已经要向国外发展了。

东方豪看看彬彬有礼的顾文修赞赏地点点头。今晚来的富家公子不少，但他真正看上的也只有李董事代表的儿子——李俊泽和顾文修两个人。

此时，东方燕儿正挽着李俊泽的胳膊跟他说她平时身边的事，但是李俊泽始终都是一副冷冰冰的表情，叫她觉得自己很无趣，所以独自回来找爸爸——东方豪。东方燕儿身穿白色公主礼服，头戴钻石公主冠。无论是身形模样还是气质都是绝佳！脖子上一条造型奇特的钻石项链更是光彩夺目。"Dad，我想要切蛋糕了！"东方燕儿还没有注意到顾爸爸身后的顾文修。

"燕儿，这就是你顾叔叔的儿子——文修。"东方豪高兴地给女儿介绍这个迟到的帅哥。

东方燕儿看了看顾文修，脸上露出灿烂的笑容来，"Dad，我知道，他是十七中的篮球王子！听说很多女生追，和俊泽哥一样帅！"

"看来我女儿比我了解你啊！"东方豪笑着拍拍顾文修的肩，嘴里轻声念着：不错不错……

几个人寒暄了一阵，顾文修对顾爸爸小声说："爸，我带了我女朋友来。她和妈在那边，我带你过去？"

东方豪并未听到顾文修的话，但是旁边的东方燕儿却听见了，"文修哥的女朋友？Dad，我也想去看！"东方燕儿笑着对东方豪撒娇。

东方燕儿是东方豪的掌上明珠，事事都依着她。"好吧，十分钟后就要切蛋糕

了，去吧。"东方豪心底有些惋惜，顾文修是这样的优秀，却已经有女朋友了。

"Thank you！Dad！文修哥，我们走吧。"东方燕儿倾身在东方豪脸上亲了一下，才挽着顾文修走开。

看着女儿跟顾文修站在一起那样相配，东方豪心底的惋惜就更强烈了。

会场飘荡着小点心跟香槟的香味。孟悠悠工作了一整天，下班还没吃饭，此时肚子饿得"咕咕"直叫。但是在场的都是富家公子跟贵族名媛，她怎么好意思对着那些精致的小点心狼吞虎咽给顾文修丢脸呢？只好忍着不去看不去想。

"悠悠，你怎么了？"莎莎看见孟悠悠紧闭着双目以为她不舒服。

孟悠悠睁开眼就看见一个打扮得像小公主的女孩儿挽着顾文修的胳膊朝这边走来了，从她的服饰猜出她就是今天的主角——东方燕儿。

东方燕儿放开顾文修走到孟悠悠面前，"你就是文修哥的女朋友？好漂亮啊！难怪文修哥会喜欢你。我叫东方燕儿，你可以叫我燕儿。"东方燕儿像父亲会见老朋友似的伸出右手去跟孟悠悠握手。

孟悠悠微笑着伸出手去，只觉得眼前这个女孩儿自己会不由自主地喜欢，想亲近。"生日快乐！燕儿。"

"爸，这就是悠悠。悠悠，这是我爸。"顾文修笑着介绍孟悠悠给老爸认识。

孟悠悠走上前微欠身鞠了个躬，"伯父好。"

顾爸爸微微点点头。看着眼前显得十分清秀的孟悠悠第一感觉还不错，不像他原先担心的那样。

东方燕儿突然将顾文修拉到一旁，"文修哥，你女朋友就是那个和俊泽哥住在一起的才女吗？"

"李俊泽说的？"顾文修不明白，为什么这丫头这么了解他们的事。他显然是不明白，所有女生对帅哥身边的人和事都是很敏感的，即使东方燕儿这样的千金公主也不例外。

"我们学校的女生说的，她也叫悠悠。是同一个人？"东方燕儿开始有些不明白了，这个孟悠悠虽然漂亮，但也还没有到让两大帅哥争她一个人的能耐吧？怎么看她也不像那种有心计会耍手段的人啊。

说完东方燕儿独自跑开了，一会儿拉着李俊泽往这边走来。

李俊泽现在后悔死来参加这个Party了，这个东方燕儿总是拉着他这里走那里跑，而他只想在角落里静一静。

李俊泽远远就认出了顾文修的背影，看见他揽着一个女孩儿的肩，却并未想到

那人就是孟悠悠。因为她今晚的装扮与平日的她有着很大的差别，全身都透着一种公主般的高贵气质。

顾文修听见身后的东方燕儿叫他，于是回过头去，没想到跟她一起过来的还有李俊泽。他对孟悠悠耳语道："李俊泽也过来了，你怕吗？"

孟悠悠微微愣了愣，脑海里浮现出那晚他吻她的情景。

近了，李俊泽才发现，顾文修旁边的背影竟然那么像孟悠悠。是她吗？！直到孟悠悠缓缓转过身，他才确定，就是她——孟悠悠！她怎么会在这里？而且打扮得这样叫人惊艳，自己几乎认不出来了。

"俊泽。"孟悠悠微微点头打招呼。

李俊泽的目光一动不动地盯在孟悠悠身上，她跟顾文修在一起了？！什么时候的事？为什么？为什么他偏偏在这个时候回来了？

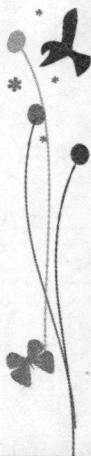

# 第三十八章 Party（一）

"酷哥！我们又见面了。"顾文修打断李俊泽的出神。

"俊泽哥，你怎么不告诉我文修哥有这么漂亮的女朋友？"东方燕儿抱着李俊泽的胳膊嗔怪道。

"燕儿，这不能怪他，俊泽也不知道。"孟悠悠微笑着说。看见李俊泽眼中的失落跟惊异，她的心也难以控制地狂跳起来！

一个二十出头的侍者走过来，"东方小姐，该切蛋糕了。"

东方燕儿看看李俊泽，"俊泽哥，我们去切蛋糕吧！"说完便拉着李俊泽朝会场中央走去。

"燕儿，18岁生日快乐！"东方豪亲自推着一个18层大蛋糕走出来，对宝贝女儿送上祝福。看着满脸洋溢着幸福的女儿，他眼睛里却闪过一丝丝的忧伤，几乎没人注意到这点，除了他的妻子。

东方夫人直到蛋糕推出去才缓缓走到东方燕儿身边，为女儿送上生日祝福，然后跟着他们一起唱生日歌……

"希望Dad跟妈咪永远幸福！"东方燕儿十指相扣，许了个愿望才吹灭蜡烛。切好蛋糕，东方燕儿便拿了一块去给李俊泽。

"我从来都不吃蛋糕。"看到孟悠悠跟顾文修在一起，他心里就不由自主地觉得烦躁。李俊泽没有多说一个字就将东方燕儿打发走了。

东方燕儿失望地捧着蛋糕朝顾文修走去，"文修哥，吃蛋糕。"

"燕儿，今天可是你的生日哦，怎么看起来不太开心啊？"顾文修接过蛋糕递给孟悠悠。

"俊泽哥不吃我的生日蛋糕！"东方燕儿含泪扁着嘴嘟囔道。

"李俊泽是不吃奶油的，你挑一块，刮掉上面的奶油拿去试试看。"孟悠悠走过去安慰东方燕儿。这个安慰人的动作还是当初杨飞教她的，突然想起了杨飞，孟悠悠才发现已经好久没有他的消息了。

东方燕儿转身跑回去弄了一块没有奶油的蛋糕给李俊泽送去。"俊泽哥,我把奶油都小心地刮干净了!"

李俊泽有些意外地看了看东方燕儿,这丫头怎么知道自己的习惯?"谁教你的?"

"是文修哥的女朋友说的。你吃啊,很好吃!"

"是孟悠悠……"李俊泽低声念道,接过蛋糕慢慢吃着。心道:没想到她还记得我的这些习惯……这个小插曲叫李俊泽的心情好转了很多。

东方燕儿暗暗舒了口气,今天一到会场她就被这个酷酷的李俊泽深深地吸引了,所以一直跟在他旁边。没想到这个李俊泽不仅仅是酷,简直就是不近人情,面对可爱的东方家千金完全不"感冒"。

搞定李俊泽了,东方燕儿才又拿了一块去给顾文修。"孟姐姐,你的办法真有用!俊泽哥他吃了,谢谢你!"

"不客气。谢谢你的蛋糕!"孟悠悠微笑着答道。她对这个可爱活泼的小公主很是喜欢,而且也感觉到她似乎对李俊泽有意思,想到自己辜负了他,她也希望看到李俊泽尽快遇上喜欢的女孩。在孟悠悠看来,这个东方燕儿就是很好的人选。

"莎莎姐呢?"东方燕儿环顾四周都没发现顾莎莎,于是好奇地问。

"她呀,你就别管了。她已经够胖了,再吃蛋糕就会变得更胖!"顾文修开玩笑地说。

东方燕儿看着帅气的顾文修心情也变得明朗起来,"文修哥笑起来真的好帅啊!看着真叫人开心!不像俊泽哥,总是板着脸!"

顾文修听到东方燕儿的话,就想到孟悠悠曾经也说过类似的话。于是笑道,"看来你们女生的眼光都是一样的,悠悠曾经也说过这样的话!是吧?"顾文修自得地望着孟悠悠,仿佛是在炫耀自己一样,逗得孟悠悠忍不住掩嘴偷笑。

会场上响起了悠扬的舞曲,一双双、一对对的夫妻、恋人或朋友,不约而同地走到舞池中央,随着舒缓的音乐起舞。

"文修哥!我们也去!"东方燕儿笑着拉着顾文修就朝舞池里跑去,她是想去叫李俊泽陪她跳舞的,但是想到李俊泽那张脸就知道他肯定不会答应,所以就选择了跟顾文修共舞。

顾文修被东方燕儿拉走后,就不断有"青年才俊"上去邀请孟悠悠跳舞,她都一一婉拒了,但还是不断有人来请她。

孟悠悠为难地站在原地,对面四个人同时向她伸出了手请她共舞一曲。看来不

去跳是不行了，但是四个人都邀请了，要选谁呢？她正犹豫着就听见李俊泽的声音响起了。

　　"可否陪我跳一曲？"李俊泽正面朝向孟悠悠，伸出右手，身体微微鞠一躬，然后发出邀请。

　　孟悠悠犹豫了片刻，还是将手放在了李俊泽的手心，接受他的邀请。

　　虽然孟悠悠没有参加过正式的交际舞蹈培训，但是凭她以前跟莎莎学的一点皮毛，加上刚才看了一遍东方燕儿的舞步，也就完全学会了。

# 第三十九章　Party（二）

东方夫妇、顾家夫妇、李家夫妇，都站在舞池边缘静静地看着人群里的那两对金童玉女。

看到宝贝女儿和顾文修相处得很开心的样子，东方豪也忍不住开怀大笑。"老朋友，看来我女儿很喜欢文修啊！"

顾爸爸尴尬地点点头，什么都没说。虽然他很喜欢东方燕儿那个可爱的小丫头，但是儿子终归有女朋友，他这个做爸爸的也不好过分干涉。

顾妈妈心里却是委实喜欢这个孟悠悠，从见到她就认定了她是顾家的儿媳妇，所以听了东方豪的话心里有些不舒服。装作惋惜地说："唉，可惜咱们文修已经有女朋友了。"她这样说，也是在提醒东方豪，顾文修已经有女朋友了，不可能跟东方燕儿在一起。

李妈妈见到李俊泽今天竟然破天荒地主动邀请了一个女孩子跳舞，脸上笑开了花。观察了几分钟，发现儿子的那个舞伴确实很出色，急忙问李爸爸："亲爱的，和咱们俊泽跳舞的女孩子是谁家的？看上去很不错！"

李爸爸正要说"不知道"，就听见顾妈妈回过头来说："那是我们家未来儿媳妇！"

李妈妈的脸色顿时冷了下来，好不容易发现一个能让儿子改变作风的优秀女孩子，没想到竟然已经名花有主了！她原本还想说叫李俊泽去追呢。强压着心中的失落，微笑着对顾妈妈说道："跟贵公子很相配啊。"

东方夫人望着舞池中央正尽兴的女儿叹息道："我也很喜欢文修这个孩子，只怪我们燕儿没有福气啊！"

"其实李俊泽也不错啊！李董事，以后可以让这两个孩子多走动多来往嘛！"东方豪笑道。

李爸爸微笑着点点头，"俊泽那孩子什么都好，就是性格太内向了！确实应该找一个活泼的女孩子交往看看！"总经理跟董事联姻，对双方都有百益而无一害，

133

而且两个孩子也称得上是男才女貌，所以双方父母都很赞同。

顾文修看见李俊泽跟孟悠悠在一起跳舞，心里就像小猫的爪子在挠一样。为了急于抢回自己的恋人，他径直停下舞步，拉着东方燕儿走向李俊泽，脸上露出优雅的笑，"介不介意交换舞伴？"

李俊泽知道顾文修是吃醋了，这是过来抢孟悠悠的。于是放开她冷冷地说："正好我累了，你们跳吧。"

顾文修和孟悠悠跳舞，东方燕儿没了舞伴，于是也跟着李俊泽走到会场边缘。"俊泽哥，你为什么一个人站在这里？"

李俊泽不回答。

"你不开心？"东方燕儿等了几秒仍不见李俊泽开口，于是又有些委屈地说，"可是……可是……今天是我生日啊……"他怎么可以在她生日的时候不理她！

"我没有不开心，你放心了吧？我累了，想一个人待会儿，你到别处玩吧。"李俊泽的目光始终停在人群里，随着一个俏丽的粉佳人的舞步而移动。即使对东方燕儿说话时也没有将视线移开半分。

东方燕儿见他不理自己，只好失落地回到东方豪身边。

"燕儿，你怎么不跳舞了？你不是最喜欢跳舞吗？"东方豪笑问着。

"Dad，文修哥和孟姐姐在一起呢，俊泽哥他不理人，我没有舞伴了！Dad，你陪我跳舞！"东方燕儿抓起东方豪的手就向舞池里拉。

"燕儿，Dad要陪客人，你自己找舞伴好不好？"东方豪小心地哄着宝贝女儿。哄了好一阵才让东方燕儿答应放开他，这才回到东方夫人身边，跟着她一起应酬。

"女儿都被你惯坏了！"东方夫人责备道。

"就这么一个女儿，宠坏了有什么关系？"东方豪对女儿的宠爱早已经达到溺爱的程度。

"你看文修和孟小姐多相配啊！"顾妈妈开心地望着舞池里的儿子，对顾爸爸说，"我觉得孟小姐的气质很不错……"

"是啊，比你生的那个疯丫头好多了！"顾爸爸看了一眼正在和别人拼酒的莎莎，"你快去把她拉回来！一会儿又要吐在车上了！"

看着顾文修跟孟悠悠幸福的样子，李俊泽突然觉得自己快要不能呼吸了。于是朝李爸爸、李妈妈走过去，"我出去一会儿。"李俊泽已经很久不叫他们，他不愿叫一个总是骗他的女人"妈"。

"俊泽，你怎么不跳舞呢？"李妈妈不明白为什么刚才还和那个女孩子跳舞的儿子，为什么突然不跳了说要出去。

"我想一个人待一会！"李俊泽不顾他们说什么，径直离开了。

李俊泽在东方豪夫妇面前转身就走，李爸爸只好尴尬地赔笑，"这孩子从小就这样……"

看着李俊泽离开的背影，东方夫人仿佛也看到了他的悲伤。原来这个锦衣玉食的李家大少爷并不开心。"我去看看俊泽。"东方夫人跟着李俊泽走出会场。

"夫人对俊泽这么关心……"李妈妈面露担忧之色，"只是我们俊泽的脾气……"她担心儿子会惹到东方夫人生气。

东方豪会意地点点头，笑道："放心，我夫人对孩子可是很有办法的。"

永远只做你一个人的修王子

# 冰山王子的怒拳

顾文修在毫无防备的情况下挨了这么一下，倒在了地上，李俊泽的出拳力道丝毫不比顾文修逊色，只是没有人知道。"这一拳是替孟悠悠那个笨蛋打的！外面那么大的雨你却让她一个人在街上淋雨回家！而顾大少爷你却开开心心地在这里陪别的女人！你不知道孟悠悠她不能淋雨、不能生病吗！"李俊泽越说越气，恨不能再多给他几下。

## 第四十章　东方燕儿的转变

李俊泽独自站在会场外的平台上，夏日的晚风竟也有些寒意。微寒的晚风吹在他脸上，让他觉得整个人像置身冰窖一般寒冷。

"俊泽，"东方夫人走到李俊泽身边，"你有心事？"

"没有。"李俊泽不愿承认自己在妒忌、在后悔：妒忌顾文修跟孟悠悠，后悔当初回去的时候没有强行带她走，让他们有了重逢的机会。

"还说没有，说谎可不是好孩子哦。"东方夫人笑着说。

说谎？李俊泽突然想到了李妈妈。我什么时候也变得跟她一样说谎了？！不要！我不要说谎！"夫人，这里风大，您还是回去吧。"

"其实你也很体贴人不是？为什么你非要将自己裹在面具下？"东方夫人一点点地开导他。

见东方夫人不肯独自进去，李俊泽脱下西装外套披在她肩上，自己双手放在裤袋里，毫无目标地望着远处的霓虹。

"我觉得你很不开心，为什么？你好像并不愿意来这里？"见李俊泽不为所动，东方夫人又继续道，"俊泽，如果你永远不学会打开自己的心，将心里想的讲出来，而是等着别人来打开，那你永远都不会开心。而且，除非你自己愿意，否则也没有人能够打开你的心。你是不是还没找到那个值得你这样做的人？"

"我找到了……但是她不属于我……夫人，您还是回去吧。"

"俊泽，有时间来我家坐坐，我觉得我和你很投缘。"东方夫人脱下外套还给李俊泽，走进会场。

李俊泽没有回头，等了片刻又从脖子上取下了孟悠悠给他的项链。看着它，时间好像又回到了那天晚上，每一幕都那么清晰。

想起他表白时的孟悠悠，他不自觉地低声说道："你是故意的！我喜欢你……真是笨蛋……到今天才发现原来笨蛋是我自己。项链，已经对我没有任何意义了，是时候让你回到你的主人身边了。"他手拿着项链走进会场，却不见孟悠悠跟顾文

修。

孟悠悠说肚子饿了，顾文修便带着她悄悄离开了会场出去吃东西。连顾爸爸顾妈妈都不知道具体在哪，李俊泽只好暂时收好项链……

Party的热闹已经过去好几天了，李家突然接到东方豪打来的电话，说是要找机会让两个孩子多接触接触。李妈妈当场就答应了，约定星期五到东方家做客。

星期五早上，李爸爸吃完早饭就去上班了，家里只剩下李俊泽跟李妈妈。

李妈妈一边收拾碗筷一边装作不在意地问："俊泽，还记得东方夫人吗？"李俊泽虽然没说话，但她也看出来儿子跟东方夫人似乎还蛮谈得来，所以借口说是东方夫人邀请他们去家里喝茶。

"好啊。"

李妈妈惊讶地摸摸耳朵，"妈妈没听错吧？"她没想到儿子这么轻松就答应了。

随后李俊泽开车带着李妈妈来到东方家，东方夫人亲自来开门迎接。今天东方家的佣人似乎都不在。

"快进来吧。"东方夫人一脸热情，很亲切地招呼他们喝茶吃点心，事事亲为。

东方燕儿在楼上的房间里听到门铃响，猜到是李俊泽他们来了，跑到镜子前仔细地照了照，左右看看，自己觉得已经很美不需要再打扮了，才急急忙忙地跑下楼。"俊泽哥的妈咪还是这么漂亮啊！简直和电视上一模一样！我最喜欢看您演的电影了！"

听见东方燕儿的夸赞，李妈妈掩嘴轻笑，"燕儿真是会哄人，伯母都老了。还是我们燕儿漂亮！"

"俊泽哥，你带我去找文修哥好不好？"东方燕儿摇着李俊泽的胳膊撒娇说。

李俊泽如今倒是摸不着头脑了，这个丫头在搞什么？难道喜欢顾文修？怎么可能！她应该知道顾文修有女朋友啊！

看出李俊泽的疑惑，东方燕儿主动解释道："我只是想出去走走，我知道俊泽哥肯定不愿意。所以我才决定去找文修哥啊。可是我不知道他家在哪里。"

李俊泽不想让东方燕儿去破坏孟悠悠的幸福，于是淡淡地道，"我也不知道他家在哪里。"

"俊泽，既然你把车开来了，那就带燕儿出去散散心嘛。"李妈妈笑着说。

李俊泽生气地看着李妈妈，这才明白她今天为什么非让他亲自开车来。这才是

她的目的吧！"你要去哪儿？"为了防止东方燕儿去找顾文修而让孟悠悠难过，他不得不答应带她出去。

东方燕儿对李俊泽也还是有些爱意的，毕竟他是她在Party上看上的第一个男生。听到他说带自己出去，顿时高兴起来，"去哪儿都行。"

李俊泽开车载着她在街上胡乱绕圈，大约半小时后，东方燕儿觉得乏味了，正准备说要回去了，就看见顾文修在对面街上，便急忙叫李俊泽把车开过去。

李俊泽没想到这样也能碰上他，只好将车靠过去。

东方燕儿笑着打开车门跑过去，"文修哥！"

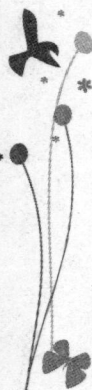

# 第四十一章　雨夜情

顾文修刚去咖啡厅看了孟悠悠，回来想在街上随意走走，就听见有人在叫他，转过身却看见东方燕儿跑过来了。

"文修哥，好巧啊！你也在这里！"东方燕儿惊喜地望着顾文修，相比之下她觉得这个顾文修可比李俊泽好多了。

"是啊。你怎么跑到这里来了？"顾文修有些疑惑：这条街并不繁华，没什么好景致，这个千金大小姐怎么会出现在这条街上？

"孟姐姐呢？你要去哪儿？"东方燕儿四下看看没有看到孟悠悠。

"她在上班。"顾文修微笑着说，目光看到一家冰激凌店，于是问："燕儿，要不要吃冰激凌？"

"好啊！"东方燕儿高兴地跟着顾文修走进店里，完全忘记了车上还有个李俊泽。

李俊泽原本也不想带着东方燕儿，如今见到她竟然遇到了顾文修，两个人还有说有笑的走进店里去了，心里莫名地生气起来。

终于等到他们拿着冰激凌出来，李俊泽推开车门走过去。"顾文修，一会儿你把她送回家，我先走了。"说完便回到车上，猛踩油门离开了。

吃完冰激凌，顾文修打算送她回去，东方燕儿却坚持不回去，还要继续玩，于是顾文修又带她去了动物园……然后又去电影院看了一场电影……去吃了中饭后，又去了游乐场。玩累了又去路边摊吃烧烤。

"文修哥，我以前都不知道这些路边的东西会这么好吃耶！"东方燕儿一边咬着烤蘑菇一边说，脑袋里还在计划接下来要去哪儿玩。跟顾文修在一起，她一点不觉得闷，他总能找到让她觉得新鲜好玩的东西。

顾文修付完账后拦了一辆计程车打算送她回去，途经电玩城，东方燕儿又要去玩电玩。顾文修拗不过她，只好答应陪她进去玩10分钟。

东方燕儿一进去就不愿走了，两个人一直在里面玩到晚上八点。走出去才发现

天已经很黑了，还下着小雨。顾文修想让东方燕儿自己坐车回去，他去接孟悠悠。

"文修哥，我一个人害怕……"东方燕儿死拽着顾文修不让他走，他只好亲自送她回去。

孟悠悠在咖啡厅等着顾文修去接她。但等了十多分钟都不见他来，天上的雨也越下越大，孟悠悠只得冒着大雨出去拦车。屋外下着瓢泼大雨，过往的出租车都不愿停车载客。孟悠悠不得不冒雨前行，大雨打得她眼睛都睁不开，艰难地向家的方向走着。

李俊泽下午去东方家接李妈妈回家，才知道她已经答应在东方家留宿。于是他就开车在街上游荡，无意间发现路边有个全身湿透的女孩子很像是孟悠悠。于是将车靠过去，打开车窗一看竟然真的是她！"孟悠悠，快上车！"李俊泽在车内叫她，但雨声太大，孟悠悠却没有听见。

他顾不得外面正在下着大雨，直接冲下车将孟悠悠拉到车上。从后备箱取出备用的干毛巾和毯子递给她。"去哪儿？"李俊泽带着愠色地问。这个顾文修在搞什么鬼！怎么能让她冒着大雨走回家？不知道她不能生病吗！太可恶了！

"回公寓，你怎么在这儿？"孟悠悠有些尴尬地擦着自己湿漉漉的衣服跟头发。

"我路过，你这是干什么？又在惩罚自己？"李俊泽同时也气孟悠悠不会照顾自己，她为什么不会找把雨伞，或者坐车，再或者找个人来接她！

"我刚下班。"

李俊泽发动汽车一路狂飙回公寓，担心她穿着湿衣服会感冒发烧。

10分钟的车程，李俊泽3分钟就赶到了。"乖乖留在车里！"李俊泽打开车门冒雨冲出去，打开公寓的门，进去拿了一把雨伞出来接孟悠悠。并亲自将她送进屋，去药箱找来一堆感冒药。

"拿药做什么？"孟悠悠有些奇怪，他们两个人都没有病，李俊泽去哪里找来了一堆感冒药？她住在这里都不知道家里有感冒药。

"上次你感冒后我买来放在药箱的，吃点药比较保险！你去换掉湿衣服，我帮你倒水。"李俊泽催促孟悠悠上楼换衣服，却不顾自己湿透的衣服。

孟悠悠被李俊泽推上楼梯，站在楼梯上看着李俊泽在大厅里忙着倒水、试水温、看感冒药说明、取药剂量的李俊泽，两行晶莹的水痕悄然滑下，她自己也不知道那是泪，还是发丝上滴落的雨水。但是心底却突然觉得像被火炉烤着一样温暖，喉咙有些哽咽……

孟悠悠换下湿衣服下楼来时，才发现李俊泽已经走了，桌上放着那杯他试过水温的水跟调配好剂量的感冒药。杯子下压着一张纸，写字的笔还在滚动着，在孟悠悠眼前掉落在地上。"李俊泽——"孟悠悠抓着雨伞冲出去。刚到门口就看见他的车疾驰而过，消失在滂沱大雨中，跟夜色混为一体。

　　孟悠悠回到客厅拿起杯子下的纸，上面是李俊泽特有的笔迹。棱角分明仿佛带着一股北极的冷酷，但字里行间却透着烈日下沙漠的灼热。

　　"药我已经调配好了，自己记得吃。千万不要再感冒了，这次我不会再守在你床边了。如果不想一个人躺在医院里，就乖乖吃药，吃完药早点睡。李俊泽留。"

　　攥着字条，孟悠悠的眼泪再也控制不住夺眶而出。手机这时却突然响了，孟悠悠擦干眼泪走过去接电话。手机是这两天才买的，知道号码的只有顾文修……

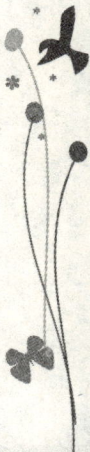

# 第四十二章　顾文修挨揍

顾文修跑哪里去了？李俊泽在车上思索着，最后还是决定回到东方家，顺便看看东方燕儿回去了没。刚走进门就听见屋里传出顾文修和东方燕儿的说笑声，李俊泽的怒火立刻涌上来，这个顾文修竟然在这里泡东方家的小公主！而把孟悠悠扔在马路上淋雨！他恨不能提把刀直接砍了他！

李俊泽黑着脸走进去，身上的衣服还在滴水，他径直走向顾文修，"顾文修，你跟我来，我有话跟你说！"说完便走进东方夫人为他准备的房间，连灯也不开。

东方夫人见李俊泽浑身湿透，于是起身去取东方豪的衣服给他。

顾文修跟着李俊泽走进黑漆漆的房间，随手关上门。

李俊泽准确无误地一拳打在顾文修脸颊上。

顾文修在毫无防备的情况下挨了这么一下，倒在了地上，李俊泽的出拳力道丝毫不比顾文修逊色，只是没有人知道。"这一拳是替孟悠悠那个笨蛋打的！外面那么大的雨你却让她一个人在街上淋雨回家！而顾大少爷你却开开心心地在这里陪别的女人！你不知道孟悠悠她不能淋雨、不能生病吗！"李俊泽越说越气，恨不能再多给他几下。

顾文修缓缓站起身，没有还手，"刚才电话里悠悠说她已经平安回去了，没有生病。"

"那是因为我载她回去的！你到底爱不爱她？你怎么能有了孟悠悠还跟东方燕儿走这么近！"李俊泽压低了声音怒吼道。

外面响起了敲门声，"文修哥，俊泽哥，你们在干什么？声音好吓人啊！"

"我知道，她电话里告诉我了。我告诉你现在她平安是要你放心。今天是我不对，我保证不会再有下次了。今天……谢谢你！"顾文修打开门走出去。

李俊泽不再说话。我是怎么了？我怎么会这样？早说了要放下她的，怎么还是会这样！

东方燕儿一眼就看见了顾文修脸上的红肿，"文修哥，你的脸……"

拜托公主

Bai Tuo Cong Zhu

"燕儿，去拿药箱来！"东方夫人支开了女儿，将顾文修扶到沙发边。低声道："你跟俊泽怎么了？他下这么重的手。"

顾文修笑了笑，只说是自己不小心撞到了墙上。

东方夫人笑着摇摇头："撞到墙上的伤跟拳头打的伤还不容易区分吗？"

"妈咪，药箱来了！"东方燕儿捧着药箱跑过来，看着顾文修脸上的伤一阵心疼。

刚才李俊泽在房间里的话，东方夫人在取衣服路过时也隐约听到了点，一边给顾文修上药，一边对女儿说："燕儿，你以后不要老是去烦文修，文修还有很多事要做，知道吗？"

"可是……"东方燕儿还想再说什么，但是看见东方夫人有些生气了，只好将话吞进肚子里，"妈咪，我只占用文修哥一点点时间……"

这时外出应酬的东方豪带着些许酒气回来了。

东方燕儿委屈地走过去，"Dad，妈咪不准我找文修哥玩！"

"那肯定是你太任性啦，是不是？"东方豪脱去外套，摸摸女儿的头走向顾文修，"文修？你的脸怎么了？"

"没事，文修他……不小心撞到墙上了。"东方夫人拿着药箱离开了，放好药箱才走到李俊泽的房间。

"夫人有事吗？"借着外面走廊上的灯光，李俊泽看见了进来的是东方夫人。

"你妈妈已经睡了，有事你可以告诉我，我就像你的妈妈一样。"

李俊泽没有开口。

"你不说，我也不勉强。好好休息吧，这是我先生的衣服，你可以暂时穿这个。"东方夫人放下衣服便离开了。

顾家的司机在接到顾文修的电话后赶到了东方家接他。东方燕儿亲自将他送出去才回到大厅，抱着东方豪的脖子开心地说，"Dad，今天文修哥带我去了很多好玩的地方……"东方燕儿细数着他们白天去玩的地方和做的事。

"那你还说只占用了文修一点点时间？"东方夫人带着责备地看着东方燕儿。虽然她也觉得顾文修这个孩子很不错，但他毕竟已经有女朋友了，她不愿女儿去做第三者，破坏别人的幸福。

"Dad！"东方燕儿撒娇地将头埋进东方豪胸前，"妈咪凶我。"

"夫人，难得燕儿这么开心，你就随她去吧。我们燕儿乖巧得很，不会有事的。"东方豪宠爱地拍着女儿的背，哄她回房去睡觉。

"Dad、妈咪，我回房间睡觉了。"东方燕儿小跑着溜回了房间。

东方豪冲完凉换上睡衣回到卧室后，发现东方夫人还坐在画板前拿着炭笔勾勒着什么。"夫人，早点睡吧，不要想那么多了，我们还有燕儿呢。"东方豪搂着东方夫人的双肩道。

"我这几天总是会不由自主地想起玉儿，不知道她现在怎么样了，过得好不好……"东方夫人说着说着眼泪就涌了出来，握着笔的手也微微颤抖起来。

"夫人，玉儿已经死了，你就别再胡思乱想了，睡吧。"东方豪从夫人手中拿掉炭笔，扶着她去休息……

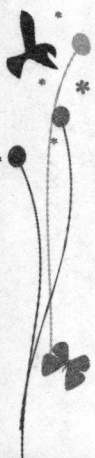

# 第四十三章　交换秘密

第二天用完早点，东方燕儿就跟着东方豪出去了。

李妈妈也打算回家了。

东方夫人却想留下李俊泽。每天看见东方燕儿的笑脸，乍一见到李俊泽，她真的觉得这个孩子很不开心，她想试着帮他解开心结。"俊泽，你能不能多住几天，我想跟你聊聊。"

李俊泽没有说话，李妈妈就高兴地替他答应了。"俊泽，夫人盛情，你就留下陪夫人住几天，妈妈先走啦。"李妈妈从李俊泽身上拿走车钥匙，笑着在他脸上印下一个吻。"宝贝儿子，妈妈走咯！"说完便偷笑着溜走了。

"喂——"李俊泽想追，但李妈妈已经开着车离开了。转念想到不用在家听她啰唆也觉得住这里不错。

李俊泽坐在东方家的别墅花园里静静地望着天空。

东方夫人端着功夫茶具来到李俊泽身边。以沸水洗茶具，然后纳茶（即取茶），等到水面冒出成串的气泡时即开始沿着茶壶边缘下汤，风中带着隐约的茶香。而后以壶盖刮去表面的泡沫，盖上盖子。用沸水淋茶壶，此时茶香已经越发浓郁了。淋罐完毕则开始烫杯，将杯里残留的水倒尽，茶罐上的水渍刚好挥发完毕，茶熟了。东方夫人将小巧的茶杯排成"品"字形，手持茶壶沿着三个茶杯一圈圈、循环地斟沏。三圈后茶已斟好。

"俊泽，试试这茶。"

李俊泽接过茶，放在鼻下，茶香扑鼻，比他老妈冲的茶不知好上多少。茶入口清香微甜，香气一直顺着喉咙深入腹内。"谢谢夫人，这茶虽好，但是太耗时。"

东方夫人微微笑了笑，喝了一小口便放下了。"你叫我伯母吧。其实，我还有一个女儿，她叫东方玉儿，在她一岁的时候，我带着她和燕儿开车去公司送一份重要文件。当时我急着赶过去，所以途中出了车祸……"东方夫人眼中出现了泪光，似乎陷入了回忆，"我只及时抱出了燕儿，车子就沿着斜坡滑进了河里。等到我

们把汽车打捞起来时，车上已经不见了玉儿。我可怜的女儿就这样被我害死了，所以燕儿才会得到两份父爱，被宠得任性胡为……"东方夫人已经哽咽到不能言语了。

"您，为什么告诉我这些？"李俊泽递上了一张面纸。

东方夫人擦去眼泪又才道："交换。我告诉你我的心事，现在到你了。"

李俊泽沉默了片刻还是开口了："我不知道什么事才算我的心事。"

"那就随便说吧，这里只有我们两个，今天的谈话，我们都要替对方保密。"

"我不想回家。家里的人我都不想见，我爸总是忙公事，我妈从来只会撒谎骗我……"

"其实，你的妈妈和爸爸都很爱你。不然你妈妈也不会骗你回家，她只是想看看你。如果你愿意多陪陪他们，把自己心里的话告诉他们，我相信，你们一定会生活得更开心。"东方夫人慢慢地开导着李俊泽。

李俊泽沉默了，他也很想跟爸爸妈妈更亲近些，但是每次看到他们，他就变得什么都不想说了。逐渐地，就发展成现在这个样子了。"伯母，我希望您可以看好您的女儿，我不想看到孟悠悠受伤害！"想到昨天顾文修的事，他还是气得双拳紧握，恨不得再打他几拳。

东方夫人怔怔地看着他，"昨天的那一拳是因为那个叫孟悠悠的女孩子？"

李俊泽坦白地承认了，"昨天我看见孟悠悠一个人淋着大雨回去，回到这里却看见顾文修跟东方燕儿有说有笑，所以……"

东方夫人放下茶杯，"我可以理解，我也不希望燕儿去缠着文修，我会劝她。"

"东方家有两个女儿？这件事为什么我从来没有听说过？"作为商界风云人物的东方豪几乎天天都有上报，却从没有报道过这件事。这是为什么？这样的隐秘内幕，媒体不可能会放弃啊！他还记得，当初东方燕儿初次上报是在两周岁的时候，媒体将此事炒得沸沸扬扬。

"出车祸那天我才带着两个女儿从国外回来，除了我跟我先生连燕儿也不知道她还有个姐姐。如果玉儿没有遇上那场车祸，她应该也像你这么大了。"东方夫人看着李俊泽缓缓说着。

虽然落水生还的可能性几乎为零，但李俊泽还是暗自祈祷那个可怜的婴孩还活着。"如果她真的活着呢？您没有找过她吗？"

"我先生一直暗中派人寻找，直到去年才放弃。"东方夫人叹息着望向天空，

仰首是为了不让眼泪流下来。

　　"伯母，您人这么好，您女儿一定也还活着，迟早会回到您身边的。"

　　"但愿吧。"东方夫人已经不抱什么希望了。十多年来，她从期望到失望到现在已经绝望了。即使是大人被困住也难以逃脱，一个仅一岁的小孩子怎么能幸免！

　　"俊泽，跟我说说那个孟悠悠吧。"东方夫人可以清楚地感觉到李俊泽对那个叫孟悠悠的女孩子的关心与在乎。

第八篇

——

冰山王子的怒拳

## 蛮横无理的东方大小姐

"看好你的顾文修吧，东方家的千金已经杀过来了！"李俊泽气得转身就走。心道：这项链确实给我带来了好运，顾文修背叛你，我可以趁机取代他，只是我不屑用这样的手段！所以，这对我来说并不是真正的好运，但是对你来说却是百分之百的厄运！

# 第四十四章　大学生活开始了！

　　"孟悠悠？"李俊泽看了看东方夫人开始缓缓讲述，"她是一个孤儿，自幼在孤儿院长大，从小到大都成绩优异，一直由学校出资供她读书。她语文最好，甚至会考满分。语文老师们都特别偏爱她，高三的时候她转来我们班。语文老师就把我这个前任语文课代表替掉了，换了她。她心地善良，对人很体贴，而且她的厨艺值得夸奖……"李俊泽说着说着脸上竟然有了他自己都没有觉察到的笑容。"高三的时候，杨飞很喜欢她，上课会傻笑，还一个人嘀咕。我好奇就趁老师不注意去偷听他在说什么，结果吓得我连人带桌倒在地上……"

　　等到李俊泽差不多讲完时，东方夫人才问道："那个杨飞到底说什么了？把你吓成那样。"

　　"那天我……喝多了，杨飞送我回去的。因为我跟孟悠悠都住在那里，而且那一晚发生的事我都不记得，所以当第二天听到杨飞说什么'跟孟悠悠的孩子'，我当然吓到了，一不留神就倒地上了。"

　　"结果，应该是那个杨飞自己在胡思乱想，对吧？"东方夫人笑道。这群小孩子的事委实有趣，她现在对孟悠悠更好奇了，竟然能让李俊泽跟顾文修两个人都对她死心塌地。

　　"对呀！差点把我气死了！杨飞那小子害我进办公室被老师训了两次，我以前可从来没有过这样的'待遇'。"

　　"你知不知道，你刚才说话的时候笑得很开心。"东方夫人微笑着对李俊泽说。这个孩子果然是喜欢那个孟悠悠，只是她已经跟文修在一起，只怕俊泽的伤心还要持续一段时间。

　　"有——有吗？"李俊泽伸手摸摸自己的脸。

　　"我看得出你和文修都很喜欢那个女孩子，她也确实是个好女孩。但是，她既然已经选择了文修，你就应该放手。"东方夫人在李俊泽手背上轻轻地拍了拍。

　　"我没想过要绑住她！"李俊泽立刻辩驳道，"我早就放手了……"他的神情

152

拜托公主

Bai Tuo Gong Zhu

再次落寞起来，让人看了不忍离开他的那种失落。久久又才继续说道，"只是，我忍不住又会想起她，关心她……"

看着如此矛盾而痛苦的李俊泽，东方夫人也不知该如何帮他了。"俊泽，祝你找到一个更适合的好女孩。"东方夫人举起茶杯，"为今天的愉快谈话干杯。"

此时，修剪花草的园丁过来了，东方夫人急忙对李俊泽做了个禁言的动作。"秘密哦！不能透露。"

李俊泽微笑着举起茶杯，这个东方夫人竟然还有这么俏皮的一面。难怪她跟东方豪的关系仍如此甜蜜。他心里又不由自主地想到了孟悠悠，她以后结婚了应该会很贤惠吧。

假期结束了，李俊泽在大学附近租了一个小别墅。

孟悠悠也结束了暑假的打工住进了女生宿舍，跟另外三个女生住在一起。

原本顾文修不是这所大学的，但因为孟悠悠在这里，所以他也转过来了。

莎莎和小芸一起去了外地的学校，当初是想离孟悠悠远点，免得在她面前不小心提到顾文修。谁知哥哥一回来就跟孟悠悠和好了，所以表面上都很气顾文修，在走之前狠狠地剥削了他一笔零花钱。

大学课余时间很宽裕，几乎每个人都参加了喜欢的社团。孟悠悠加入了文学社，而且被聘为广播室的编辑。

顾文修参加了篮球社。

只有李俊泽总是抱着笔记本，不知道在忙什么。大一就这么平静地过去了，大二又开始了。

大二开学了，一个月后学校的网站上多了一篇《拜托公主》的小说，一直连载着，校内很多女生都在追读这本书。大学校园里顿时掀起一场公主热，作者笔名叫过客，大家纷纷猜测"过客"是谁。而且有不少人认为是孟悠悠的杰作，纷纷跑去求证，而结果孟悠悠却根本没有看过那篇小说。

小说隔几天就会更新一次，一直连载着，到后来文字间更是出现了可爱的原创插画，都是卡通形象，这下小说的点击量更高了，连其他学校的女生都在追着这书看。

下课后，孟悠悠去球场找顾文修，顾文修正在打球，还是和以前一样有很多女生观看加油。

球场一边两个女生唧唧喳喳说个不停。

"你觉不觉得顾文修很像小说里的邵飞扬耶！"一个说。

"你也觉得哦？我早就觉得像了耶！"另一个附和道。

旁边的女生听见她们在讨论那本小说也凑了过来，加入讨论队伍，但无非是说顾文修或邵飞扬有多帅，那个女主角有多可爱罢了。

三天后，因为那篇小说在学校引起了极大的轰动，所以广播站决定让孟悠悠针对那篇未完成的小说写一篇文章。

孟悠悠只好乖乖坐在电脑前阅读那篇小说。

## 第四十五章　再遇东方燕儿

孟悠悠看着小说，越来越觉得像是发生在自己身边的事。有她，有顾文修，有李俊泽，还有莎莎，也有小芸，甚至还有秦湘。只是名字不同，夸张了些，也多加了一些故事，但大体上就是她的故事，而且故事才写到她离开学校失踪那里。

看着看着，孟悠悠又有些觉得这主角不是她。因为主角兰苏苏有一个非常令人羡慕的家，她是家里的心肝宝贝，众人眼中的可爱公主。她自认为自己虽不是坏人，但也不会跟可爱搭边。这一点让她开始怀疑一切只是巧合……也许只是恰好写了这些，也许是她太"幸运"，遇到了这么多可以编成故事的事。

孟悠悠连忙写了一篇读后感便去找文修。昨天他说他今天有一场球赛，让孟悠悠去给他加油。孟悠悠写完就一路小跑……到达球场时球赛刚开始。

球场边人山人海，观战的、看帅哥的、凑热闹的……孟悠悠被挤到一个不起眼的小角落里。但是顾文修还是环视一周后就一眼看到她了。

球赛对孟悠悠来说并没有太大的吸引力，她只是单纯为了顾文修才来这里。

球赛结束了，顾文修带领的队伍大胜！

人群散去大半还有一些女生等着看帅哥。

孟悠悠拿着毛巾跟水走过去。这时，另一个女生却跑向顾文修，不顾他身上的汗就挽着他的胳膊。正是许久未见的东方燕儿，"文修哥，你真是太厉害了！"

顾文修对东方燕儿笑了笑，就朝孟悠悠走来。

东方燕儿跑到顾文修前面，一把从孟悠悠手中拿过毛巾跟水跑到顾文修面前，笑着递给他："文修哥，给你。孟姐姐也在这里看球赛啊，我刚刚都没看到呢。"

"嗯！燕儿，你怎么来了？"孟悠悠有些好奇，这个千金大小姐为什么会突然跑到他们学校。

"我Dad答应让我转校来这里！所以我来看看新环境啊！"东方燕儿满脸幸福地望着顾文修，"文修哥，你带我去参观一下吧！"

顾文修也隐约觉察到这个东方燕儿对他似乎有些微妙的感情变化，虽然他真正

蛮横无理的东方大小姐

喜欢一个女生这还是第一次，但是根据以前那些经验，他还是相信自己的判断。悄悄看看孟悠悠，见她似乎没有生气才暗暗松了口气，但心中还是决定尽量少见东方燕儿。"燕儿，我很累，让孟姐姐带你去参观好吧？"

"文修哥，你累了？打球的时候看你一点都不累嘛！"东方燕儿有些不高兴地埋怨道。

顾文修自知是在诓骗她，也不好再说其他的，"不然，我让孟姐姐带你去找李俊泽？"

"不要！"东方燕儿一口回绝，"俊泽哥他根本不理人，我要回家了。明天再来找你，你要记得带我参观啊！"说完就蹦蹦跳跳地跑开了，她的司机跟保镖急忙追上去……

"悠悠，你不会生气吧？明天我们一起带她参观。"

孟悠悠心里确实有些泛酸，但她还是愿意相信顾文修。"你还是自己去吧，明天我还要改稿子，今天写出来的太草率了，应该再修改一下，所以，我没有时间了。"

"好吧，我们去吃点东西！饿死我了，打球真是个体力活！"顾文修拉着孟悠悠跑向校外的小吃店。

《拜托公主》还在连载着，但网上的留言已经五花八门褒贬不一了。而且还有一些出版商开始注意到这本连载着的小说了，希望可以和作者签订合同，买断小说的版权！也希望与之长期合作，但是一直没有人知道这个作者是谁。而作者每隔一段时间都上传一段故事，一副对留言跟帖毫不理睬的样子。

孟悠悠也逐渐喜欢上了这篇小说，作者刻画出的人物形象饱满而鲜明，情节扣人心弦，但是孟悠悠还是能从里面找到与她相似的遭遇。

顾文修开车来学校，一下车就看见东方燕儿跑了过来，想躲都没机会。

"文修哥，今天不累了吧？"东方燕儿拉着他的衬衫下摆狡黠地笑道。

"但是只能陪你一会儿啊，我等一下还有课。"顾文修笑道。

"嗯！我念大一，你念大二，我们相差不是很大啊！文修哥，你带我去你平常玩的地方看看吧！"

顾文修带着东方燕儿走在他常跟孟悠悠散步的那段小路上。

李俊泽正好从对面走过来，看见顾文修又和东方燕儿在一起，怒火就难以抑制地喷涌上来。那股想扁人的冲动又回来了，跟上次在东方家一样。

"俊泽哥？嗨——我是燕儿啊，你忘了吗？我也到这里念书了哦！"东方燕儿

笑着走过去跟李俊泽打招呼，李俊泽却根本不理她，径直问顾文修，"孟悠悠那个笨蛋呢？！"

"她这会儿应该在广播室修改稿子吧！"顾文修不明白为什么李俊泽看上去怒气冲冲的样子，而且还骂孟悠悠是笨蛋。

李俊泽冷冷地看了看顾文修跟东方燕儿，朝广播室方向走去。

# 第四十六章　好运VS厄运

李俊泽来到广播室外，隔着玻璃确实看见了孟悠悠。她看上去和高三的时候没有太大的分别，只是好像更漂亮了，也比以前看上去稍稍成熟了些。她和两个女生在说着什么，笑得很开心的样子。李俊泽推开门走进去，"悠悠。"

孟悠悠惊讶地望着门口的李俊泽，自从上次送她回去之后她就再也没见过他。孟悠悠甚至以为他已经转校了，竟不想他会出现在广播室门口。"李俊泽……"

"你是担心忘记我姓什么吗？"李俊泽有些不悦地说道。

孟悠悠有些不明白他的意思，疑惑地望着他。

"不然你为什么连名带姓一起叫？是顾文修特别交代的吗？"即使李俊泽开玩笑脸上也不会有笑意，叫人猜不透他是说笑还是认真的。

"没有……我只是惊讶……你找我有事吗？"孟悠悠急忙解释。

"有样东西原本早就该还给你了，但是上次送你回去的时候忘记了。"

孟悠悠身后两边各站了一个女生，悄悄扯了扯她的衣袖问："悠悠，这是你的朋友吗？"

孟悠悠点点头，"什么东西？"

"你的护身符项链！"李俊泽将手伸入衣兜里去拿项链。他昨晚特别去买了一个精致的小盒子装项链，打算今天还给她。

"哦——我都差点忘记了。不过，你先留着吧，我觉得你好像不太开心啊。那项链会带去好运的！"

李俊泽看着此时的孟悠悠，忍不住低声骂了声"笨蛋"。

"你为什么说我是笨蛋？"孟悠悠微怒地望着李俊泽。这个家伙是干什么啊？明明是他还我东西，怎么反倒像我欠他一样，还骂我笨蛋！

"看好你的顾文修吧，东方家的千金已经杀过来了！"李俊泽气得转身就走。心道：这项链确实给我带来了好运，顾文修背叛你，我可以趁机取代他，只是我不屑用这样的手段！所以，这对我来说并不是真正的好运，但是对你来说却是百分之

百的厄运！

广播室的两个女同学一直跟着李俊泽走出教学楼才跑回广播室。"悠悠、悠悠……你朋友好酷啊！"女生甲捂着发烫的脸颊道。

"还有你的男朋友——顾文修，也超帅的！"女生乙明显比较支持顾文修。但对李俊泽也有不小的兴趣。

"悠悠，这个酷哥叫你看好顾文修是什么意思？难道顾文修'劈腿'？"

"不会啦，顾文修对悠悠这么好，怎么可能呢！而且咱们悠悠的人气可是很旺的，他要是真的那个什么什么……铁定是他的损失！不过……我还是很好奇啦，他说的东方家的千金是谁啊？"女生乙问。

"她是东方集团的小公主。"孟悠悠淡淡地说。

"啊？东方集团？！很有名耶！悠悠你要加把劲啊，千万不要输掉！快去找你的男朋友吧，看好他！这里交给我们！"两个女生将孟悠悠推出门去，催着她去找顾文修。

孟悠悠低着头向前走，刚出教学楼就撞到一个人背上。虽然头被撞得很疼，让她很想说这人身上的肉太少了，导致她直接撞到了骨头上。但她还是看也不看地就先鞠躬say sorry(道歉，说对不起)。

"悠悠，你急着撞墙自杀吗？你弄错了，这是我的背，不是墙，撞不死人的！"

孟悠悠听着头顶上的声音心弦猛地一震：是李俊泽的声音！"你胡说什么呢！"孟悠悠也有些恼火，她不知今天李俊泽是吃了什么炸药，说话总是带刺儿！

"孟姐姐！"远处传来东方燕儿的声音。李俊泽背对着她，东方燕儿没认出来，而且她主要是找孟悠悠的，所以也没注意其他人。

"我先走了！"李俊泽不想见到东方燕儿，于是离开了。

孟悠悠机械性地应了一声，就看见东方燕儿跟她的保镖已经站在自己面前了。"燕儿，你有事吗？"

东方燕儿认真地点点头，"我喜欢文修哥！"

"你告诉我做什么？"

"我希望你退出！我可以叫我Dad满足你的任何要求，只要我们办得到！"

孟悠悠轻笑着摇着头，这丫头好天真！爱情不是一方退出别人就可以马上获得的。"即使我退出了，文修也不一定会选择你啊。"

东方燕儿倔犟地望着孟悠悠，"会的！我比你漂亮、比你可爱，而且我Dad跟

文修哥的Dad是好朋友！"见孟悠悠似乎不为所动，她又继续道，"如果你愿意，我可以叫我Dad介绍其他男生给你认识！他们家也很有钱，也很帅！跟你也很相配！"

"这种事，我一个人说了不算，如果文修真的喜欢上你，我退出。"

"真的？我们一言为定！"东方燕儿抓起孟悠悠的小指拉了钩，而后高兴地离开了，就像她已经看到了孟悠悠退出这场爱情一样。

# 第四十七章　纠缠

下午课程结束后，顾文修照例去广播室找孟悠悠。往常看见他去会很热情的两个女生，今天对顾文修却有点爱理不理的样子。

"悠悠，我来的不是时候？"顾文修低声问。

"没有的事，你想太多了。"孟悠悠收拾好东西就跟顾文修一起去吃晚饭。

路上，顾文修再次问起了广播室的两个女生为什么对他有些不满的样子。

孟悠悠憋笑不住"扑哧"一声笑出来，"她们为我打抱不平呢！"

"打抱不平？什么意思？我欺负你了？她们太冤枉我了，不行，我要回去跟她们说清楚！不能冤枉我这个良民啊！"顾文修说完作势就要折回去，暗想孟悠悠会拉他，但是走出去十多米了也不见孟悠悠说一个字。于是耐不住气地回头问："你怎么不拉我？你不怕我跟她们打起来啊！"

"你活该被打！"孟悠悠鼻子一皱转身就走，她认准顾文修会追上来的。

果然，顾文修见孟悠悠没被他骗到，急忙转身追上去，"我怎么活该了？"

"今天，燕儿来找我了。她说她喜欢你，要我退出。还说要给我介绍几个比你还好的青年才俊！"孟悠悠憋住笑意，貌似严肃地说。

"什么？开玩笑吧！那个小丫头……你怎么说的？"顾文修紧紧地盯着她。她跟燕儿说了些什么？应该是拒绝了吧？

"我没拒绝，如果她介绍的那些男生还不错的话，我也可以考虑……"孟悠悠故意装作若有所思地说。

"我不答应！"顾文修一把将她拉入怀中，紧紧抱着她。他总会有孟悠悠就快离开他的感觉，他不愿让这个感觉变成事实。"我不答应！你也不准答应！听到了没有？"

孟悠悠被顾文修这样强烈的反应吓了一跳，呆呆地任由他抱着，片刻之后就是浓浓的暖意布满全身，她贪恋这份温暖如春日的感情，既不像冬日那样冷，又不会像夏日一样灼热。"文修，我骗你的！"孟悠悠轻声说。

"啊——骗我？不行！我要罚你！"顾文修放开她，装作在思索如何惩罚她的样子。

"你想干什么……"孟悠悠故意装出很害怕的样子。

一对恋人浓情蜜意之时，东方燕儿的声音又传来了。

"文修哥——"

孟悠悠回过头，看见东方燕儿正和保镖走过来。

"看你的表现！"孟悠悠回头对顾文修说。

"你们到车上等我！"东方燕儿打发了身后两个强壮的跟屁虫。

"孟姐姐也在啊。"东方燕儿脸上闪过一丝不悦，转而笑容灿烂地挽着顾文修，"文修哥，我们出去玩吧！"

"东方小姐，我和悠悠还有事，改天吧。"顾文修抽出手臂打算走，但东方燕儿马上又挽住了他。顾文修心中大叫：苦啊！到底怎么样才能让这个小丫头死心呢？

"文修哥，你为什么不叫我燕儿？是因为孟悠悠的缘故吗？"东方燕儿伤心地望着顾文修，又生气地瞪了一眼孟悠悠。心道：这个女人怎么这样啊！真讨人厌！说好了是公平竞争的！她怎么可以叫文修哥这样对我！"文修哥——"

看着东方燕儿望着顾文修时的哀怨表情，以及她望向自己时的厌恶眼神，孟悠悠觉得心有不忍，天真可爱的小公主竟然为了爱会变成这样。"算了，文修，你今天陪她吧，燕儿刚到我们学校还不熟悉，我也有些累了，想回宿舍休息。"孟悠悠微笑着说，但一转身笑容就僵住了。我怎么会这样？遇到情敌，别人争都来不及，我却硬把他往外推。

"悠悠——我送你吧。"顾文修道。

孟悠悠装出开心的表情转过身，"你是认为我笨到不记得回宿舍的路吗？"

"好吧，我明天去找你！"顾文修见孟悠悠似乎并没有生气，心里这才踏实了，然后带着东方燕儿朝她的专用接送车走去，她的保镖还在那里等着……

孟悠悠刚回到宿舍，同在广播室工作的室友就走过去问："悠悠，你说的是不是真的啊？我今天特意去中文系看那个叫李俊泽的酷哥！结果只看到一堆青蛙，王子去哪里了？悠悠，你是不是记错了？"

"也许是他今天没去上课吧。我也不是很清楚，你明天再去看看吧。"孟悠悠说完就倒在自己床上，随手抓过一本书看起来。

发问的室友可不依了，伸手夺下孟悠悠手中的书继续问："悠悠，他是你的朋

友耶！你怎么可以不清楚？你这个朋友太不合格了！"她重重地叹息了一声又道，"真是有异性没人性！人情冷暖啊——孟悠悠你别老想着你家的篮球王子好不好，这个冰山王子需要我们的关爱啊！"她右手高举过头，仿佛正在发表什么慷慨激昂的演讲似的。

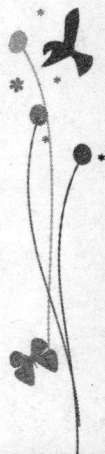

第九篇

——蛮横无理的东方大小姐

# 第四十八章　去见李俊泽

孟悠悠在广播室等着顾文修，他昨天说过会来找自己的。但是等了一个小时也没有看见他来，她拿出手机准备打电话，但是想了想还是放弃了，也许他有什么急事吧。孟悠悠又将手机放回衣袋里，独自回了宿舍。

孟悠悠刚进门就被宿舍里的女生们围住了，"悠悠，不好啦！我跟你说哦，那个酷酷的王子今天又没去……"

"就这个？他高中时就常常不去上课呢。"孟悠悠拨开她们，走到自己床前坐下。

"不止这些啦！因为他又没去，所以我就去问他的同学了，他们说他三天都没去了！好像是他老爸住医院了！喂，不如我们去看看他吧！"同在广播室的室友道。

其他人马上点头称好。

"伯父进医院了？什么病啊？"孟悠悠担忧地问。

"听说是心脏病复发！"

那个电话是真的？孟悠悠想起了高三毕业后，她帮李俊泽接的那个电话。"在哪家医院？"孟悠悠想去看看他们，担心臭脾气的李俊泽会气到他爸爸。而且顾文修今天没来找她，她也没有其他事可做。

"不知道啊！你是他朋友，应该有他电话吧？我打过去问！"一个女生拿出手机准备拨号。

"电话？你这死丫头是想要李俊泽的电话号码吧？"另一个女生也拿出手机，"悠悠，咱们不理她，我来打！"

"他是说过，但是我不记得了。"孟悠悠将枕头边的一堆笔记本搬出来翻找着，"你们帮我找找，记在一个本子上的。"

室友们急忙拿起笔记本一页页地仔细翻找。

"李俊泽？找到了！"一个女生喊道。

孟悠悠看了看，确定就是那个号码，"是这个！"她从衣袋里拿出手机照着笔记本上的数字拨过去。电话通了却迟迟无人接听，孟悠悠又重新打过去，这次才听

拜托公主

——Bai Tuo Gong Zhu

到李俊泽的声音。听上去的确是出事了。"俊泽，伯父怎么样了？我听说你这几天都没去上课。"

"我爸……他……被我气得……"李俊泽的声音有些哽咽。

"怎么回事？你们在哪家医院？我现在过去。"

"不用了，我——爸已经稳定了，你休息吧，没别的事我挂了。"

"等等，这么早我也睡不着，你们在哪里？"

"不用了，你还是多陪陪顾文修吧。"李俊泽忍痛说出这句话，叫自己喜欢的女孩子多陪其他人，这是怎样的痛！

陪文修？文修这会儿也许还在陪东方燕儿呢。文修对每个女孩都彬彬有礼、满脸笑容，有谁能不为他动心呢？而且东方燕儿漂亮可爱，诚如她所言，他们是很般配的一对……我这是在胡思乱想些什么！还没开战就先失去了士气。孟悠悠加油！千万不可以脑袋发昏，一定要守住文修！

见孟悠悠许久不说话，李俊泽沉不住气了。"孟悠悠！你在听吗？你还好吧？"

孟悠悠猛地回过神来，"嗯！啊？你说什么？可不可以再重复一次。"

听见孟悠悠失落的声音，李俊泽就猜到了顾文修肯定没有陪她。"顾文修没有陪你是吧？他又去找东方燕儿了？"

"是我叫他去的……"孟悠悠不想再围着这个话题转，于是打断李俊泽的话问，"你在哪儿？我去找你。"

"算了，我到学校接你吧，在大门外等我，挂了。"

"嗯！"孟悠悠合上手机后，却看见三个室友正在拼命找衣服打扮自己。"你们干吗？是要去约会还是相亲？"

"悠悠，我们姐妹一场也有一年多了，这次拜托你，带我们一起去吧。"一个女生连衣服都顾不上穿完就跑到孟悠悠面前哀求道。

另一个正在做头发，闻言也放下梳子跑到孟悠悠面前，"悠悠，我们知道那个冰山王子等一下会来接你，你就把我们三个当成礼物顺便带上吧，最好就把我直接送给他……"

"花痴！"孟悠悠受不了地吐出两个字。

"对呀，悠悠，平时我在广播室都那么挺你，你的王子一到，我就放你走了，工作都由我们帮忙弄了，你就当还一个人情，回报一下嘛！"

三个女生轮番轰炸洗脑，孟悠悠只好答应带上她们。

## 第四十九章　探病

孟悠悠跟三个因为打扮而磨磨蹭蹭拖了近一个小时的室友向校门口走去。

"你们要记得答应了我不准吵伯父的!"孟悠悠实在担心这三个疯丫头在病房里吵到病人。

"没问题,我们保证绝对安静,只看帅哥!为了下次还能看到帅哥,我们忍!"三个人异口同声地道。

"悠悠,那个好像就是耶!"一个女生指着大门方向兴奋地说。

李俊泽已经在校门外等了四十多分钟了,他原想打电话催孟悠悠的,但是想想以前听说的——女生出门都磨磨蹭蹭,因为要打扮自己。所以他还是耐下心来继续等。

只是他看到孟悠悠的时候并没有觉得她有打扮过,而且她身后还跟着三个满脸堆笑的花痴正望着自己,心情一下子变得很差,原本他还为要跟孟悠悠单独相处激动了半天,没想到竟然还有三个不识相的大灯泡。

看着李俊泽脸上露出一丝丝不爽的表情,孟悠悠突然想起高三的时候,那天她将秦湘带进公寓,然后被李俊泽臭骂的情景。他这次不会又骂我吧?还是要打我两拳?我可受不住。孟悠悠不由自主地退到了三个室友身后。"她们是我的朋友,听说伯父病了,想去……"

孟悠悠话未说完,李俊泽就转身朝停在路边的车走去。

糟了!还是惹怒他了。孟悠悠心中想着:生气也不应该掉头就走啊!

李俊泽拉开车门转身对孟悠悠等人道:"要去就快上车!"

"呼——吓死我了……"孟悠悠悄悄拍了拍胸脯,安抚自己忐忑不安的心,跟着三个室友上了车。

三个室友自觉地坐在后座上,将李俊泽旁边的副驾驶位留给孟悠悠。

车子在公路上行驶着,不是很快。车窗开着,风轻轻地抚着孟悠悠的长发。

李俊泽故意减慢车速,好让这段车程变得"更长"。也许东方夫人的话是对

的，我应该要试着打开心跟别人相处。这也就是李俊泽让那三个女生上车的原因之一。

"好漂亮的车，没想到冰山王子家里蛮有钱啊！"三个女生在后座小声嘀咕着。

虽然声音并不大，但孟悠悠听得真真切切，她敢肯定李俊泽也听到了，但是他没有任何反应。

天呢！那三个臭丫头真是害我丢死人了！孟悠悠抬起手挡着自己的脸，"真是的！死丫头们不要再说了，我的脸都被你们丢光了……"孟悠悠轻声"嘟囔"着。

李俊泽将她们四个人的话都听在耳里，听到孟悠悠的声音，又看到她的动作跟表情，情不自禁地扬起了嘴角。只觉得这个女孩子为什么这么可爱，连不好意思时都这么特别呢？

"喂喂——冰山王子！伯父喜欢吃什么东西？喜欢什么花？"一个女生伸长了脖子凑到李俊泽身边。鼻子闻到他身上带着淡淡的香水味，忍不住使劲吸了吸。

"……"李俊泽这才意识到：原来他这么不了解家人。不记得他们的生日，不知道他们喜欢什么，而每次自己回家时，桌上都是他喜欢的菜，他越想越愧疚。

"俊泽，别担心，以后的日子还很长，你多陪陪他们就会好的。"孟悠悠猜到李俊泽的心思，于是轻声安慰他。回过头却想到了自己：当初她被人送到孤儿院的时候，身上就只有一条"攸"字形项链，院长说那可能是她父母留下的，所以也就是她用来寻找父母的唯一线索。孟悠悠这个名字也是根据项链取的。这些年她不止一次想过用它寻找父母，但是却无从下手，所以到现在她也不得不认命地放弃了。

医院旁边有水果便利店跟鲜花店，孟悠悠跟室友买了一些鲜花跟果篮。

来到李爸爸的病房，三个女生不得不感叹，原来病房也可以这么豪华！跟电视上演的那些病房完全不一样，就像自己的家一样，什么都有，房间里摆满了鲜花和果篮。

"伯母您好，我们是俊泽的同学，很要好的朋友。"三个女生厚着脸皮介绍说。但声音都放得很低，因为李爸爸在睡觉。

李妈妈笑着跟她们说了"谢谢"，目光停留在孟悠悠身上。她觉得这个女孩子很眼熟，却怎么也想不起来在哪里见过。

# 第五十章　送鸡汤

"俊泽，妈妈觉得这个女孩子好眼熟啊，我们是不是在哪里见过？"李妈妈将李俊泽拉到一旁说。

"在东方燕儿的Party上。"李俊泽看着老妈对孟悠悠越来越好奇的样子，只想快点送悠悠走。

李妈妈转身思索了片刻，终于想起这是那个穿粉色礼服跟儿子跳舞的人，似乎还是那个叫顾文修的女朋友。但是她很喜欢这个女孩子，不论是外形气质还是谈吐都很合她心意。最关键的是，她能让她的宝贝儿子主动邀请她跳舞。李妈妈相信，若是儿子和这个女孩子在一起肯定会变得开朗起来。

"孟悠悠，你不是还有事吗？我送你回去。"李俊泽看着妈妈似乎要上去跟孟悠悠说什么了，急忙拉着她走出去，悠悠的同学也跟了出来。

孟悠悠被他拉到了医院大门外才放开，"李俊泽，你干什么？我没事啊。"

"今天的探病就到此为止吧，我送你们回学校。"李俊泽开车将孟悠悠和她的室友送回学校才又返回到医院。

周五下午没有其他事了，孟悠悠打算和文修去他家看看伯父、伯母。刚到篮球场就看到东方燕儿挽着顾文修走过来。虽然心里很酸很不舒服，但她没有表现在脸上。"文修，今天我想去看看伯母他们，你现在要回去吗？"

"嗯！好，我们走吧。"顾文修正要走，就被东方燕儿拉住了。

"文修哥！你答应了要教我打篮球的！"东方燕儿扁着嘴说。

"我什么时候说的？"

"昨天，我说我要学，要你教我，你说明天教。难道你又要反悔了？我不干！文修哥你欺负我！"东方燕儿眼睛里已经闪动着泪光了。

看着东方燕儿楚楚可怜的样子，孟悠悠也不忍心再说什么，"没关系，我知道去你家的路，你陪燕儿吧。改天再一起回去。"孟悠悠说完便独自离开。

看着孟悠悠渐行渐远的背影，顾文修突然觉得自己已经好久好久没有陪过她

了。于是暗自决定下次一定留时间去陪她。

孟悠悠经过菜市场看见有人卖活鸡，想到李俊泽的爸爸在医院住着，而且李俊泽跟父母的关系不是很好，所以决定借顾家的厨房熬点汤送去。

顾妈妈一个人在家正闲得无聊，就看见孟悠悠来了，高兴地将她拉进门，"悠悠，怎么只有你一个人？文修呢？"

"他在教东方燕儿打球。"孟悠悠说。"听文修说您喜欢吃青苹果，我来的时候看见有卖就买了点。可以借您的厨房用一下吗？"

"你要煮什么？我来吧。"顾妈妈跟着孟悠悠走进厨房。

孟悠悠笑着摇摇头，"不用麻烦伯母了，我一个朋友的爸爸住院了，我买了一只鸡想熬点汤送去。"孟悠悠从便利袋里取出一只已经处理干净的鲜鸡，开始忙碌起来。

"真的？那伯母可不可以沾点光，尝一尝？"顾妈妈早就听儿子说孟悠悠厨艺了得，一直想试试，今天可算有机会了！

"当然可以，只要您不嫌弃我做得不好……"

3个小时过去了……

顾爸爸回家了，一进门就闻到鸡的香味，"今天晚上有鸡汤？"

"老公，悠悠在做鸡汤，怎么样，很香吧？看你口水都快流出来了。"顾妈妈笑着从厨房跑出来。

顾爸爸坐在沙发上歪着身子伸长脖子向厨房里望去。"真的，真的好香啊！熬了多久了？"

"3个多小时，悠悠，做好了吗？"顾家是有佣人的，一般不会亲自下厨做东西，所以厨艺基本上可以忽略。面对孟悠悠这个从小就学着自己煮东西照顾自己的女生，自然是又羡慕又喜欢。

孟悠悠手捧着一碗鸡汤走出来，"伯父，已经好了，很烫，先凉一下再喝吧。"

顾爸爸闻着鸡汤，腹中又已经空空如也，哪里还等得了，径直去厨房拿了一个险些有金鱼缸大的汤盆，"用这个凉得比较快。"顾爸爸自己将碗里的鸡汤倒进盆里使劲吹着，"闻上去真的很香啊！"

"好了，时间差不多了。伯父、伯母我要走了。"孟悠悠抱着盛在保温饭盒里的鸡汤，急急忙忙地出门去。

"别着急，慢点……"顾爸爸一边喝着鸡汤，一边对孟悠悠喊道。

孟悠悠出门就拦车直奔医院去，到医院时，李爸爸的检查刚做完，李妈妈此时正陪在他身边，却唯独不见李俊泽。

"孟小姐又来啦！俊泽出去买晚餐了。"李妈妈高兴地走过来，她现在可是极力想将儿子跟她凑成一对。

"这么说伯父还没有吃晚饭？太好了，我还担心来不及，一直催着司机，害他差点闯红灯呢。伯父，我下午熬了点鸡汤，您尝尝吧。"

李妈妈扶着李爸爸坐起身后，把小餐桌推过去。"你伯父上午还说医院的饭菜太难吃，这不，让俊泽去餐厅打包了。亲爱的，快尝尝孟小姐亲手熬的汤！"

"这汤不错，改天你跟孟小姐学学怎么做的。"李爸爸喝了一口鸡汤后对李妈妈说道。

这时李俊泽提着打包的饭菜回来了，一进门就看见爸爸在喝鸡汤。"你去买鸡汤了？"

李妈妈将孟悠悠推到他面前笑道："是孟小姐亲手做了送来的！"

"谢谢你了……"李俊泽放下手中的东西，看见李爸爸将鸡汤喝得一滴不剩，又靠在枕垫上心满意足地打了个饱嗝，不经意地笑了笑。

"孟小姐的手艺真是太好了，这是我喝过最好喝的鸡汤了！"靠着软垫，李爸爸心满意足地说道。

"呵呵，伯父过奖了。"孟悠悠甜甜一笑，"都是家常的鸡汤，您要是喜欢，下次悠悠再给您做了送来。"

"孟小姐心肠真好，真是讨人喜欢。将来哪个男人如果娶了你，真不知道是几世修来的福分啊！"李妈妈看着孟悠悠甜美的笑容，真是越看越喜欢。

孟悠悠被李妈妈夸得脸红了，顿时不好意思地微低下头。

李俊泽虽然知道悠悠和顾文修的事情，但是自己的父母这么喜欢她，他的心里还是非常开心。再看到悠悠，因为妈妈说的话脸红地埋头，连耳朵根都红透了，心中一阵激荡。她真是很可爱啊！

他知道自己对悠悠的感情是真挚的，只是，她已经是顾文修的女朋友了，而且心里也只有顾文修一个人。李俊泽不屑夺人所爱，更不会不讲道理地横刀夺爱。所以，他也只会远远地看着他们，看着他们幸福。

不过看妈妈这么喜欢悠悠的样子，恐怕是很希望他们两个能够在一起！哎，要让他们失望了！

"我这个儿子要能找到你这样的女孩就好咯！"果然，孟妈妈已有所指地开

口了。

　　"俊泽……俊泽那么好，一定会找到比我更好的女孩子的。"孟悠悠发自内心地说。

　　"妈，瞎操什么心呢！"李俊泽立即制止道。

　　孟悠悠也觉得再待下去不合适，于是便起身告辞了。

第九篇

——

蛮横无理的东方大小姐

# 父亲绑架亲生女

"孟小姐！只要你答应放弃顾文修，我可以给你任何你想要的！"看见孟悠悠态度坚决不愿退让，东方豪的脸色也阴沉下来。

"你什么时候想通了，我再来跟你谈，在这之前你就乖乖待在这里。若是你一直执迷不悟，我也不介意关你一辈子！"

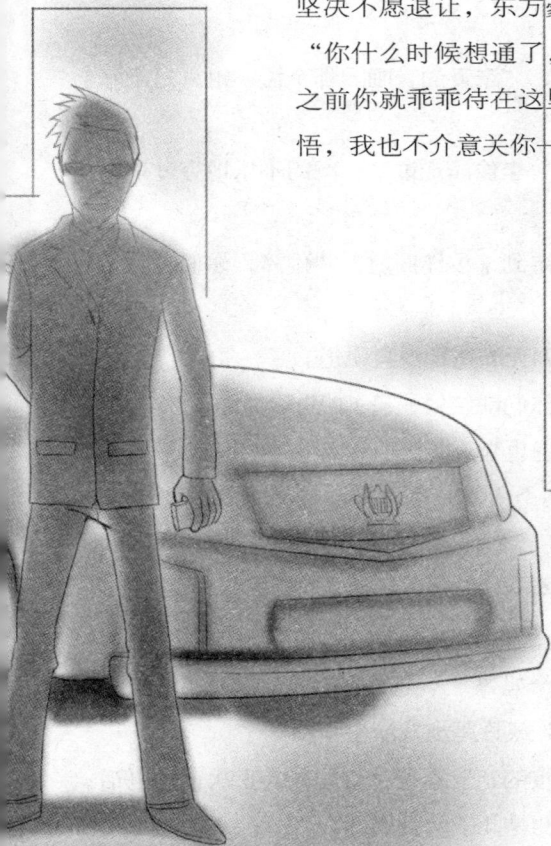

# 第五十一章　神秘绑架事件

"伯母，我先走了。"孟悠悠带着饭盒打算离开。刚才从顾家出来得匆忙，将手机忘在顾家了，她要回去拿手机。

"俊泽，你去送送孟小姐。"李爸爸说。

李俊泽转身追出去，但一直到大门外都没看到孟悠悠。"怎么这么快？"他猜想孟悠悠可能是从另一边走的，现在追也追不上她了，只好放弃。回到病房就听见李妈妈跟李爸爸在谈论孟悠悠。

李妈妈拿着孟悠悠送来的花跟李爸爸说，"亲爱的，刚才那个孟小姐真是个好孩子！要是我们俊泽能把她追到手就好了！"

"你说什么呢？她是顾文修的女朋友！"李俊泽走进来，闷闷不乐地夺过李妈妈手中的鲜花随手丢在花堆里。

李妈妈对于儿子的举动并不生气，笑着走到李俊泽面前，"俊泽，你们是怎么认识的？"

"高三时候我跟她住在一起。"李俊泽面无表情地淡淡说道。

"什么！"李妈妈几乎惊得跳起来，"你们都住到一起了？"

"俊泽，你是不是在外面胡搞？"李爸爸也坐直了身子瞪着儿子。

李俊泽冷冷地看了看爸爸、妈妈。这两个人都是老人家了，火气还这么大，而且思想还有问题！"不是你们想的那样，我们住在优等生公寓。我跟她，两间房！"李俊泽特别用手指比了个二，强调是两间房。

"啊——"李妈妈这下更惊讶了。

"你又怎么了？"李俊泽真怀疑自己这个妈妈是不是45岁的人，都说年龄越大情绪波动越小，为什么在她身上完全无效？！或许是演戏演多了？

"你妈妈上次给你打的电话就是孟小姐接的？"李爸爸想起夫人上次说打电话给儿子，接电话的却是女生，当时他们还猜测是儿子的女朋友。

李俊泽点点头。

"俊泽，近水楼台先得月！你怎么不把孟小姐追到手？"李妈妈迟疑了半晌，最后又小声问道，"乖儿子，你是不是……那个……身体上……有什么妈妈不知道的缺陷？"

"妈！我真的是服了你的想象力了！不让你当编剧真是可惜了！"李俊泽无奈地靠在墙上。

李妈妈还不死心，继续追问道，"那你为什么不把孟小姐追到手？"

"我又不喜欢她……"为了彻底堵住李妈妈的嘴巴，他只好说不喜欢孟悠悠。

李妈妈失望地叹了口气，望了望李爸爸，"俊泽，像孟小姐这样的好女孩很难遇到了，那么讨人喜欢的你都不爱……俊泽，你是不是……不喜欢女孩子？"

"你越说越离谱了！"李俊泽大怒，说他身体有缺陷也就算了，现在竟然说他是……李俊泽无聊地站在窗边，却无意间看见楼下停车场，一个女孩子被几个穿黑西装的男人押进了黑色的凯迪拉克轿车里。那身影好像是孟悠悠！李俊泽暗道，糟糕，出事了！"爸、妈，我学校还有事，先走了。"李俊泽不想让他们担心，便谎称学校有事匆匆跑下楼，开着自己的车顺着凯迪拉克开走的方向追去，经过事发点看见饭盒还在地上滚动着，他更加肯定那就是孟悠悠。脚死死地踩在油门上似风一样刮出去。

李俊泽拨打孟悠悠的手机，但接电话的却是顾文修的妈妈，据她说孟悠悠的手机忘在他们家里了。他又问了顾文修的手机号码打给他，"悠悠在你那儿吗？"

"没有啊，她说要去我家，也许在我家里面吧。"顾文修刚刚打发了东方燕儿，正开着车朝家的方向走。

"她不在！我问过了！我刚看见她被人绑走了，上了一辆黑色凯迪拉克，你留心四周过往的车辆。"李俊泽带着耳麦焦急地说道。"我在华纳路向南追，他们可能是往那个方向去的。"李俊泽说完就挂掉了电话，专心注意四周的车辆。

被人绑架了！会不会又是咖啡馆那个想占便宜的王八蛋！不行！我要赶快找到悠悠！顾文修猛然扳动方向盘，向华纳路驶去。

李俊泽没开多远就遇上了顾文修的车，两辆车在高速公路上一前一后地超速行驶着。

而绑走孟悠悠的人刚才已经换乘了一辆白色的旧面包车，凯迪拉克则静静地停在路边。

顾文修过来时发现了被弃的凯迪拉克，但车上一个人也没有。所以他觉得可能不是那一辆，于是继续向前开，就遇上了李俊泽。如今猛地回想起那辆从凯迪拉克

旁边开走的面包车上，坐着几个黑西装大墨镜的男人。穿西装戴墨镜的男人会去坐没档次的旧面包车？不是太奇怪了吗？"他们可能换了车！白色半新的面包车！"

"什么方向？"李俊泽直接问方向，不管是不是他都要去追，因为他现在已经没有其他线索了！

孟悠悠被抬上白色面包车之后就莫名其妙地逐渐失去了意识，醒来时她发现自己已经躺在一间大房子的软床上。这房间装修得素雅别致，可见主人很有眼光，也很有钱。房门紧闭着，静悄悄的没有一点声音。

孟悠悠溜下床准备去开门，刚到床沿就听见了响亮的皮鞋声，不是女人的高跟鞋声音，是男的！声音比较沉重，由此可以推断出这人要么是胖子，要么是行动不利落的人，更或者是个老头！

孟悠悠急忙缩回腿躺回床上假装未醒。耳朵里充斥着"嗒嗒……"的皮鞋声，一颗心悬到了嗓子眼……

拜托公主

Bai Tuo Cong Zhu

## 第五十二章　　最后十分钟

紧随一声微响，孟悠悠听见了门锁被扭开的声音。皮鞋声越来越近了，"孟小姐，我知道你醒了，不用再装了。"

孟悠悠当初以为是之前在咖啡厅纠缠她的人，但是听这声音却又不是。她缓缓翻过身，床边站着的竟然是东方豪！

"孟小姐，我们都不要绕弯子，直说吧。我女儿很喜欢顾文修，所以我这个做爸爸的……"

孟悠悠猛然坐起身截断他的话，"所以你就绑架我？"

"孟小姐！只要你答应放弃顾文修，我可以给你任何你想要的！"看见孟悠悠态度坚决不愿退让，东方豪的脸色也阴沉下来。"你什么时候想通了，我再来跟你谈，在这之前你就乖乖待在这里。若是你一直执迷不悟，我也不介意关你一辈子！"

"你这是绑架！非法拘禁！"孟悠悠坐在床上冲着东方豪怒吼道。

"我想你会想明白的。"东方豪转身走出去关上门。

孟悠悠听见皮鞋声越来越远，然后是关门声，之后房间里就又恢复了寂静。等了几分钟，她发现这里确实很安静，应该没有人了，才蹑手蹑脚地下床来，悄悄打开房门。探出脑袋左右看看，客厅里面也没有人，才放心地走出去。大门就在眼前，孟悠悠急忙跑过去，透过猫眼向外看，门外站着十多个黑衣保镖。"这么多人！看来逃跑是没希望了。"孟悠悠自言自语地回到客厅，客厅的桌子上放着一份饭菜。

孟悠悠也不担心食物有没有问题，直接就开始吃起来，吃饱饭又坐在沙发上看了会电视，不知不觉间时间就到了夜里十一点了。睡意也越来越浓，她直接回到床上钻进被窝就睡了。第二天睡到自然醒，隐约间听见客厅有声音。于是起身走出去，桌子上放着新的早餐。人似乎已经离开了……

这三天，孟悠悠已经学会了随遇而安，有东西就吃，吃饱了就自己在房间里走

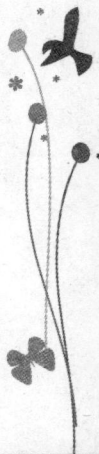

走跳跳，困了倦了就上床睡觉。

这三天，顾文修跟李俊泽都在外面寻找孟悠悠。东方燕儿去找顾文修，他也不理。燕儿伤心之余就跑去东方集团找东方豪诉苦，但她不敢告诉东方夫人。因为只有东方豪才会不计代价地宠她，只要他能办到，即使是个错误，为了女儿开心，他也会毫不犹豫地去做。

"Dad——"东方燕儿不顾秘书的阻拦直接闯进东方豪的会议室。

东方豪看见女儿一脸伤心委屈的样子，立即宣布会议暂停。

其他参会的人都退出了会议室。

"燕儿，前几天还见你开开心心的，怎么这几天总是闷闷不乐？是不是顾文修那小子欺负你了？"东方豪搂着女儿问。

"Dad，孟悠悠不见了，文修哥整天忙着找她，根本不理我。我打他电话不是占线就是拒接。Dad……"东方燕儿靠在东方豪怀里嘤嘤抽泣着。

"燕儿，不要担心，顾文修过几天就会忘了那个孟悠悠的。到时候他就会发现我们燕儿才是最好的，就会一心一意对你好了。别哭了，Dad疼你。你说，你想做什么？Dad陪你去！"东方豪慈祥地哄着女儿，心中却是在担心孟悠悠，已经三天了，她还是不答应，他想也许他该用点什么"特别"的手段了！

晚上，东方豪告诉家人要出去应酬，独自去找孟悠悠。

今天看见女儿伤心难过的样子叫他心里极不好受，他不想再看到女儿为这件事流眼泪。所以他必须不计手段尽快让孟悠悠跟顾文修分手。

没想到面对他的威逼利诱，孟悠悠还是丝毫不退让。

"孟小姐，你最好答应，否则你一定会后悔的！"东方豪已经打定主意要强逼她答应甩掉顾文修。

"伯父，你为什么要这样逼我呢？你为什么不反过来想想，若是你的女儿被别人这样强迫，你又有什么感想？伯父……"

东方豪沉默了，心中想起了东方燕儿的姐姐，她现在也许已经不在人世了……他已经失去了一个女儿了，他不能再让这个女儿不开心！"孟悠悠，你说什么都没用！我最后给你10分钟时间考虑！10分钟后就将是我的保镖进来了！"

孟悠悠怔怔地望着东方豪逐渐远去的背影，心底涌起一种不祥的预感。他这是要干什么……

# 第五十三章　巧合？还是……

房间里没有开灯，只有床边的台灯发着微弱的冷蓝色光线，窗帘将月色关在了窗外。

10分钟好似一个世纪般漫长，孟悠悠抱着膝盖缩在床角，咬着因害怕而有些苍白的嘴唇：他们到底会对我做什么？我该怎么办？东方豪似乎是真的很生气了，这次也许真的会动真格了。我怎么办？寂静的房间更让她害怕……

突然，门锁被扭开了。

5个穿黑衣戴墨镜的保镖走了进来，排成一排站在墙边。

"孟小姐，这是你最后的机会，还有10秒。你放不放弃顾文修！"客厅里东方豪的声音显得那么冰冷而尖利。

孟悠悠咬了咬嘴唇，心中默念：文修，我不会放弃的！如果将来你看到一个不再美丽的我，你是不是也能像我一样坚持守护我们的爱？"我不放弃！"孟悠悠鼓起勇气对东方豪吼道。

"动手！"东方豪愤怒地下令了。

5个保镖中两个退出了房间，很快搬着一堆不知道什么机器进来了。

突然，随着一声"啪"响，一道白色强光直接射到孟悠悠身上。光刺得她睁不开眼睛，只好用手去挡。她刚抬起手就感觉到两双铁钳似的大手分别按在她肩上，将她死死的按在床上。

黑衣人拿出斧头、钢锯、羊角锤等木匠工具，准备对孟悠悠狠下毒手。孟悠悠受了惊吓，大喊大叫起来……

这时，东方豪突然走了进来，其他人都停下了动作。

"你们出去吧。"东方豪无力地下了命令。

保镖们退了出去。东方豪关掉了灯，房间里只有床边的台灯发出的微弱的冷蓝色光线。

孟悠悠在床灯的帮助下稳定了情绪，惊魂未定地望着东方豪。

"孟小姐，算我求你，答应我好不好？"

孟悠悠将被子抱在胸前，另一只手打开了房间里的照明灯。竟然发现东方豪跪在她面前。

"你……"孟悠悠愣住了，原本她想狠狠地唾骂他，但是看见他跪在自己面前，又突然什么都说不出口了。

东方豪鬓角花白的头发那样刺眼，这也只是一个为了宠爱女儿而不择手段的父亲而已，她怎么忍心去恨？

"孟小姐，我为我对你所造成的伤害而道歉，但是请你答应我把顾文修让给燕儿，燕儿真的很喜欢他。我已经失去了一个女儿了，我不能再让这个女儿不开心。"东方豪老泪纵横地说着。

孟悠悠突然觉得心中一阵刺痛，一个纵横商海、呼风唤雨的总经理，居然会为了女儿向她下跪！这样的人是没有爱还是太多爱？为什么他能对自己的女儿那么宠爱，却要用这样卑劣的手段对付她？她跟东方燕儿都是一般大小的孩子啊！

"你起来吧。"孟悠悠不忍心看着长辈给自己下跪。

"孟小姐，你是答应了？"东方豪没有动。

听他的话，他似乎还有一个孩子，为什么从来没有听人说过？"你还有一个女儿吗？"

"是，燕儿还有一个姐姐，她叫玉儿。那时候东方集团才刚刚起步，远没有今日的成就。后来我们有机会与一家大型外资公司合作，但是重要文件却留在我夫人那里。我夫人带着两个女儿开车送文件给我。途中……途中出了车祸。我夫人抱着燕儿跳车了，玉儿却跟着车一起滑下斜坡滑进水里。等到车子被打捞上来，玉儿连尸体都没了……东方集团因为这次签约而发展壮大，但是，我却因此失去了一个女儿。所以我要给燕儿十倍百倍的爱，我不想看到仅有的女儿皱一下眉头……孟小姐……"东方豪禁不住失声痛哭起来。这是他心中平日里都极力隐藏的伤疤，今天他亲手揭开了它！

她也是掉进河里的？！孟悠悠记得孤儿院的老院长曾经告诉她，她是被人从河里救起来的。当时已经没气了，但救她的人仍极力施救，一番努力之后她竟然又活过来了。这是巧合吗？她跟东方玉儿，这是巧合吗？

# 第五十四章 分手吧

"你们没有再找过她吗？"孟悠悠的心情很矛盾。一方面希望自己就是那个玉儿；另一方面又害怕自己是。

"我和夫人一直请人在寻找，十多年来没有一点有用的讯息。"东方豪跌坐在地上，靠着床低声说着，"我不得不放弃了……"

"你们凭什么找她？凭什么判定她的身份？有胎记还是物证？"孟悠悠问道。

"我们也不确定那条项链是不是还在她身上，那是一条'攸'字形吊坠钻石项链，是我给夫人的结婚纪念礼物。原本是两条，还有一个是'许'字，那一条给了燕儿。那是我根据我夫人的名字请人定做的……"东方豪陷入了回忆中，两条项链，在两个女儿满月时分别送给了她们。

"'攸'字形项链……"孟悠悠低声呢喃着，左手情不自禁地向自己的脖子摸去。哦，项链在李俊泽那里。她是他的女儿？她是东方燕儿的姐姐？她该怎么办？要不要告诉他，她就是那个他们失散的女儿？要不要让他们知道，她——东方玉儿还活着？

这还真是个讽刺！我们姐妹俩爱上了同一个人，而父亲却为了帮妹妹得到幸福这样对待我。这是故事里才会有的吧？怎么会真真实实地发生在我身边？孟悠悠心中悲痛地想着。

他是她的父亲，一个逐渐苍老的男人。她怎么还能狠心拒绝他的请求？她怎么还能说不？他是她的父亲，燕儿是她的妹妹，她怎么忍心让他们难过？

对不起，文修。我不得不违背我们的诺言，我不得不放弃你，虽然我也舍不得，虽然我也痛，但求你不要恨我。我不能守护我们的誓言了……我有不能告诉你的原因，希望你跟燕儿会幸福，那我的牺牲也就都值得了。文修，我喜欢你，好喜欢，好喜欢，胜过喜欢我自己。我希望你快乐，不然我真的会心痛死。文修，再见了……孟悠悠含泪在心里默念着。

"我答应……"

听到这三个字，东方豪猛地抬起头望向孟悠悠，惊喜地问道："孟小姐，你答应了！"

孟悠悠含泪点点头，然后仰起头望向天花板上的灯光，不让眼泪流下来，但是眼泪还是从眼角滑落。"文修，对不起，我又一次把你推开了，我想这应该是最后一次了。以后，你就不再属于我了……"泪眼蒙眬间，她仿佛看见了东方豪、东方夫人、东方燕儿和顾文修，他们四个人在一起开心地笑着。她拼命告诉自己这些都值得，她做的是对的。

面前的这个男人就是她的父亲啊，可是她不能相认。如果让他们知道她就是他们的女儿，燕儿的姐姐，面对今天的难堪，他们会怎样自责？如果跟他们相认就是要他们一辈子活在自责愧疚中，那她宁可继续守住这个秘密。以她——孟悠悠的方式，默默地保护她的亲人，她现在突然好希望她不是他们的女儿，那她就可以大声地说，"我不答应，我不会放弃文修！"可她偏偏就是！

东方豪当着她的面毁掉了相机里的胶卷底片，并且将她平安地送回了学校，给了她一张没有上限的金卡，显然，孟悠悠不会接受。

孟悠悠独自走在校园里，感觉好陌生：才几天而已，就有了这么陌生的感觉，是因为我离开过，还是因为身边少了文修？今天就要跟文修分手了，可我已经习惯了有他陪着。突然失去他，我会怎样？还能不能有那样开怀地笑？

孟悠悠从被绑架的地方出来后，借东方豪保镖的电话给顾文修打了电话，让他到学校门口见她。

"悠悠——"虽然这是深夜，但顾文修还是一接到电话就跑出来了。

寂静的校园，顾文修的声音那么清晰。

看见孟悠悠好端端地站在面前，顾文修的开心已经超过了赢得任何球赛时的喜悦。他笑着跑过去将她搂入怀中，感觉到她的身子有些冰凉，于是用外套包着她，紧紧地抱着。"你去哪儿了，你知道吗，你这次的离开真的让我觉得世界末日到来了。也让我更清楚了我有多爱你，下次不准你再离开了。"

孟悠悠想用手回抱他，但想到她已经答应了东方豪今天晚上就放弃文修，抬起的双手又缓缓地垂下了。"没有下次了，再也没有下次了……"因为这一次我就将永远离开你了，永远……今后我们再见也只是朋友。文修，我真的好舍不得让你走，可是我没有办法看着我的亲人痛苦。对不起，我只能把你推给我的妹妹。她天真可爱，你们在一起会幸福的。"文修……"

"什么？"顾文修还沉浸在重逢的喜悦中。

拜托公主

Bài Tuo Cōng Zhu

"我们分手吧。"孟悠悠努力让自己的声音变得冰冷。

"悠悠，你是开玩笑的吧？一回来就开这种玩笑，你太调皮咯。以后不准再开这样的玩笑。"顾文修笑着说道。但心里却是很害怕，不敢面对、不愿相信。

"文修，我们，分手吧。到此为止，对我们大家都好。"孟悠悠不去看顾文修的脸，害怕一看见他，她狠下心来做的决定就会变得像细沙一样，风一吹就全散了。

"悠悠，你是不是病了？病得不知道自己在说什么，对吧？"顾文修的笑容开始变得生硬了，他努力让自己的表情恢复到当初的自然，但眼泪却悄悄地沿着脸颊滑落。"悠悠，你病了，我带你去看医生……"顾文修骗自己她在生病，她在说胡话，她不是真的要分手……

第十篇————父亲绑架亲生女

# 第五十五章　真的分手了！

"文修，我们分手吧。"孟悠悠转过身去努力不让眼泪掉下来，害怕被顾文修发现破绽。

"孟悠悠！我听不见！我什么都没听到！我们继续像以前一样不是很好吗？我会花更多时间来陪你，再也不理其他人了，篮球我也可以不练了，只陪你。这样好不好？"顾文修从孟悠悠身后抱住她。

孟悠悠没有说话，她贪婪地享受着这最后一点点属于顾文修拥抱的温度。

"悠悠，我答应你以后都只陪你，你不要走。"顾文修贴着孟悠悠冰冷的身体哀求道。

好了，时间到了，是时候彻底斩断一切了。孟悠悠慢慢移开顾文修抱着她的手，决绝地转过身，"顾文修，我们之间已经完了！你怎么还不明白我的意思？我不爱你了！我不要你了！你明白了吗？顾文修！"孟悠悠冲他大喊道，完全不给顾文修再挽回的余地，她害怕自己忍不住又会回到他身边。

"孟悠悠，你在说谎！"顾文修没有勇气去面对她，他担心会看到她的冷漠与决绝，他也不敢让她看见他现在脆弱的样子。

两个人背对着站在夜风中。"顾文修！你可不可以像个男人！只不过是一个孟悠悠就让你哭成这样，你不是篮球王子吗？追你的女生那么多，你随便挑一个都比我好！我们分手后希望还是朋友……"

"不行！你跟我，要么做情人，要么就做陌生人！"顾文修以此来赌孟悠悠的回心转意，她希望她可以重新回到他身边。

"那好，我选后者，祝你幸福。再见！"孟悠悠疾步走向宿舍，泪珠成串地掉落。

"你什么时候变得如此狠心了？孟悠悠——你怎么会这么残忍！是我太笨还是你的演技太高明？顾文修，你笨！你蠢！你活该被人耍得团团转！你活该被人甩，被人抛弃！都是你自找的……"顾文修一路怒吼着朝汽车跑去，一个人坐在车里狠

拜托公主

Bài Tuo Gong Zhu

狠地哭泣。心痛、难过、委屈、不舍，他感觉自己的身体已经快被这些东西撕裂了，他只是觉得痛！难以承受的痛！

顾文修开车回到家里。

顾爸爸和顾妈妈都还在沙发上坐着等他。

看见儿子失魂落魄、满脸泪痕的样子，顾妈妈急忙问他发生了什么事。"文修，怎么了？悠悠呢？她平安吗？"

"孟悠悠把我甩了！"顾文修丢下一句话就跑回了自己房间，不开灯地蜷缩在墙角，呆呆望着窗外的月色。

房间里的黑暗在迅速蔓延生长，涌入每一个细微的缝隙……

顾文修一闭上眼睛，脑海中就会浮现出孟悠悠的脸，开心的、不开心的都有。脑袋清醒一点点就会想到分手的那一幕幕，心就会像被人狠狠地拧着一样痛。那是无法承受却又喊不出来的痛！

"悠悠，这几天你遇到了些什么？我们之间怎么会演变成这样？这不是我所希望的！你到底遇到了什么？让你对我如此狠心。你说你不爱我，但我分明感觉到你是真的爱着我啊，怎么可能和我分手，怎么可能……"

孟悠悠打开宿舍门走进去，宿舍里的其他三个室友都醒了。

看见孟悠悠捂着口鼻低声抽泣着，都爬了起来，"悠悠，这几天你去哪儿了？你怎么哭成这样啊？"

"悠悠，你是不是遇到坏人了？"另一个抱着一盒纸巾走过来。

孟悠悠抽出纸巾擦着自己的眼泪。

"悠悠，这几天你的篮球王子天天在找你呢！还有那个冰山王子李俊泽。你到底躲到哪里去了？"看见孟悠悠停止了哭泣，室友们才开始询问这几天发生的事。

"我已经跟他分手了。"一想到是她自己亲手把他们之间的关系斩断了，眼泪就再次涌出来。为了我的亲人而把文修推开，我是不是太残忍、太自私了？

"悠悠，你哭是因为顾文修？"看见孟悠悠一提到顾文修就又哭起来，室友们都发觉这件事跟他有关系。

"早就听说他是花心大少！没想到竟然敢这么对待我们悠悠，怎么可以说分就分啊！我们打电话找他算账！"

"对呀！太不负责了，枉我以前还那么崇拜他！"她话一出口就引来其他两个女生如利剑似的目光。好姐妹被抛弃了，她竟然还说崇拜他！

看见室友们都误会是顾文修"始乱终弃"，孟悠悠急忙拦住正要打电话的她

们，"是我说要分手的。"

"为什么？"室友们异口同声地问。她们想不明白为什么孟悠悠要跟顾文修分手。在她们看来，顾文修对孟悠悠还算不错，而且长得又那么帅！

"悠悠，你傻啦？为什么要放弃那么好一个帅哥男朋友？！"

另一个拿着手机就开始拨号，一边拨一边对孟悠悠说："我帮你打电话给他，你们说清楚。"

孟悠悠夺过她的手机挂掉电话，"不用了，我跟他已经不可能了。谢谢你们的关心，都休息吧，以后请不要再提他，我更不希望你们因为这件事去找他。"孟悠悠关掉宿舍的灯，钻进自己的被窝里，眼泪从眼角滑落。文修一定对我很失望，我想他也一定不会愿意再见我。我将要一个人习惯没有你的生活、没有你的笑容、没有你的声音、没有你的肩膀，更没有你的宠爱。我会努力做好一切，照顾好自己，你跟燕儿也一定要幸福……

孟悠悠迷迷糊糊地进入了梦乡……

梦中，那个面对自己总是挂着宠溺微笑的男人，向孟悠悠张开双臂，而自己，则站在原地，一动不动。

这时，听到他说："悠悠，过来啊。"

眼中含着泪水，悠悠没有动作，摇着头，说道："文修，你和燕儿要好好的，我会祝福你们。你们……要好好的……"

顾文修张开的双手却没有放下："你要和我分开吗？可我是那么爱你啊！我舍不得，不想和你分开啊！"

终于，眼泪忍不住落下："你们，要好好的……"说完，孟悠悠决绝地转头离开，似乎毫不留恋。

"孟悠悠，我恨你！"身后的顾文修痛苦地说道。

悠悠离去的脚步停下，身体开始颤抖，却逼着自己不要回头。

"也好。"说完，孟悠悠迈开步子，离开了。

恨也好，至少证明我真的在你心中留下过痕迹。

恨也好，彻底恨我才能重新选择爱上别人，爱上燕儿。

恨也好……

走到不远处，一个模糊的身影站在孟悠悠的面前。

"你是谁？"悠悠问他。

"我会一直在你身边，守护着你。"说完，这个男人消失了。

睁开眼睛，悠悠渐渐清醒，发现原来只是一个梦。

想起梦中文修的恨，悠悠的心狠狠地抽动着。翻了一个身，带着愧疚和悲伤，以及对那个模糊的人的疑惑，悠悠又缓缓进入了梦乡。

入梦之前，眼角依然挂着泪水……

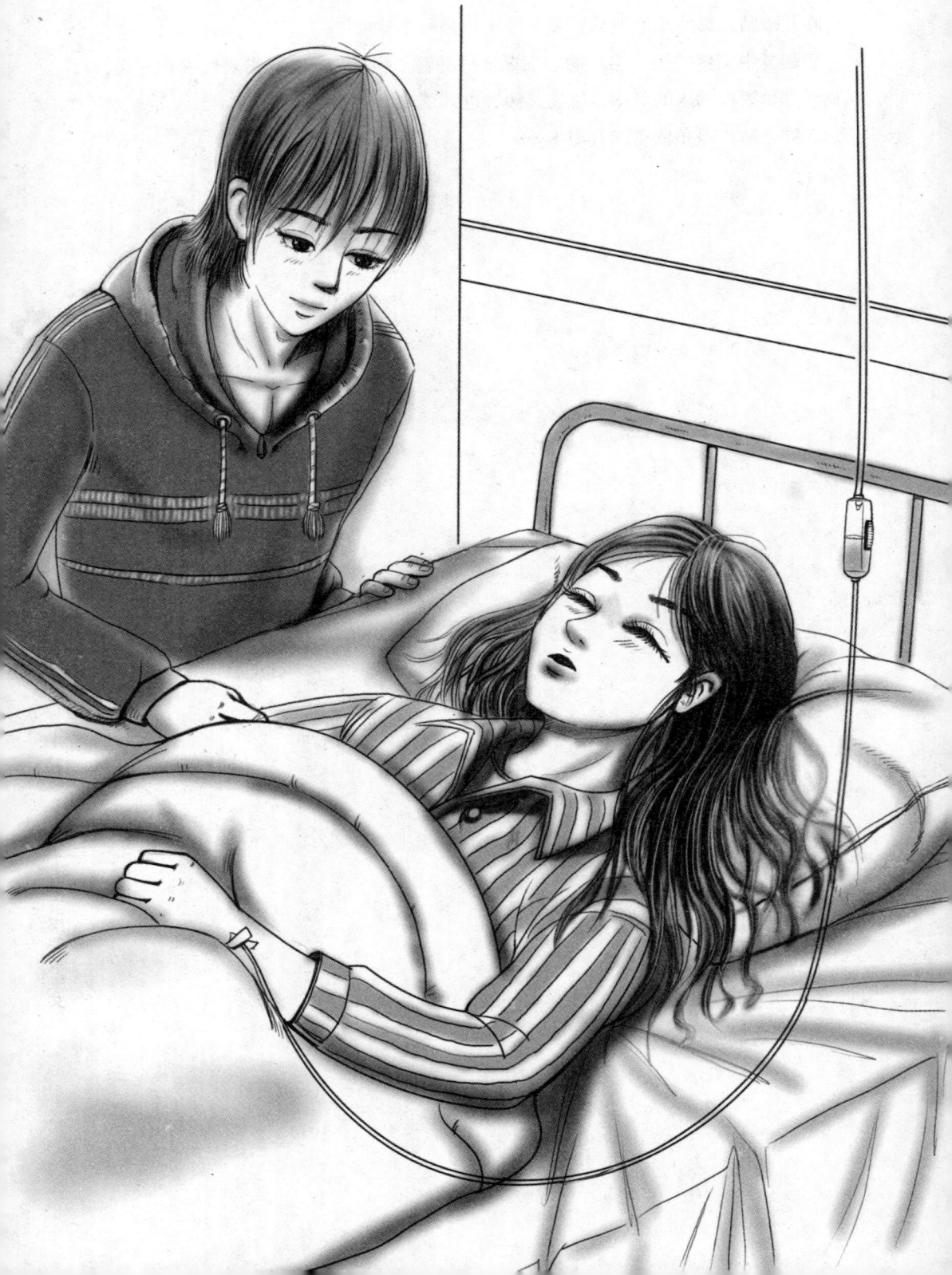

# 找回失去的拥抱

　　孟悠悠到校门口时，并未看到李俊泽，便坐在大门外的喷泉池边。原本这只是一个普通的水池，但是不知道是谁说这是许愿池，然后就陆续有很多学生来这里丢硬币许愿，水池里现在仍可以看到许多大大小小的硬币。这些硬币在阳光下发出灿烂的光芒，就好像是漂在水面上。孟悠悠伸手去捞，看着水从掌心流走，这又让她想起了跟顾文修分手的事，原本还不算太糟的心情顿时沉重起来。

### 第十一篇

# 第五十六章　李俊泽的拥抱

第二天，孟悠悠没有遇到顾文修，也没有看到东方燕儿。室友要去医院见李俊泽的爸爸，孟悠悠担心李俊泽知道她跟顾文修的事后也会去找文修，所以没有跟室友们一起去。只是让她们帮她问好。

三个室友照例精心打扮了一番，而后才带着礼物去医院，一进去就看见李俊泽在病床边。

李妈妈看见她们来也很开心，她总觉得儿子需要多跟这些活泼开朗的女孩儿接触，所以对每一个来医院的女孩子都特别热情。

李俊泽面容憔悴，还有些魂不守舍。现在的他并不知道孟悠悠已经回来了，还在担心着。若不是今天李爸爸还要做最后检查，他现在还会满大街找人。

"爸，您觉得怎么样？"李俊泽想来想去还是不安心，他要去找孟悠悠，她现在也许还在那群绑票者手上，也许会有危险……李俊泽越想越觉得他必须马上就走，不能耽搁一秒钟。

"我已经没事了，明天拿到诊断书就可以出院了……"看儿子在关心自己的身体，李爸爸的心情也变得轻松起来。儿子最近总是恍恍惚惚的，但对自己跟李妈妈却比以前好多了，现在他会叫爸妈了。这两个称呼，他们已经十多年没有听过了。

"那好，爸您休息，我出去找孟悠悠。"李俊泽起身就要走。

"哎，李俊泽——悠悠昨晚回来了。"室友们将昨晚的情形告诉了他。

"她哭了？跟顾文修分手了？为什么？"李俊泽想不明白，为什么会变成这样？

"李俊泽，你跟悠悠认识两年了，也算是老朋友了，你劝劝她吧。昨晚她哭得我们都不忍心看……"3个女生担心孟悠悠会做什么傻事。

看着3个女生离开病房，李妈妈突然拍着手笑起来。"太好了！孟小姐跟顾文修分手了！俊泽，上！妈妈支持你！妈妈和爸爸都很喜欢这个儿媳妇……呵呵呵……"

"妈——"李俊泽回头无奈地看了看仍自沉浸在喜悦中的李妈妈。虽然，知道他们分手，他心底有那么一丝丝的高兴，却远没有李妈妈这么夸张。幸灾乐祸，他是做不出来的。

孟悠悠为什么跟他分手？难道和前几天的失踪有关？"爸、妈，我开车去送送她们。"李俊泽说完就冲出去追上那3个女生，开着车载她们回学校，车刚到大门口就看见孟悠悠、顾文修和东方燕儿在远处站着。

4个人都没有下车，在车上静静地看着。孟悠悠打算出去走走，调试自己的心情。出来就遇上了东方燕儿，东方燕儿约自己10分钟后在学校大门口见面。虽然孟悠悠现在并不想见她，但因为对方是自己的亲妹妹，她还是来了。到这里才知道顾文修也在。

"你们来做什么？要我祝福你们吗？"孟悠悠看见顾文修眼中还有眷恋，于是故意装得很绝情的样子，好让他彻底死心。

"孟悠悠，你这女人怎么这么残忍？不但伤害了文修哥，现在还这样说话。难道你的心是石头做的吗？"东方燕儿怒气冲冲地质问道。她听到他们分手的消息后就去找了顾文修，刚开始的喜悦在见到顾文修难过的样子后消失不见了，取而代之的是愤怒。孟悠悠凭什么伤害他？她不服气，她要为心爱的人讨回公道！

"对！我残忍！我铁石心肠！我这样说你们满意了吗？"孟悠悠突然觉得好委屈。她放弃文修来成全燕儿，但燕儿如今却在怒气冲冲地质问她。

"燕儿，我是你的亲姐姐啊，你怎么可以这样说我？我为你放弃了我的爱人，你怎么还能来伤我！你的话对我来说真的像一把刀子在割我的心。难道这就是我背叛誓言的惩罚吗？我给文修带去的痛苦，燕儿又将它转给我！"这番话孟悠悠只能在心底对自己说，这是她给妹妹的幸福，她不能去破坏。

"孟悠悠，你真的伤我太深了……燕儿，我们走。"看着孟悠悠绝情的眼神，顾文修的心彻底碎掉了，感觉它再也粘不上了。拉着东方燕儿转身离开，留下孟悠悠一个人站在门口。

看着他们远去的背影，孟悠悠无声地落下了眼泪。那是曾经只属于她的王子！但如今已经是别人的了。他的手牵的不再是孟悠悠，而是东方燕儿。"燕儿……妹妹……"孟悠悠低声呢喃着。想到东方燕儿是自己的妹妹，孟悠悠又强迫自己开心，"我要开心，我要开心……"但是她越想让自己开心起来，眼泪就越是控制不住。孟悠悠无力地蹲下身子任由眼泪滴落在地上，咬着嘴唇不让自己哭出声。

她怎么了？看见孟悠悠蹲下去，担心她是身体不舒服。李俊泽急忙打开车门冲

过去。靠近了才发现她哭了，他第一次看她哭得这么伤心。"悠悠，你怎么了？"

孟悠悠抬起泪眼，抓住李俊泽的手臂摇晃着他，"告诉我，这一切都值得！告诉我，应该坚持！快告诉我……"声音最后都淹没在泪水中。

李俊泽抓着她的双手伸向自己身后，让她抱着自己，把她的头按在自己肩上。"悠悠，不要这样，我心痛……"

孟悠悠把他当成床上的玩具熊，她伤心难过时抱着哭泣的玩具熊，尽情地用眼泪宣泄着自己的委屈与难过。

车上的3个女生悄悄地下车回了宿舍，看见李俊泽抱着孟悠悠的情景，她们似乎发现了些什么微妙的东西。

哭完了孟悠悠才想起那条能证实她身份的项链还在李俊泽这里，为了避免被人发现这条项链而暴露她的身份，她决定先要回来。但是又担心突然要回来会让他起疑心，最终还是决定等几天再取。

看着孟悠悠终于不哭了，李俊泽的心也稍稍好过了些。"终于不哭了？"李俊泽看着肩膀上被打湿的一片，微笑着问，"为什么要跟顾文修分手？是东方家的人带走你的？"

为什么李俊泽一眼就看穿了？难道这就是"当局者迷，旁观者清"吗？但是这件事她不能告诉他，以免被顾文修知道，破坏她的计划，那是她给妹妹的幸福，她不允许任何人打破，即使是孟悠悠自己也不可以！所以，她马上就否决了李俊泽的说法。

"你说不是，你以为我会相信吗？"

"你信不信与我无关，我说'不是'不是让你相信的。事实如此。你以前不是喜欢我吗？我和他分手了，你应该开心啊！"这个李俊泽太聪明了，在他面前，孟悠悠所有的谎话都那么单薄，风一吹就被揭开了。继续让他在身边，这件事迟早也会被他发现，孟悠悠只有气走他。

"在你孟悠悠的眼中，我李俊泽就是那种人吗？我走了！"李俊泽气得转身就走，开着车刚出去没多远就想到了破绽。虽然他不愿承认，但他却不得不承认，孟悠悠跟顾文修相爱不浅，她不可能一夕之间不爱他。刚才对他说的那番话不像她的风格，要么孟悠悠不正常，要么就是她故意的！孟悠悠看上去没有生病，那她为什么要故意气他走？

"孟悠悠跟顾文修分手……他们分手后会有什么变化？"李俊泽把车停在路边专心思考孟悠悠这么做的原因。逻辑推理是他的强项，他几乎每天都在做这些。

"孟悠悠跟顾文修分手，顾文修跟东方燕儿。我跟孟悠悠……"李俊泽情不自禁地想到了有关自己跟她的每一幕，包括孟悠悠借给他的项链。现在项链盒子就摆在车里，项链他随身带着。李俊泽从脖子上取下项链放在手心细细地观看。

"这项链怎么看都价值不菲，造型奇特，钻石也都是天然真钻。这应该是有钱人家的东西。难道她是哪个富商家族中失踪了的千金小姐？呵呵呵……"想到这里李俊泽突然笑起来，"李俊泽你真是小说看多了，这也想得出来……"他正自嘲时，突然想到东方夫人还有个失踪的女儿，算算年龄也差不多，而且孟悠悠放弃顾文修，受益人便是东方燕儿了。"以孟悠悠的为人，牺牲自己成全妹妹是很正常的事。这么一来，所有的问题都有答案了，我只要再去证明一下就知道了。"

李俊泽发动汽车去东方家找东方夫人。

东方夫人平常都在家里休息，只有当东方豪出席一些正式的重要场合，才会带上东方夫人。

"俊泽，你怎么想起来看我了？"东方夫人对李俊泽的突然出现也觉得惊喜。

李俊泽思索着要如何问出他想知道的问题，而又不让东方夫人起疑。"夫人，我想知道你们如何寻找你们失踪的女儿，有什么凭证，还是她身上有什么特别的符号胎记？"

"俊泽，你怎么会突然问到这个？"东方夫人虽然疑惑，但还是将项链的事告诉了他。

真的是她？！李俊泽突然一阵心痛，那个傻丫头竟然真的为了妹妹而放弃她喜欢的人！是傻还是顾文修根本就没有被她当成过男朋友？她竟然可以让给东方燕儿？这个笨蛋！害自己哭得那么凄惨，活该！李俊泽虽然心里这么想，但是却没有告诉东方夫人。在没有征得孟悠悠同意前，他会守口如瓶、一个字都不泄露。

"俊泽，你是不是有什么线索？"

"没有，我只是想帮您找找看。可仅凭一条项链找人太……"看见东方夫人失望欲泣的样子，李俊泽没有再说下去。这时，李俊泽的手机响起了，他拿出电话接完电话后，对东方夫人道："夫人，我妈妈叫我，我要先走了，再见。"其实这电话声是他在进来前预先设的闹铃声，他担心东方夫人会追问，只是想借此脱身。

"俊泽，你等一下。我听燕儿说文修和他的女朋友分手了，你知道是因为什么原因吗？"东方夫人也一直认为他们是很般配的一对，没想到距离上次见面才一年，他们就分手了。

"他们的事我不太清楚。那我先走了。"李俊泽从走出东方家到上车之后一直

在想：为什么孟悠悠知道她的身世后却没有跟他们相认呢？

不管是什么原因，孟悠悠跟顾文修分手的事肯定跟东方家脱不了干系！剩下的这一切就只有孟悠悠自己才清楚了。

顾文修让人把孟悠悠的手机送还给她后，孟悠悠翻开手机，里面竟然有400多个未接电话跟好几十条未查看的短信，都是李俊泽和顾文修的。

此时，又接到李俊泽的电话，说是约她到学校大门外见面。

孟悠悠到校门口时，并未看到李俊泽，便坐在大门外的喷泉池边。原本这只是一个普通的水池，但是不知道是谁说这是许愿池，然后就陆续有很多学生来这里丢硬币许愿，水池里现在仍可以看到许多大大小小的硬币。这些硬币在阳光下发出灿烂的光芒，就好像是漂在水面上。孟悠悠伸手去捞，看着水从掌心流走，这又让她想起了跟顾文修分手的事，原本还不算太糟的心情顿时沉重起来。

李俊泽的车到了，他摇下车窗叫孟悠悠过去。

孟悠悠将手上的水甩了甩，朝李俊泽的车走过去。"有事吗？"

"上车。"李俊泽的声音里有一种被压抑的愤怒。他想不通这个笨蛋为什么会为了几个所谓的亲人让自己这么难过，害他也跟着一起揪心。

"哦……"孟悠悠应了一声，坐上车却迟迟不见李俊泽开车。

"我……刚去见了东方夫人。"李俊泽悄悄看了看孟悠悠，她似乎没什么反应，于是继续道："我们聊了东方——玉儿的事。"李俊泽发现她已经开始有些紧张了，眼神闪烁不定。

"东方玉儿？你们怎么会聊到她！"孟悠悠脱口而出。

她果然是知道了东方玉儿的事。李俊泽心道。孟悠悠也意识到自己刚才的反应有破绽，所以不再说话，抱着侥幸的想法：也许只是碰巧说到她，也许他还不知道详细情况……

"我们还谈了——东方夫人的项链，那条'攸'字形项链……"

孟悠悠猛地转过头看着他，眼神里充满了哀求与悲伤，他知道我是东方玉儿了！那么东方夫人也知道了吗？他告诉夫人了？那我该怎么办？"你告诉东方夫人了？！"

"我没说。"李俊泽已经确定了孟悠悠就是东方玉儿。

听到李俊泽说他没有告诉东方夫人，孟悠悠的心稍稍平静了，"不要告诉她，也别告诉任何人，我不想和他们相认。"

"你真的是东方玉儿！为什么不跟他们相认？为什么要跟顾文修分手？"

"我不爱他了，这个理由可以吗？"

"那你为什么在和他见面后哭得那么伤心？"李俊泽也很想孟悠悠有一天真的不爱顾文修了，但他做不到自欺欺人，现在的她，心里还是有顾文修的存在。

"那是我的事，不用你操心！我爱哭就哭，你凭什么来管我？！我和顾文修的事，我想怎么做就怎么做。你以为你是谁？！你凭什么管我？！凭什么、凭什么……"孟悠悠嘴上不说，但眼泪已经承认了一切。

孟悠悠，你真是没用！连一个李俊泽都瞒不过，你又怎样骗自己？孟悠悠，你真是太差劲了，连一个谎都不会说！你这样，爸、妈和妹妹会伤心难过的！还有文修，既然你已经把他推开了，你就应该忘记他，否则你又怎能让他们开心快乐？忘记他、忘记他、忘记他呀！你这个笨蛋，为什么连忘掉一个人你都做不到？！笨蛋！孟悠悠在心里狠狠地骂自己，想让自己不去想顾文修，想忘记过去的一切。但是越想忘记却记得越清晰，孟悠悠从车座上滑下去蹲在前后座的缝隙里，握着拳头使劲敲着自己的头，"笨蛋、笨蛋……"

"悠悠！你这是干什么！"李俊泽连忙解开安全带扶起孟悠悠，看见她痛不欲生的样子，他的心又开始针扎刀割似的疼。"孟悠悠，我帮你跟顾文修解释，我帮你……他一定会回到你身边的！"李俊泽说着就要发动车，带她去见顾文修。

"俊泽，你不是喜欢我吗？为什么还要我回到顾文修身边？"孟悠悠泪眼迷蒙地望着李俊泽。

"我对你的喜欢不是霸占和强迫。我希望你开心，即使，你身边的人不是我。只要你开心，我都不会阻拦你。你明白吗？"李俊泽开始发动汽车，准备带孟悠悠去见顾文修。

"不要！我不要再见文修！你帮我忘记他，帮我！"孟悠悠死死地抓着方向盘，不让李俊泽开车。"俊泽，我爱得好辛苦！我要痛死了，你帮我忘记他，忘记文修，我就不会痛了……"孟悠悠闭着眼睛靠在座位上迷迷糊糊地说着。

李俊泽只好放弃，"我帮你，我什么都帮你！"李俊泽转头看孟悠悠时，才发现她脸色红润异常。李俊泽伸手摸着她的额头，"该死，又发烧了！悠悠，你坚持一下，我送你去医院！"李俊泽帮她扣好安全带后，狂飙向最近的医院。

孟悠悠兀自呢喃着什么，眼泪不停地从眼角滑落……

李俊泽也顾不得去细听，一心只想快些送她到医院。到了医院后，看着孟悠悠被送进急诊室，李俊泽在外面焦急地等待着。

这医院也是李爸爸住的那家，原本他该出院了，但是医生说给李爸爸开了新

药，需要留院观察，以便发现会不会有对药物的排斥现象，所以李爸爸还在这里住着。

李妈妈提着刚出去买的饭菜走进来，看见儿子在急救室外面焦躁地来回走。"俊泽，你怎么在这儿？是不是你爸爸他……"

"不是，是悠悠。"

"孟小姐？她怎么了？"李妈妈急忙问道。

"发高烧，现在已经完全昏迷了。你去陪爸吧，这里有我，别告诉他，以免他担心。"李俊泽知道爸爸、妈妈都很喜欢孟悠悠，所以嘱咐李妈妈不要将悠悠生病的事告诉李爸爸。

"嗯，我等下过来看看。儿子，加油！"李妈妈做了个加油的手势，意思是让儿子赶紧把孟悠悠追到手后才离开。

李俊泽的情绪渐渐平缓下来，看着急救室的灯一直亮着，心中阵阵颤动。为什么要爱得那么辛苦呢？为什么不去争取自己的幸福呢？为什么要顾虑那么多？为什么要这么折磨自己？为什么不好好照顾自己！

李俊泽的心中阵阵酸涩，只好走到椅子上坐下。

这时候，李妈妈不放心李俊泽，便走到李俊泽身边，将手轻轻得放在儿子的背上。

"妈，你怎么过来了，爸呢？"李俊泽抬头问道。

"你爸在休息，我过来看看，顺便拿点水果过来。"说着，李妈妈把水果放下，走到李俊泽身旁，"俊泽，你是不是有心事啊？"

"我……"李俊泽刚想搪塞就被打断了。

"你是我的孩子，你的心思妈当然明白。你们年轻人之间的事情，我虽然不清楚，不过我明白一个道理。"李妈妈微笑着说，"该抓住的人，不要错过。"

李俊泽眼神一亮，似乎想明白了什么，他的嘴角牵起一丝微笑。

"那行。你好好照顾悠悠，我去你爸爸那里了。"说完，李妈妈鼓励地拍了拍儿子的肩膀，朝李爸爸的病房走去。

李俊泽心想："既然那个男人不能给悠悠幸福，还让悠悠这么辛苦，那就让我来代替他好了！"至少悠悠生病时，我会寸步不离地守候。悠悠不开心时，我会想尽办法逗她开心。我会给悠悠所有的爱和所有的关怀。

想到这里，李俊泽的心情顿时变得轻松起来。

不是他不成全顾文修，是顾文修不懂得珍惜身边的幸福。男人是不应该让所爱

的女人流泪的。

　　看着急救室的灯还亮着，李俊泽的心又沉了下来。已经进去很久了，怎么还没出来！李俊泽紧紧地握着拳头，再也坐不住，又起身在急救室门外徘徊起来。

　　只要你好起来，我什么都答应你！

　　你快好起来！

　　求你了！

　　李俊泽的心里焦急万分……

第十一篇
——
找回失去的拥抱

# 该死的！
# 选择性失忆？

"流氓，你要干吗！"孟悠悠看着凑过来的人好似要吻她一样，抬手就给他脸上印了个红掌。"李俊泽，他是你的朋友？这人真讨厌！"孟悠悠一脸鄙夷地看着顾文修。

拜托

公主

Bai Tuo Gong Zhu

第十二篇

# 第五十七章　昨天？！

一个多小时候后，急救室的红灯熄灭了。

"医生，她怎么样？"李俊泽拉住从急救室走出来的医生。

那医生却皱着眉头迟迟不开口。

"你快说啊！"李俊泽死死地抓着医生的胳膊摇晃着。

"唉唉，别摇了。病人的体温已经基本上控制了，但目前还没醒，我们需要先了解她的病史才能继续下一步治疗。"

"那你快去！"李俊泽忙把医生推开，好让他赶紧去研究治疗方案……

孟悠悠被转到了最好的加护病房。

病床上的孟悠悠手上扎着针头，脸上带着氧气罩，身上被各种仪器的线缠着。

李俊泽看着心痛不已。

12个小时过去了，孟悠悠的体温时高时低，一直无法稳定，完全需要靠注射药剂来控制。

李俊泽记得以前医生说她的昏迷虽然不知道原因，但一般情况下都会在退烧后的24小时内醒过来。所以他虽然着急但还是勉强自己静下心来等。

很快，24小时过去了，孟悠悠还是没有苏醒的迹象。

医生推门进来，查看完医疗仪器上的数据后疑惑地摇摇头。

"医生，她到底什么时候醒？！"李俊泽焦躁地低吼道。

"这个我们也不敢断定，她身体状况一切正常，至于她为什么不醒，我们暂时还没查出原因。这样的情况我还是第一次遇到，只能静观其变了。"医生无奈地走出去。

李俊泽看了看病床上的孟悠悠，还是决定打电话告诉顾文修。李俊泽走出病房，来到医院后面的花园中打电话。不管顾文修来不来，他都会一直守在这里。

"李俊泽？你找我什么事？"顾文修接通电话问，此时他正陪着东方燕儿打电动。

"你和东方燕儿在一起？"李俊泽在电话里听到了东方燕儿的声音，"不管你来不来，我只是要告诉你，悠悠住院了，在南华医院加护病房307。"

"是她叫你打给我的？"顾文修冷冷地问，"孟悠悠她当我顾文修是什么？一只招之则来挥之则去的哈巴狗吗！是她先说分手的……"

"顾文修，我这时倒希望是她醒来叫我打电话给你，即使是叫我离她远远的，不再出现在她面前，我都愿意！话我说了，来不来随你。最好你给我滚得远远的，也许不见你，孟悠悠还会早点醒！"李俊泽说完就将手机狠狠地砸在地上，无力地蹲下身……

顾文修来不及多想抓起衣服就往外跑，不顾东方燕儿的叫喊，出门就拦了一辆车直奔南华医院。在307门外与李俊泽来了个头碰头，"悠悠呢？"

李俊泽揉着额头道："她在里面，昏睡了30多个小时了，一直没醒。"

顾文修缓缓地走进去。病床上的孟悠悠那么脆弱、那么单薄，一点也不像那个狠心说分手的她。他开始怀疑孟悠悠要分手是因为她的病，她也许是怕他知道后伤心难过，所以才说不爱他要跟他分手。对！就是这样！顾文修半跪在床边，握着孟悠悠纤细而满是针孔的左手。"只要你醒过来，我什么都答应你，我们一切都重新开始，我什么都不计较……"

李俊泽也走过去，在心里默默地对她说：孟悠悠，你爱的男人跟爱你的男人都在等着你，你要赶快醒过来，不然我们可都不理你了……他突然发现孟悠悠的眼睛动了动。

顾文修也感觉到孟悠悠的手握住了他的手，"悠悠……"

什么嘛，孟悠悠，我守了你三十几个小时，你一直都不醒，顾文修一来你就醒了。你还真是偏心！李俊泽心中有些醋味，但更多的是开心。

"你是谁啊！干吗抓我的手？放开！"孟悠悠甩掉顾文修的手坐起身，生气地盯着顾文修。

"悠悠，你还在生我气，我是文修啊，我们……"顾文修走近把脸凑到孟悠悠面前，想让她看清楚，却意外地挨了一巴掌。

"流氓，你要干吗！"孟悠悠看着凑过来的人好似要吻她一样，抬手就给他脸上印了个红掌。"李俊泽，他是你的朋友？这人真讨厌！"孟悠悠一脸鄙夷地看着顾文修。

李俊泽惊愕地望着眼前这一幕，孟悠悠好像不记得顾文修了，但是她还记得他——李俊泽！再没有比这个情况更叫他开心的了。"你……"

"我什么啊？李俊泽，我为什么在医院？今天不上课吗？杨飞呢？"孟悠悠扭头看看四周。

"悠悠，你再仔细看看我……"顾文修捂着脸走过去。

"杨飞？"她还记得杨飞，这是怎么回事？难道是"选择性失忆症"？！"你还记得昨天的事吗？"李俊泽小心翼翼地问，他只是想看看孟悠悠还记得什么，看她的样子实在不像是装出来的。

"喂，你什么意思？昨天那一巴掌还不够重吗？我只是喝醉了才会不小心睡到你房间的。别以为我是那些花痴女生会主动献身……"

她记忆的昨天怎么会是高三开学的前一天？！难道这次昏迷便真的失忆了？不是我们集体穿越了吧？李俊泽看看手表上的日期，没错啊！是今天啊，这到底是怎么回事？"顾文修，你去叫医生，我在这里看着她。"

不久，顾文修就拖着医生进来了。

医生整理好自己的白袍和快掉下来的眼镜，先是埋怨着顾文修刚才拖他来太粗鲁，随即开始检查病人的情况。

# 第五十八章　针锋相对，永不放弃！

检查完毕，医生得出的结论相当"狗血"！医生似在念台词般地说："病人可能受过强烈的刺激，身体里的潜意识会逃避这些痛苦，所以病人忘记了痛苦的记忆，也就是常说的选择性遗忘症。这个病我们也帮不上什么忙，你们可以带她出院了，以后慢慢恢复记忆还是有可能的。"医生说完就赶紧溜了，唯恐再被顾文修"蹂躏"一次。

"你们俩干吗都看着我？"孟悠悠抱着被子挡在自己面前，眼睛瞪着他们。

"我们出院再说吧。悠悠，你先换衣服；顾文修，你去办出院手续；我去看看我爸。"随后，李俊泽和顾文修都走出了病房。

孟悠悠关上房门，换上自己的衣服，坐在床沿等他们回来，两只脚随意地前后晃动着，一点没有生病或不开心的样子。

李俊泽刚走到李爸爸的病房门口就遇上了李妈妈。

"孟小姐怎么样了？"李妈妈问。

"医生说得了选择性遗忘症，暂时失去了记忆，以后可能会恢复。我先带她出院，今天可能不来陪爸了……"

李妈妈不等儿子把话说完，就截住话头道："失忆？好呀！好机会呢！乖儿子啊，加油！趁现在杀进去！把生米煮成熟饭，就算以后恢复记忆也没关系啦，反正都是咱李家的儿媳妇了……"

"妈！我真是服了你了，我知道该怎么做，回去吧、回去吧……"李俊泽把她推回病房内，看见李爸爸还在睡觉就没有吵醒他，直接走了。他心里也不放心让孟悠悠一个人待在病房里。

李俊泽回到病房却发现病房里已经没有人在了，刚好碰见护工进来打扫房间，赶紧抓着她就问："这里的病人呢？"

"被她男朋友带走啦。"护工愣愣地看着他。

李俊泽急忙追出去，这个该死的顾文修，竟然敢一个人带走孟悠悠！如今她不

记得"顾文修"这个人了，他——李俊泽是绝对不会放手的！

孟悠悠跟着顾文修走出医院，"喂，那不是回公寓的路！"孟悠悠发现顾文修走的方向不对，就赖着不肯再走。

李俊泽此时也开着车追上他们了。"顾文修，你为什么一个人带她走？！"李俊泽生气地将车停在他们面前。

"她是我女朋友，我带她走有什么问题？"顾文修反问道。

"那是过去了，你们已经分手了，而她选择了忘记你。她现在记得的是我——李俊泽！不是你顾文修！这次我不会再放弃！"李俊泽看了看孟悠悠，"悠悠，上车！"

孟悠悠现在也只认识李俊泽，就乖乖地上了车。

李俊泽正要开车走人，却听见后面车门又响了一次，回头发现顾文修也坐了上来。

"先去我住的地方！"李俊泽第一次认为自己在孟悠悠面前打败了顾文修，心情大好，一路上都带着浅浅的笑意。

反观后面的顾文修，却是一脸不爽的样子。

孟悠悠听李俊泽说去他住的地方，以为就是回高三时的公寓，也没太在意，竟然靠着车窗睡着了。下车后她仔仔细细地看看房子，回头又仔细打量了一番李俊泽才道："你记错了吧？这是哪儿？我要回公寓！我还要复习呢，只剩一年就要升学考试了！"

"悠悠，我们已经大二了，升学考试早就通过了。"顾文修笑着走过去。

孟悠悠厌恶地看了看他，"你谁啊！为什么要骗我？！"

"悠悠，他说的是真的。你知道你为什么在医院吗？"李俊泽并没有打算瞒她什么。

"大概……是我生病了？"孟悠悠不太确定地望着李俊泽。

李俊泽点点头，"对，医生说你的病暂时让你忘记了一些东西，没关系，我们会让你想起来的。"

"真的？"孟悠悠半信半疑地望着李俊泽，思索片刻又道："你有什么证据吗？"

"我们去学校，你可以问广播室的人，也可以问你的室友。"顾文修拉着孟悠悠就要走，但没走几步就被孟悠悠甩掉了手。

"干吗拉拉扯扯的！我认识你吗？！"孟悠悠生气地望着拉她的人，这个男生

是谁呀，为什么总是一副自以为是的样子，还帮她做决定，还那么大力地拉她，很痛啊！孟悠悠兀自捏着微红的手腕，转过身去不理他。

"悠悠，我是顾文修啊！你是我女朋友怎么会不认识我？"

"那你——是我男朋友？"孟悠悠笑着走过去，绕着他转了一圈，抬手在他脑门上敲了一下，"失忆的人是你吧！想骗我，你不知道我很聪明的吗？"

顾文修摸摸额头，疑惑地望向李俊泽，"她失忆后怎么变得这么野蛮？"

"我只要她开心就好了，野蛮一点也无所谓，你不喜欢可以去找东方燕儿。"李俊泽左手揽着孟悠悠的肩膀，右手拿钥匙开门。

顾文修忙跑上前去，拍掉李俊泽放在孟悠悠肩上的手，"把你的爪子拿掉。"三个人就这样并排站在门外，顾文修和李俊泽都毫不退让地互瞪着。孟悠悠失忆了，对顾文修来说也不一定就是坏事，忘记他们已经分手这件事，他可以再追她一次！决不会就这么放弃！

第十二篇——该死的！选择性失忆？

## 第五十九章 衣服问题

"冰箱里有吃的，你可以先洗个澡。"李俊泽将钥匙丢在茶几上后，走到窗边拉开窗帘，让阳光透过落地窗照进来，屋子一下子变得明亮起来。

孟悠悠扯起自己的衣服闻了闻，果然有点怪味道了。"是该洗澡了……"孟悠悠嘴里念着，但转念一想她这里没有换的衣服。"你们知道我的衣服在哪儿吗？"

"在学校宿舍，来回要四十多分钟呢。不过这附近就有卖，我去买好了！"顾文修说完就出门去了，完全不给孟悠悠反对的时间。

"不要！"孟悠悠不知哪来的速度冲上去拉住顾文修。开什么玩笑？要一个大男生去给她买衣服，外面的还好说，可里面的要怎么办？她怎么好意思穿？！"你去我学校，叫我的室友把我的衣服给你，你再带回来。"孟悠悠说完还不忘加上一句，"路上不准偷看我衣服啊！"

"太麻烦了，我去买，你等着！"顾文修走向李俊泽，"把你的车借我用用。"拿到车钥匙后顾文修就笑着离开了。

"自大！狂妄！我都说不要了，你买的我怎么穿啊！我会浑身不自在！"孟悠悠在门边低声嘟囔着，完全没注意到旁边还站着李俊泽。"反正就是不穿你买的内衣、内……"孟悠悠不经意间抬起头，发现李俊泽站在身边，一脸尴尬的样子，似乎是听见她说的话了。

孟悠悠赶紧跑进浴室去，拧开水龙头用冷水拍拍自己的脸。望着镜子里的自己默哀道：天——丢人丢大了！我怎么没看到他站在旁边，尴尬死了……猪头，叫你不小心！叫你不看旁边有没有人就乱说话……孟悠悠指着镜子里的自己在心里狠狠地骂道。最后得出一个结论：都是那个叫什么文修的不好！

随后，孟悠悠坐在沙发上啃着面包，看电视上依旧在播出的《喜羊羊与灰太狼》，笑得前俯后仰。

"悠悠……"李俊泽端着一杯热牛奶坐在孟悠悠身边，"你的牛奶。"

"哦。"孟悠悠盯着卡通片，含糊不清地应了一声。

拜托公主
——
Bai Tuo Gong Zhu
——

"顾文修真的是你以前的男朋友，你们在一起一年多了，几天前你们才分手。我觉得我不应该瞒你。"

孟悠悠回过头望着李俊泽，嘴里塞得满满的面包，"分手了？为什么？他长得还挺帅啊，我为什么要分手？是……他甩我？不会吧！还是……你骗我，难道是他还有别的女朋友被我发现了？！"孟悠悠一说话就有面包屑从嘴里飞出来，最后只好捂着嘴巴说，声音也变得更含糊不清了。

"这些你以后想起来就会明白了。"李俊泽不想妄自断定他们分手是因为孟悠悠的身世。

"哦……"孟悠悠发现没有秘密可挖掘了，又回过头去继续看电视。

门没锁，顾文修在出去十多分钟后就拎着一大包东西走进来了，"衣服买回来了。"

孟悠悠回头看看顾文修，嘴里叼着的面包片一下掉在了沙发上。"你怎么不把店搬回来？买一套就够了，买那么多干什么？"

"是一套，但我不知道你要穿多大的尺码，所以我就多拿了几个size（尺寸）。"顾文修把东西递给她。

李俊泽靠得比较近，伸手去接却被孟悠悠一掌推开。

孟悠悠抢了衣服抱在怀里瞪着李俊泽，"你干什么？女生的衣服也要看？！"

"我可是每件都看过……"顾文修似笑非笑地说着。

"无赖，变态！你自己穿去吧！"孟悠悠生气地把衣服袋子砸向顾文修。

"不然你穿我的？别闹了，赶紧洗澡去吧。"李俊泽捡起袋子递给孟悠悠。

"不要！"孟悠悠无奈地接过袋子走进浴室。关上门，她好奇地打开袋子。嘴里念叨着："他买了什么衣服呢？这是什么？"孟悠悠提出一件衣服，看看后就扔到一边，"布料太少了。"然后开始找其他的衣服，但是她发现里面根本没有衣服了，全是大大小小的内衣、内裤。这是什么？孟悠悠拎起一个小物件看了看，竟然是超大尺码的内裤！"给大象穿都够了！"孟悠悠将衣服塞回袋子里。

"不管啦，先洗澡，臭死了。"孟悠悠脱下衣服打开热水器……

洗完澡都已经5分钟了，孟悠悠站在镜子前犹豫着要不要穿顾文修买来的衣服。她伸手提起那件布料超少的短裙……

李俊泽跟顾文修在客厅望着浴室的门（咳咳……不要瞎想啊）。

"喂，你好了没有？"李俊泽看看时间，孟悠悠已经进去快一个小时了，"你没昏倒吧？"李俊泽等了片刻还是不见孟悠悠回答，浴室里也静悄悄的。

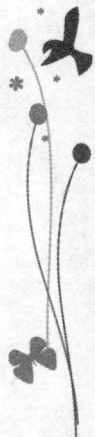

"悠悠，你再不出声我们就冲进去啦！"顾文修也颇为担心。万一真是昏倒在里面了怎么办？已经一个小时了，如果真的是昏倒了，他们可能已经耽搁送她上医院的最佳时机了……

两个人都决定不再等了，快步跑到浴室门外打算撞门……

门突然开了，孟悠悠裹着厚厚的浴袍出来了，全身除了头跟脚都遮得严严实实的。

"我买的衣服呢？你没穿？"顾文修惊道。这丫头搞什么？大热天捂痱子呢？把自己包得像粽子一样！

"你才没穿衣服呢！"孟悠悠反驳道，转而红着脸低下头心道：那衣服穿没穿都分别不大……

"顾文修，你买了衣服没有？为什么悠悠裹着浴袍？还是冬天最厚的那种！"李俊泽问道。

"我发誓我买了，而且还很漂亮！"顾文修说着还举起手打算发誓。

孟悠悠不理这两个人，自己朝沙发走去。

顾文修和李俊泽分坐在她两边。

顾文修看着孟悠悠热得直冒汗，但就是不肯脱掉浴袍，于是笑着对李俊泽说："空调的温度已经是最低了，我看你还是把她放进冰箱里吧。不然就得中暑了。"

"悠悠，你拿掉浴袍吧。要不我给你拿件我的衣服？"李俊泽见孟悠悠不说话，于是伸手从背后扯了扯顾文修，"喂，你买的什么衣服？不是比基尼（泳装）吧？"

孟悠悠生气地站起身，准备用目光杀死这个说她穿泳装的人，脚却不小心踩在浴袍边缘，起身时整个浴袍就滑落下来。咖啡色丝绸吊带短裙因为被汗水浸湿了，紧紧贴在她身上，勾勒出孟悠悠迷人的线条。

李俊泽和顾文修都看得愣了。

在李俊泽眼中，孟悠悠只是个瘦不拉叽的小丫头，如今猛一看，才发现她身材也蛮不错。

看着他们的反应，孟悠悠又羞又恼，捡起地上的浴袍就要穿，却被李俊泽跟顾文修拦住。

"你还真想中暑？"李俊泽问道。

那浴袍穿着也确实太热了，孟悠悠无奈地松了手，看着李俊泽将它拿走。"我要换我以前的衣服！你们带我去宿舍拿衣服！"

拜托公主

Bai Tuo Gong Zhu

"那就走吧。"李俊泽率先走出去。心道：没想到她也会有这么性感的一面。顾文修选的衣服看上去是不错，不过孟悠悠似乎并不喜欢……

李俊泽开车，孟悠悠跟顾文修坐在后面。

"不准再看了！"孟悠悠低声警告顾文修。

顾文修似笑非笑地望着她，悠悠失忆了竟然会变得这么可爱。看着她窘窘的样子，顾文修越发忍不住喜欢。比起以前，她现在更会简单直接地表达自己的想法，所以看上去也更有活力、更加轻松。转眼又想，那这以前她到底背负了多少包袱？

"停车！我要换座位！"孟悠悠冲李俊泽大喊道，坐在顾文修身边，孟悠悠总觉得浑身不自在。

孟悠悠换到了副驾驶座，但她发现李俊泽看她的频率也蛮高的。于是生气地抓来杂志摊开放在腿上然后双手抱在胸前，不满地嘟囔道："两个色狼……"

到学校后，三个人并排走在校园里。无论是两边的帅哥，还是中间的美女，都会引来200%的回头率。

这时，从对面走过一个男生，见他红着脸望了望孟悠悠，然后飞快地从他们身旁跑走了。

孟悠悠疑惑地回过头，正好听见一声微响，那男生"砰"地一声撞在路灯柱子上。

"好疼呀！"孟悠悠心道，那一下撞得不轻，孟悠悠忍不住摸了摸自己的额头，为那个男生的脑袋担心。

李俊泽见状，只是微微勾起了嘴角，看见孟悠悠回过头来赶紧装作什么都没看到的样子，恢复一脸冰霜的模样。

顾文修却是早就忍不住大笑起来。

孟悠悠狠狠地瞪着顾文修，直到他的笑收敛成咬着唇的憋笑才继续往前走。

孟悠悠走在最前面，却在一个岔路口停下了，她不知道该向哪边走，于是回头问他们。

顾文修和李俊泽相视后默默达成协议，异口同声地道："右边！"

左边才是通往女生宿舍的路，只要两分钟就到了，而右边则要绕大半个校园。看着一路上不断有人撞树、撞电杆，甚至掉进水池里，顾文修跟李俊泽都露出了恶作剧的笑容。

"喂！你们俩是不是故意利用我出卖色相来报复那些男生？！"孟悠悠已经走得不耐烦了，他们已经在学校转悠了将近一个小时。

"没有！我们哪里舍得。"顾文修笑道。

"已经到了。你确定要换下这件衣服？我觉得还不错。"李俊泽道。虽然没有顾文修笑得那样明显，但是也可以看出些许笑意。

他们都还沉浸在恶作剧的快乐里。

"这里？"孟悠悠望着面前的楼问道，"几楼？"

"三楼，302。"顾文修惋惜地说道，"真的很好看啊！"

"哼！两个色狼！再见了！我现在就去换掉这身鬼衣服！"孟悠悠跑上楼去……

顾文修跟李俊泽站在楼下等着。孟悠悠现在失忆了，大学里基本上就认识李俊泽，所以他们断定她等会儿还是会下来。

"李俊泽，我们公平竞争怎么样？"顾文修笑着说道，他仔细想过了，与其让孟悠悠记起不开心的过往，倒不如像现在这样重新追她一次，至少她现在很开心。

"东方燕儿呢？"李俊泽也不想让孟悠悠记起过去的事。过去的孟悠悠心里只有顾文修，根本装不下他。而现在的她什么都不记得，也没有喜欢的人，他也就还有机会。

"我一直当她是小妹妹。"顾文修的优点是对待女生永远那么温柔宠溺，不管是谁，他都不会像李俊泽一样拒人千里之外，但这恰恰也是他最大的缺点。一次次地因为宠爱小燕儿而离孟悠悠越来越远……

# 第六十章　划船

10分钟后，孟悠悠果然下来了。但仍旧是那样穿着，同时她的3个室友也跟着来了。

"怎么，不舍得换了？"顾文修笑道。

孟悠悠生气地瞪了一眼顾文修，转身指着她的室友说道："她们3个不给我衣服，我怎么换？！"

"悠悠，这样很性感啊，就这样，很好！"3个女生笑着说道。

孟悠悠环视身边这5个人，疑惑的问："你们5个不是串通起来耍我吧？骗我说失忆！"

"怎么会呢？！"5个人齐声答道。

"不会，还答得那么整齐！？"孟悠悠生气地瞪着李俊泽，她现在只记得这个人。

"巧合！"五人又异口同声。

"我们去庆祝悠悠重生！"一个女生提议道。

众人不语，提议的女生以为他们不愿去，正要放弃就听见顾文修问："去哪儿？"

"悠悠，你说吧！"室友们簇拥着孟悠悠，谁都知道她才是让这两大帅哥站在一起的原因，为了不让帅哥溜走，她们都使出浑身解数让孟悠悠答应一同去玩。

"我想换衣服。"孟悠悠笑着说道。

"不行！除了这个，其他都答应。"顾文修道。

"悠悠，不如我们去公园划船？"一个女生说道。

"听上去不错哦！"另外两个女生极力赞成。

随后，6个人来到公园，租了3条小船在大湖上"泛舟"。

李俊泽、顾文修各和孟悠悠的一个室友一组，孟悠悠跟广播室的那个室友一组。

李俊泽和顾文修划船技术都不错，跟他们搭档的女生都几乎不用动手，小船依旧平平稳稳。

只有孟悠悠这组的两个人都不会划船，弄得小船就在湖边原地打转，左右摇晃不停，可就是不向前行。随时还有翻船的可能。偏偏顾文修还像故意气孟悠悠似的，老在她的船周围划来划去。

"喂，你用力划呀！"孟悠悠对搭档道，那个死顾文修老在周围晃来晃去，碍眼得很！摆明了是跟她示威嘛！不行！一定要赢他！孟悠悠站起身准备向顾文修"宣战"。话还没出口就重心不稳，"扑通"一声掉进水里。

"啊——你们俩快救悠悠啊！"3个女生见孟悠悠掉进湖里了，急忙让李俊泽跟顾文修去救人。

"这里水不深，淹不死人的。"李俊泽淡淡地说道，但是他的小船还是靠过去了。孟悠悠也确实踩到了湖底，半个肩还露在水上，看见顾文修在船上笑得前俯后仰，孟悠悠慢慢向他走过去，一下把他拖下水。心道：还有"见死不救"的李俊泽！孟悠悠转身把李俊泽也拉下水，然后笑着看他们狼狈的落水姿势。剩下的3个女生见状也自动下水去，原本是划船，最后却变成了戏水。

玩得累了，大家都朝岸边走去，只有孟悠悠依旧泡在水里不肯上去。

"悠悠，快上来，万一又感冒就麻烦了。"李俊泽伸手去拉她。

"这会儿正热呢，水里凉快，我才不上去。"孟悠悠嘴上这么说，其实是因为现在身上的裙子被水弄湿后全贴在身上，裙子又那么短，爬上去就会……孟悠悠摇摇头，甩掉那些春光外露的尴尬情景。

"快上来吧，在水里时间长了，对皮肤不好。"顾文修也在担心孟悠悠，怕她再病了。

"那……你把衣服脱下来给我！"孟悠悠指着李俊泽说道，"还有你！"

"为什么？这里人那么多。"四周围观的人渐渐多起来了，李俊泽不愿被人当成暴露狂。

"悠悠，别玩了，快上来，不然病了怎么办？"顾文修把手伸向孟悠悠。

"……你买的裙子湿了跟没穿一样，我怎么上去啊……"孟悠悠委屈地望着顾文修。水里泡着并不舒服，而且岸上还有那么多人看着，她真觉得自己像极了水族馆表演取乐的海豚，而且还是光溜溜的那只。顾文修笑着脱下T恤递给她，孟悠悠拿着套在身上，衣服刚好包到PP。然后又望向其他人。

三个女生通通抓着胸口的衣服拼命摇头，三只小手拼命指着李俊泽。

孟悠悠委屈地望着李俊泽，什么都不说，心道：我看你忍不忍心！

李俊泽只好脱下衬衫递给孟悠悠，然后伸手打算拉孟悠悠上来。

孟悠悠把衬衫系在腰上，一切都处理妥当后，才伸手握着李俊泽的手上了岸。

岸边休闲的人看着好笑，也有一部分人在加油呐喊。

孟悠悠上岸后，6个人赶紧溜走……

这次出行，不仅让孟悠悠一甩之前的烦恼，好好玩了一次，更是坚定了顾文修要重新追回悠悠的决心。

回去的路上，悠悠衣服裹得比木乃伊还紧，深怕把自己的小胳膊、小细腿露出来给那两个"大色狼"看到。

顾文修看着好笑，不禁打趣道："悠悠啊，你裹这么紧，不怕把身材弄得平平扁扁啊？"

孟悠悠翻了他一个大白眼，"平平扁扁也不关你的事！我乐意！"说完，悠悠不高兴地嘟起了红红的小嘴。

"就是！和你没关系，我不嫌弃就行！"李俊泽说。

话一出口，大家都愣在那里，想不到冷冰冰的李俊泽也会说出这样的话。

孟悠悠的脸已经通红了，连耳根子也红了个透。李俊泽也有些脸红，只好轻轻咳了几声，以作掩饰。而顾文修则是看着孟悠悠可爱的红耳朵低头不语。

果然不记得了，心中已没有了自己的影子了。两个人之间发生过的点点滴滴早就被这个没心没肺的小丫头抛到脑后了。好吧！这次就当做是老天给自己又一次机会！顾文修发誓，他会让用心爱着的这个叫孟悠悠的女孩，以后在他的保护下只会有笑，不会有泪！

李俊泽转头看见顾文修目不转睛地盯着孟悠悠，心里一阵不爽，头脑一热，出口道："我是真不嫌弃！"

"木脑袋，说什么呢！"这下脸着得没处放的孟悠悠，气急败坏地吼道。

"哼！"李俊泽转过头，强掩心里的不安。

而孟悠悠只觉得奇怪，怎么这个冷漠的李俊泽一下子改变这么大，变得这么直接，这么……让人不好意思……

顾文修看着李俊泽和悠悠之间的互动，眼神变得暗淡，心里顿时难受起来。曾几何时，孟悠悠还靠在自己的臂弯里甜蜜微笑，两个人温馨安详地享受着恋爱的乐趣。可是现在，她的眼里竟然再也没有了自己的影子！

连回忆，都没有留下……

# 谁是悠悠那个谁，悠悠为谁而流泪

　　3个女生都离开了，只剩下孟悠悠、李俊泽和顾文修3个人。这时东方燕儿生气地从树丛后走了出来，心道，他们不是分手了吗？为什么她还跟文修哥纠缠不清？！而且俊泽哥也在。文修哥一接到电话就跑了，也不知道电话里说了什么……

## 第六十一章　嫉妒、羡慕、恨

途中，一行人经过一个路边摊，看见有卖老人衣服的，30元一件，李俊泽和顾文修也顾不得什么好不好看，甩下一张"大团结"，抓起两件套在身上。

6个人就近找了一家酒店，开了3间房。李俊泽和顾文修一间，4个女生分另外两间。

4个女生都洗了澡换上浴袍，衣服让客服送去干洗。孟悠悠拿着李俊泽和顾文修的湿衣服去敲门，她故意不把他们的衣服送去干洗，来报复他们让她穿那鬼裙子。

李俊泽打开门发现是孟悠悠，正要说顾文修还在洗澡，孟悠悠就直接挤了进去。

"谁呀？"顾文修顶着泡泡从浴室门缝里探出半个身子，看见是孟悠悠急忙缩回去，但孟悠悠还是看见了，"啊——顾文修你干什么？！"孟悠悠尖叫着捂着眼睛转过身。

"你们两个色魔！悠悠，我们来救你！！"3个女生拿着晾衣架、拖鞋气势汹汹地冲到李俊泽和顾文修的门外。

"你们干什么？"孟悠悠疑惑地望着门外的三个室友。

"你……刚刚……不是你在叫？"室友们面面相觑地问道。

"哈哈……"孟悠悠看看她们如临大敌的样子忍不住笑起来。

几个人发现都是误会后，就都挤到帅哥房间聊天，4个女生坐在床上，李俊泽和顾文修只好站在对面。

"悠悠，你都不知道，你从水里上来的时候我们都快笑疯了！"3个女生现在说起当时的情景还忍不住大笑。

孟悠悠疑惑而不满地看着她们，"你们到底是谁的朋友啊！即使再难看也没有不穿衣服好笑吧？"

"当然，不穿才好看呢，是吧？"顾文修忍着笑意望向李俊泽。

李俊泽急忙扭过头去不看他，"别扯我。"

孟悠悠随手抢来一个室友怀里的枕头朝顾文修砸过去，"都是你买的破裙子害的！"

顾文修轻松地接住枕头，笑着问道："你这是什么评价？很好看才对，不然你问他！"顾文修再次将李俊泽扯进来。

"你俩是一伙的！"孟悠悠昂起头不去理他们。

"不可能！"一直没有说话的李俊泽也开口了，"我们是情敌。"

这时大家所说的话也都全当成了玩笑，听过就忘了……

时钟的两根指针都指向了12。

"12点了，我们该回去了。"孟悠悠推着床上睡得跟猪一样的3个室友，但是却没有一个人有反应，最后不得不放弃叫醒她们，"看来今晚我可以一个人睡一张床了。"孟悠悠暗笑道。

"我们怎么办？"顾文修看着自己的房间被霸占，无奈地说。

"去她们的房间睡啊！不然你抱她们回去？"李俊泽径直走出房间，朝另外两间中的一间走去。

孟悠悠和顾文修也都退出房间，轻轻关上了门，去了各自的房间。

白天疯狂地玩了一整天，晚上在酒店美美地睡了一觉，6个人的精神都特别充沛，第二天回到学校时还在谈论昨天的划船事情。

3个女生都离开了，只剩下孟悠悠、李俊泽和顾文修3个人。这时东方燕儿生气地从树丛后走了出来，心道，他们不是分手了吗？为什么她还跟文修哥纠缠不清？！而且俊泽哥也在。文修哥一接到电话就跑了，也不知道电话里说了什么……

"孟姐姐，你为什么还和文修哥在一起？"

"你也是我的朋友？"孟悠悠开心地向东方燕儿伸出手去想要握燕儿的手。眼前的这个女生是如此的活力可爱，叫她忍不住喜欢。她以为燕儿也是她失忆前的朋友。

"我才不是！你出尔反尔，明明说过不爱文修哥了还缠着他，太可恶了！而且连俊泽哥也在这里！"东方燕儿越想越气，抬起手朝孟悠悠脸上挥过去。

李俊泽迅速抓住东方燕儿的手，生气地瞪着东方燕儿。悠悠是你的姐姐，你怎么能动手打她？！虽然心里这么想，但他并没有说出来。一是因为孟悠悠说过让他保密，二是他自己也不想让他们知道这件事。

"俊泽哥，你为什么拦着我？"东方燕儿愤懑地瞪着李俊泽。难道俊泽哥也喜

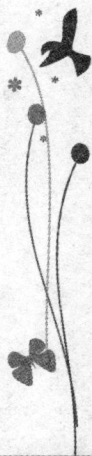

欢孟悠悠？不然他为什么这么帮她？

　　"你打谁我都不管，悠悠不行！我不准你碰她一根手指。"李俊泽缓缓地放开东方燕儿的手，将孟悠悠拉到身后。

　　孟悠悠怔怔地看着李俊泽的背影，他为什么这么护着我？孟悠悠心中不停地问着自己。这种被保护的感觉好熟悉，她总觉得以前也有人这样保护过她。

　　"俊泽哥果然是喜欢她！"东方燕儿肯定地说道。她以前确实是真的喜欢过李俊泽，但是他却完全不理睬自己，这叫她这个公主很受挫。后来发现顾文修对她比较好，所以就渐渐喜欢上了他，忘记了李俊泽。但她毕竟喜欢过这个人，如今看到他竟然也喜欢孟悠悠，既生气又妒忌……

　　"没错，我是喜欢她。"李俊泽毫不掩饰地说。

　　孟悠悠突然懵了，她只记得他们不小心睡在一起这件事，而且，当时他还凶巴巴地把她撵出去了，她真的不敢相信这个人会喜欢自己。

　　"那我祝俊泽哥跟孟姐姐永远幸福！"东方燕儿突然转怒为乐。她想到，若是孟悠悠跟李俊泽在一起，那她就不会再缠着顾文修了，自己就能和顾文修顺利地在一起了。

　　孟悠悠现在根本就不记得他们四个人之间乱糟糟的关系，所以一直没怎么在意他们的话，即使听到一些也都是一头雾水。

　　"文修哥，既然这样，那我们出去玩儿吧！"东方燕儿欢快地跑到顾文修身边，双手抱着他的胳膊。

　　顾文修一直处于化石状态，他突然发现这个看似天真的小丫头似乎并不简单，但若说她有多坏他又说不清。

　　"对不起，燕儿，我一直当你是我的妹妹，就只是妹妹……"顾文修看看燕儿缓缓说道，"现在悠悠失忆了，我想跟她重新开始。"说到此处，他已经从东方燕儿手中抽出了自己的手，"你会找到一个更适合的……"

　　"除了文修哥，我谁都不要！"东方燕儿大喊着抱住顾文修的腰。

　　"燕儿，感情是不能勉强的……"顾文修掰开东方燕儿的手，走向孟悠悠。"我的心一直都在悠悠身上。"

　　什么？！孟悠悠彻底懵了。昨天捉弄她的两个男生竟然都喜欢她，而且一个又高又帅，一个又这么酷！

　　"燕儿，回去吧。"顾文修伸手去拉孟悠悠的手，"悠悠，我们……"

　　顾文修的"走"字还未出口就听见身后一声娇呼，回头发现东方燕儿摔倒在地

上，两个膝盖都流出鲜血来，无助地趴在地上望着他。

李俊泽看到了，她是自己故意摔倒的，但他懒得去揭穿这个千金小姐的苦肉计。

"小姐……"不远处的保镖发现小姐出了状况都冲了过来。

"文修哥……"东方燕儿却不让保镖碰她，赖在地上不起来。

顾文修不忍心，还是转身回去了，"你怎么样？没事吧？我送你去清理伤口。"见东方燕儿点头答应，他才蹲下身子抱起她朝学校的保健室走去。

东方燕儿的保镖紧紧地跟在他们身后。

东方燕儿开心地抱着顾文修的脖子，靠在他身上，心道：文修哥果然还是关心我的！

顾文修帮她处理好伤口，才起身对保镖说道，"你们带她回去吧。"

"你呢？"东方燕儿见顾文修让保镖送她回去急忙问道，她昨晚已经答应东方豪带顾文修回去，并且留他吃晚饭。

"我要回去上课了。"

"文修哥，晚上去我家吃晚饭好吗？我都答应我Dad了。"东方燕儿拉住顾文修的手哀求道。

想到以前就是因为陪她而疏远了孟悠悠，顾文修心底也很难受，暗暗提醒自己不能再犯同样的错。"恐怕不行，我得陪悠悠。"说完就不顾东方燕儿的挽留和哀求，快步走出保健室……

孟悠悠上完课就跟着同寝室的女生去了广播室，上次关于《拜托公主》小说的报道反响很不错，广播室决定让孟悠悠再写一份追踪报道。

"这是我们昨天打印出来的小说，你拿去看吧。"同事知道孟悠悠失忆了，所以主动将小说放在她桌上。

于是，孟悠悠下午就坐在广播室看小说。当看到女主角在外地被两个坏蛋欺负时，脑海里突然闪过几个零碎的画面。最后看到她被人救时，悠悠的脑袋开始剧痛，不断有顾文修的影子从她记忆深处飞速掠过……像一个个被剪辑的电影片段……

孟悠悠抱着头强咬着牙不发出声，蜷缩在墙角，那些不连续的画面却仍旧不停地闪现，直往她脑袋里钻，撑得她头痛。

李俊泽推门走进来，一眼就看到孟悠悠面色发白地蹲在墙角，死死咬着牙，双手抱着头正朝墙上撞去。急忙一个箭步冲过去将她拉起来，"悠悠，你怎么了？"

这时其他忙碌的人才发现孟悠悠似乎病了。

"我的头好痛，快炸开了——"孟悠悠双手握成拳使劲敲打着自己的头。

李俊泽目光扫过桌上一眼就看见了《拜托公主》的小说打印稿。"一定是看了它才会头痛！早知道就应该删掉它！"李俊泽抓住孟悠悠的手，以免她伤害自己。

孟悠悠渐渐平静了，虚脱似的靠在李俊泽怀中一动不动。

"李俊泽，你带悠悠去看医生吧，这里交给我们。"昨天一起去玩的女生说道。

李俊泽急忙抱着她朝停在外面的车跑去……

顾文修结束了下午的训练，到浴室冲完凉看看时间，微笑着自言自语地说道："悠悠应该忙完了……"于是收拾东西去广播室找她。到那里才知道她和李俊泽离开了。

顾文修一边拨打孟悠悠的手机，一边朝学校外走去。孟悠悠的手机关机，他又试了试李俊泽的，他的也关机。"他们两个去哪里了？两个人都关机，难道悠悠选择了李俊泽？不会！她是喜欢我的！"顾文修来到李俊泽的住处，门铃响了十多分钟也不见有人来开门，又在外面等了半小时还是不见李俊泽回来，于是不得不放弃，准备回家。

顾文修斜背着背包缓缓地走在街道上，心里空荡荡的，感觉脑袋不停地在想东西，但是仔细去搜索却又发现它什么都没想。

身后传来一个紧急刹车声，"文修哥——"东方燕儿的声音。

顾文修回过头看见东方燕儿从车里探出脑袋在挥手。

"什么事？"顾文修问道。

"文修哥你忘啦？我说过晚上请你去我家吃晚饭的啊！既然你找不到孟姐姐，那就去我家吧。"东方燕儿下车，又将顾文修拉上车……

拜托公主

Bai Tuo Gong Zhu

# 第六十二章 责任

来到东方家，东方豪命人准备好了饭菜，却不见东方夫人。

东方豪拿着伏特加兑沃特卡调配的酒递给顾文修，"文修，来喝一杯！"

顾文修本来不饮酒，但是东方豪一再劝说，他只好答应喝一杯。虽然只是一小杯，但顾文修还是觉得头晕晕的，身体仿佛像飘在半空，脚踩着的不是地板而是棉花糖一般的云彩。

吃完饭，东方豪上楼去休息了。

东方燕儿跟顾文修坐在花园的秋千上，轻轻地荡着秋千。

"文修哥，你觉得我漂亮吗？"东方燕儿红着脸问道。

伏特加兑沃特卡调制的酒很烈，一般人最多三杯就会醉得不省人事。为了这次晚饭，东方豪还提前找借口让东方夫人出去旅行，为的就是帮女儿制造机会。若是东方夫人在，她定然不会允许东方豪这样"宠"女儿。

顾文修醉眼望向东方燕儿，但他看到的却是孟悠悠！他疑心是幻觉，再摇摇头定睛看去还是孟悠悠，于是高兴地站起身，"漂亮！"

东方燕儿只知道他现在醉着，并不知道他现在把她当成了孟悠悠，听到顾文修的话急忙问道："那你喜欢我吗？"

"我怎么会不喜欢？！"顾文修激动得一把将她拉入怀中。他已经好久好久没有这样静静地抱过孟悠悠了，前段时间一直没有时间好好陪她，最近又接连出事。

"真的？文修哥，我也喜欢你！"东方燕儿主动把小嘴印在顾文修唇上……

清晨的阳光从窗户照进来，落在顾文修脸上，感受到光的刺激，顾文修渐渐醒来了。只觉得头昏沉沉的，像被人放了铅块一样，胳膊上似乎被一个头枕着。他扭头望向旁边，发现东方燕儿竟然睡在他怀里，脸上还带着甜甜的笑意。

昨晚发生了什么事？他只记得他跟孟悠悠拥吻，后面什么都不记得了。

眼前的情景宛如晴天霹雳，"劈"得顾文修险些晕过去。

感觉到顾文修的微动，东方燕儿也醒了。"文修哥，你醒啦。"

顾文修被东方燕儿的声音吓了一颤，看她娇羞的模样让他想到了初为人妇的女子。那么昨晚他们到底发生了什么？！"我怎么会在这里？！"

"你忘了？昨晚你吻我，还……"东方燕儿羞红了脸颊不再说下去，将脸贴在他胸口。

顾文修只觉得胸口那张脸烫得厉害也红得厉害，他的心跳得更厉害。他很想告诉自己昨晚什么事都没发生过，但是东方燕儿的反应分明就是在说昨晚有事发生……"昨晚，我对你……"顾文修越想越内疚，到最后他也不知道自己想要说什么。

"文修哥，你不会抛下我吧？"东方燕儿望着他问道。

"对不起，我昨天是把你当成了悠悠，对不起……"

"文修哥，可是你昨天抱的人明明是我！你还……你想不负责任？！你要抛弃我？"东方燕儿眼中闪着泪光，委屈地望着顾文修。

"我……"他真的做了什么，可是他真的一点都不记得。看着东方燕儿的反应，他昨晚确实做了什么不应该做的事。但他的的确确只记得孟悠悠，对东方燕儿的记忆只停留在吃饭的时候。想到东方豪的那杯酒他隐约明白了些什么。"你放心吧，我会对我做过的事情负责。"顾文修无力地闭上了眼睛，心中涌起百种滋味，到最后都只剩下酸涩。悠悠，对不起……他觉得现在已经没办法再丢下东方燕儿了，他已经失去了继续追求真爱的资格。

顾文修你怎么这么下流？！你对燕儿做了什么？！顾文修双拳紧握，在掌心掐出深深的痕迹，拳头由于紧握而微微发白。

"文修哥，你会娶我吗？"东方燕儿趴在他胸口轻声问道。

"会……"顾文修淡淡地回答着，声音有些僵硬。原本以为悠悠失忆了，他可以跟她重新开始，没想到最后全都毁在自己手里。

东方燕儿高兴地坐起身，"Dad应该已经走了，妈咪出去旅行了，我去弄早餐，一会儿你下来吃！"她在顾文修脸上轻啄了一下，披着睡袍跑下楼去弄早餐。

222

# 第六十三章　看似完美的两对情侣

"文修哥，下来吃早餐咯！"东方燕儿一边摆弄着精致的餐具，一边哼着欢快的歌谣。因为她已经得到顾文修的承诺，不会再抛弃她了。

顾文修已经穿好了衣服，从楼梯缓缓地走下来，心里想的是孟悠悠。昨晚的事情东方豪是不是也知道？爸、妈和莎莎，他们知道了会怎样？他们都和我一样那么喜欢悠悠，如今我却和东方燕儿在一起，他们会怎么做？但是我已经骑虎难下了，如果可以重来，我一定不会那样。他始终怪自己酒后胡为，并不知道东方豪就是故意要他醉！

吃饭间，东方燕儿忽然抬起头红着脸问道："文修哥，我现在是不是你的女朋友了？"

"我会好好照顾你……"顾文修选择了个侧面回答，因为他喜欢的根本不是东方燕儿。

"文修哥，我太高兴了！我们什么时候去见你的家人？应该先告诉他们！"

"过两天吧，我先回去告诉他们，吃饭吧……"顾文修淡淡地说着。

早餐后顾文修跟东方燕儿乘车去学校。燕儿的保镖都只是远远地跟着，没有上前，因为东方燕儿吩咐过他们，不准靠太近。

顾文修将她送到教室才独自朝篮球场走去。

孟悠悠经过这里去教室，看见顾文修垂头丧气的样子，于是跑过去笑着问道："顾文修！你怎么无精打采的？！"

"悠悠，你找我？"顾文修笑着问道，但是一想到自己跟东方燕儿的糊涂事，笑容马上就僵硬了。"昨天你怎么了？"

"我没事，只是头疼。李俊泽带我去看过医生了。"孟悠悠看到一向笑容满面的顾文修今天却愁眉紧锁，担心地问道："你没什么吧？怎么看上去不开心啊？"

顾文修看看孟悠悠欲言又止，最后说道："……李俊泽他很好，你们在一起会很好，很快乐……"顾文修说完就转身跑掉。

他听见自己的心在哭泣：悠悠，我们真的从恋人变成陌生人了，今天以后，我们身边的就不再是彼此，而是另外的人。悠悠，对不起，一切都是我的错，这样的惩罚都是我自找的……

孟悠悠疑惑地望着他的背影，嘴里不由自主地自言自语道："他怎么了？"

李俊泽上完课正要去图书馆，手机就响起了，他拿出手机看看是顾文修的号码，担心是孟悠悠又出事了，急忙跑出去接电话。

"李俊泽，我退出了，悠悠……我把她交给你了，你要好好对她。如果让我知道你让她受委屈，我会站出来给你两拳，就像你上次打我一样！"

他怎么突然退出了？李俊泽大惑不解，"顾文修，你说什么疯话呢？你不是要公平竞争吗？"

不能告诉他真相！如果说出真相对燕儿太残忍了，她毕竟还是个女孩子！顾文修决定隐瞒真正的原因，"她已经把我忘了，而且她选择要跟我做陌生人，我会照她说的做，你好好照顾她……"

"是东方燕儿逼你？"李俊泽也不明白为什么顾文修说退出了，但此时的他一点胜利的感觉都没有。

"不是，我已经和她正式交往了，你照顾好悠悠，别打扰我们！"顾文修说完就挂断了电话，眼睛里充满了泪水。他仰起头不让别人发现：我们从这一刻开始，就是走在两条相反方向路上的人了。悠悠，再见……

李俊泽满怀疑虑地合上手机，自语道："搞什么鬼？他怎么会和东方燕儿在一起？"

顾文修刚回到家，顾妈妈就开始问孟悠悠的近况。

"妈，我有件事要说……我和东方燕儿在交往。"顾文修说完就沉默了。

"文修，那……悠悠呢？"顾妈妈和顾爸爸都吃了一惊，当初他们可是真的喜欢孟悠悠这个女孩子，而且儿子最近也在说要把她追回来，怎么今天突然就说跟东方家的千金在一起了？

"她失忆了，不记得我了。妈，我回房睡觉了，晚饭不吃了。"顾文修缓缓走进自己房间，径直倒在床上，感觉自己真的像是背负了整个世界一样疲惫……

李俊泽每天都会去广播室看孟悠悠，对她好得无可挑剔。孟悠悠的朋友们见到李俊泽对她这么好，也渐渐忘记了曾经还有个顾文修。

看着他们每天出双入对宛如恋人，所有人都在为他们高兴。高兴的人还有李爸爸和李妈妈，他们觉得是孟悠悠这个女孩子让儿子的性格逐渐转变了，不再像以前

那样冷淡了。

李爸爸和李妈妈两人是喜在心头，展露眉梢。

这天，孟悠悠跟着李俊泽去他家看完李爸爸出来，两个人漫步在楼下的花园中，夕阳的风带着丝丝的凉意，吹去白天的燥热，让人的心情也跟着舒畅起来。

"我爸妈都很喜欢你……"李俊泽说道。

孟悠悠漫无目的地四处望望，"我知道啊，是要我做他们的干女儿吗？"

"不是，你做我女朋友他们会更开心。"

"少来了，是你最开心吧？！"孟悠悠转身跑开。

"对呀，我承认……你答应了？！"李俊泽突然明白过来，她并没有拒绝，急忙追上去……

天色逐渐晚了，李俊泽开车送孟悠悠回学校。他左手握着方向盘，右手握着孟悠悠的手。"悠悠，我真的好开心，即使你是骗我的，我也觉得开心。"

孟悠悠的脸色微微变了变，但马上就化为笑脸，嗔怪道，"专心开车吧！看到你开心我也开心……你要是对我不好我就休掉你！另外找一个！"孟悠悠把脸朝向窗外不看李俊泽。

"我不会让你有这个借口的！"李俊泽收回手专心开车。

"为什么最近很少看到顾文修了？"孟悠悠望着窗外夜幕下的霓虹灯随意地问道。

李俊泽看了看孟悠悠，她怎么突然问到顾文修了？"你怎么会问他？"

"他不是你的好朋友吗？以前常陪我们一起玩的啊。"孟悠悠把头探出窗外，风将她的长发吹得四处飞扬。

"他……他和东方燕儿在交往，听说是认真的。"李俊泽仔细观察着孟悠悠的反应。

"真的？我们要不要去恭喜他？啊——"孟悠悠突然叫了一声。

"你怎么了？"李俊泽急忙问道。

"讨厌的沙子进眼睛里了，你帮我吹吹。"孟悠悠回过头，眼睛红红的，正准备用手去揉就被李俊泽拉住了。

"不要揉，等下。"李俊泽把车停在路边，"我马上就好。"

孟悠悠仰面对着李俊泽，李俊泽正要吹，孟悠悠却指着他的下巴惊呼道："你有胡子！"然后用食指去碰了碰微微冒头的胡楂儿。

李俊泽尴尬地看了看她，"你不是眼睛进沙子了吗？还这么好视力？"

"呵呵呵……现在没感觉了，也许已经跟眼泪一起出来了。性感的小胡楂儿……哈哈哈。"孟悠悠独自在座位上笑着，然后将脸伸到窗外。

李俊泽只听见她夸张的笑声，无奈地摇摇头，重新开车送她回宿舍。

李俊泽把孟悠悠送到宿舍楼下才回去，躺在床上回想这几天发生的事情，他就忍不住开心地笑出声来。等了快3年，今天终于站到孟悠悠身边了！感觉像做梦一样，好幸福！幸福得好不真实。即使是牵着她的手，他还是会觉得这只是个梦。但他愿意永远困在这个梦里，再也不醒来……

两个月后的一天，孟悠悠回宿舍，刚走到宿舍外就听见里面在讨论事情。她正要进去却听见她们谈论的似乎是与自己有关的，于是静静地站在外面听她们说什么。

"顾文修就要和那个东方燕儿订婚了，我们要不要告诉悠悠？"室友甲担忧地说道。

"为什么不？悠悠已经忘记他了，跟酷酷的李俊泽在一起啦，没事的！"室友乙显得很轻松，而且也赞同孟悠悠跟李俊泽在一起。

"可是，我担心万一悠悠听到后突然恢复记忆了怎么办？"室友丙也同样担心孟悠悠那个说不准什么时候就会恢复的记忆。当初她跟顾文修在一起爱得那么深，后来虽然分手了，但是明眼人一看就知道和东方燕儿的介入有关。

"不会的啦！都3个月了，悠悠还是什么都没想起来啊。"室友乙明显就是乐天派。

"我还是觉得好可惜啊，当初悠悠和顾文修那么相爱，到今天却变成了陌生人。"室友甲叹息地说着。

"你不说还好啦，一说，我也觉得好可惜。"即使是乐天派也不免为他们叹息，"以前顾文修对悠悠那么好，我们也都是亲眼看到的。虽然李俊泽对悠悠也不差，但我还是觉得悠悠跟顾文修好可惜。"

"我也很担心啊。万一顾文修和东方燕儿结婚后，悠悠突然恢复了记忆怎么办？顾文修还会不会抛弃东方燕儿重新跟悠悠在一起？悠悠又会不会还跟李俊泽在一起？如果……"室友丙不停地假设着新情况。

"别说了，我看悠悠就快回来了，被她听到的话……"室友甲起身出门去，刚拉开门就看见孟悠悠站在外面，双眼红红的。似乎刚刚哭过，脸上还有没擦干的泪。"悠悠？"

另外两个室友听到后，也急忙跑到门口，看见孟悠悠就在门外。

"悠悠，你怎么了？是不是跟李俊泽吵架了？还是……"室友乙小心地问道。

"悠悠，你是不是听见我们说话了？你是不是想起什么了？"室友丙问道。李俊泽虽然冷酷，但绝对是典型的"好好先生"，绝不会欺负孟悠悠，所以她根本没有向那方面想。而她们只在孟悠悠跟顾文修分手时，才见到孟悠悠那么伤心欲绝地哭过，今天的情景跟那天已经快一模一样了。

"悠悠，你真的想起来了？所以听见我们说他们要订婚才……"室友乙说到这里急忙捂住自己的嘴巴。看见孟悠悠的眼泪猛然涌出来，自责地用手打了一下嘴。心道：都是你多嘴！

"悠悠，别哭了，进来再说。"3个室友把她扶进宿舍关上门……

## 不再是孤儿，却胜似孤儿

"悠悠，你喜欢哪一件？我对挑女孩子的东西没什么经验。"李俊泽微笑着征询孟悠悠的意见，想到上次在东方燕儿Party上看到她时的惊艳感觉，他心里竟也有点吃醋，决定这次一定要让孟悠悠比上次更美，也好证明他比顾文修更优秀！

## 第六十四章　即将订婚

孟悠悠坐在床边还是什么都不说，只是眼泪不停地掉落，擦掉后马上又涌出来。

"悠悠，你别总是哭啊！你到底想起来多少？"室友们看着孟悠悠伤心难过的样子也很心急。

"那天……在广播室……看了那本小说，我就全记起来了……"孟悠悠抽泣着说道。

"什么？全都记起来了？！"室友们齐声惊呼。她们都没有发现孟悠悠有恢复记忆的迹象，原来她早就记起过去了。

"那你为什么还假装不记得来骗我们，还和李俊泽交往！"室友乙有些生气地质问道。

看着孟悠悠现在的样子，其他两个室友也不忍心再多说什么，急忙使眼色叫室友乙闭嘴。

"悠悠，你是不是还忘不了顾文修？"室友们都晕乎了，这4个人到底是怎么搞的！关系越来越复杂了。原本听说东方燕儿在追李俊泽，孟悠悠也和顾文修好好的，现在莫名其妙地就全换了。

孟悠悠低头不语，许久才抬起头来说："我以为我难以忘记他，所以我才和李俊泽在一起，希望可以借他帮我忘记文修，可是……"

"悠悠，你不知道李俊泽他多喜欢你吗？你怎么可以这样骗他、利用他？！"室友乙情不自禁地说出来，话一出口就遭到其他两个人的白眼秒杀，急忙捂着嘴闪到一边。

"如果李俊泽知道你骗他，一定会伤心死，悠悠，你没想过这点吗？"室友甲坐在孟悠悠身边不停地叹息。

"唉，爱情真是复杂！"室友丙坐在孟悠悠的另一边慢慢地摇着头。

"我有苦衷，我不能和顾文修交往，所以才会提出分手。"孟悠悠只能这样

说，至于更具体的过程，她不会告诉任何人，因为知道的人多了就容易泄密，一旦被顾文修知道真相，她害怕他会不顾一切地回来找她。

"苦衷？什么苦衷？"室友乙忍不住伸长脖子好奇地问道。

"我不能说。"孟悠悠微微仰起头闭上眼睛。

"好吧，我们不逼你。可是你不要再伤害李俊泽了，他是真的喜欢你。"室友甲将手放在孟悠悠肩上轻拍着安慰她。

"顾文修那边怎么办？"室友丙望着室友甲小声问道。

虽然她们放低了声音，但孟悠悠还是听见了。"你们要为我保密，不能让他们知道，不能让燕儿跟文修分手。"孟悠悠紧紧地抓着室友的手恳求道。

"你不是顾文修的妹妹吧？他老爸在外面的私生女儿，你们有血缘关系，所以你才不能跟他在一起！"室友乙突然叫起来，仿佛是发现什么新秘密一样兴奋。

"不是！"孟悠悠急忙否认。

其他两个室友也都呈无语拜服状，心道：你怎么有这么好的想象力？不去写小说还真浪费你了。

转而就是3个室友一起无奈地看着孟悠悠，都不明白她在想什么。

第二天，李俊泽带孟悠悠去海边散步。回来的途中，李俊泽将顾文修跟东方燕儿即将订婚的事告诉了她。

"很好呀！"孟悠悠把头转向窗外，心里不停地给自己打气：孟悠悠，你一定要笑着坚持！你所希望的不就是这样吗？文修和妹妹会快乐的！你也要努力让俊泽快乐！加油！不能放弃……

"我妈说我爸最近身体有点不舒服，准备让咱俩代去参加订婚宴。"李俊泽一边开车，一边说着，余光仔细地注意着孟悠悠的反应。

"我们去？"孟悠悠疑惑地回过头来。

李俊泽点点头，车子拐了个弯驶进一条熟悉的街道。

这是上次参加东方燕儿的生日Party前，顾文修带她来买衣服的地方。看着熟悉的街景，孟悠悠的眼泪不由自主地涌出来：我怎么又哭了？不是说好了要替文修和燕儿高兴的吗？

孟悠悠悄悄擦干眼泪，若无其事地和李俊泽说着话。

李俊泽带着她走进了顾文修带她来过的礼服店，连服务员小姐都还是那天的同一个。

孟悠悠跟顾文修这对金童玉女给店里的服务员都留下了深刻的印象，所以当

孟悠悠刚走进来时服务员就已经认出她来了，于是笑着走上前："小姐，好久不见，还记得我吗？今天和男朋友来这里是需要什么样的礼服？最近出了几个新款哦……"

李俊泽回过头来，"你们认识？"

服务员发现她挽着的不是上次的帅哥，急忙道歉，"对不起，我认错人了，抱歉……"

"悠悠，你喜欢哪一件？我对挑女孩子的东西没什么经验。"李俊泽微笑着征询孟悠悠的意见，想到上次在东方燕儿Party上看到她时的惊艳感觉，他心里竟也有点吃醋，决定这次一定要让孟悠悠比上次更美，也好证明他比顾文修更优秀！

"我也不太会挑……"孟悠悠话音未落，就听见身后传来顾文修的声音。

"小姐，我的礼服好了吗？"顾文修走进来，完全没有料到孟悠悠跟李俊泽也在这里。

看到顾文修出现，服务员小姐笑着对孟悠悠道："小姐，你男朋友来了，刚才我还将那位先生认错了呢。"

"我们……"孟悠悠欲言又止。

"我们不是，小姐，他们才是一对。"顾文修笑着说道，但是说出的话却像刀子一样狠狠地扎在心上。

"啊——我又弄错了？真是抱歉……"服务员小姐已经有些迷糊了。

"没关系。"孟悠悠笑着摇摇头。看见顾文修脸上的笑容还和以前一样，猜测他们过得很好，孟悠悠心里感到欣慰了许多，但过后就是深深的痛，自己深爱的人，马上就要订婚了，女主角却不再是她……

"你们挑礼服？"顾文修刻意不去注意孟悠悠，但眼睛还是不由自主地望过去。他也有好多话想说，但是这一切他都只能放在心里：悠悠，我现在真的很感谢上苍你已经忘记我了，我真的不知道要怎么面对你，我跟燕儿的事并非出自我的本意，但最终却还是发展到了这一步。想想也是我的错，如果我能狠心不去理燕儿，如果你当初能自私霸道地留我在身边，也许今天就不会这样了……

"对呀！明天参加你的订婚宴，总不能穿着乱糟糟的衣服去吧？"李俊泽笑着道。

顾文修心道：连以前极少笑的李俊泽也学会笑了……看来悠悠跟他过得很开心，这样我就放心了。悠悠，我的公主，让我最后一次为你装扮吧……"那就让我来替你们看看吧，我眼光不错的哦。"顾文修说完就走到礼服前仔细挑选，他担心

自己再不离开，停留在孟悠悠身上的目光就会出卖他的心。

"好，看看你的眼光。"李俊泽笑着望向身边的孟悠悠。

孟悠悠也报以微笑，但是笑容很僵硬，有种掩饰心虚的感觉。

服务员已经把顾文修跟东方燕儿的礼服捧出来了，用精美的大盒子装着。

顾文修环顾四周后，目光落在一件宝石蓝的长裙上。看到它的第一眼，他就认为那裙子就是为孟悠悠而做。简单大方而又不失高贵，就像她的人一样毫不做作。"李俊泽，你让悠悠试试那件，也许不错。"

"去吧，悠悠。"李俊泽把孟悠悠推上前。

孟悠悠跟服务员小姐走进试衣间，3分钟后走了出来。服务员小姐简单地给她处理了一下头发并加了一点配饰。

换上长裙的孟悠悠第三次叫李俊泽惊艳。第一次是在Party上；第二次是她穿那件咖啡色短裙。第一次是可爱；第二次是感性。而现在的她却又显得这么高贵。她怎么会有这么多不同的气质？总叫他眼前一亮，感觉一辈子也看不完。

"真的好像公主，我的……"顾文修情不自禁地说道。

"公主？你不是拐着弯地说我坏话吧？"孟悠悠想借玩笑让自己狂跳的心平静下来，虽然顾文修后面半句话没有说出声，但她读唇形还是明白了他是要说：我的公主。孟悠悠此时才明白，顾文修也一直惦着她，对自己不能忘怀。

"怎么会？"顾文修看着孟悠悠道，总觉得她就像磁铁一般吸引着自己，目光一落到她身上就不舍得离开。

"俊泽，该挑你的了。"孟悠悠也感觉到顾文修的目光，于是避开他走到李俊泽身边。

"小姐，麻烦你把那一件拿下来。"顾文修指着一件黑色的小短裙说道。

孟悠悠惊讶地回头望向顾文修，"你要俊泽穿它？！"

"不是，我买给……买给莎莎……"顾文修不敢说那裙子他是买给她——孟悠悠的，只好拿莎莎做挡箭牌。"俊泽你可以去试试那几套西装，领带和衬衫搭配都很协调，悠悠帮你选就好了。"

李俊泽点点头，拿着4套礼服走进试衣间。

"悠悠，请你帮我试一下这件好吗？"顾文修拿着黑色短裙走到孟悠悠身边，如今这裙子他是没有机会送她了，他只是想在这里看她穿一次，为他——顾文修装扮最后一次。

"莎莎？我记得她跟我的身材不一样吧，我能穿她不一定能穿啊。"莎莎虽然

算不上胖，但还是要比孟悠悠胖一点。

"没关系，为了漂亮衣服，我可以叫她每天少吃点，帮她减肥。"

"好吧。"孟悠悠接过短裙走进李俊泽旁边的试衣间。孟悠悠穿着沙质的短裙，更有种惹人怜爱的感觉，短短的花边裙摆又带着些许俏皮，黑色又透露出神秘的气息。

孟悠悠就这样站在顾文修面前。此时的李俊泽不知为何还没换好衣服，一直在试衣间没有出来。

顾文修看着她，就涌起无限的怜爱跟惋惜。犹豫了片刻还是走到她身后，伸手解开她的头发，用手指简单地弄了个俏皮可爱的发型。悠悠鼻子酸酸的，喉咙哽咽得说不出话来。

顾文修仔细地把飘到她脸上的发丝拨开，看着她的眼睛，心又开始隐隐作痛。他伸手从衣兜里拿出一个扁扁的四方盒子，里面静静地躺着一套黑珍珠饰品，一对耳钉、一条项链、一条手链。顾文修都一一为她戴上……

# 第六十五章　参加订婚宴

　　两个人都想起了参加Party的那一晚，顾文修也是这样为孟悠悠戴耳环、戴项链。虽然如今两个人已经不再是恋人，但感觉却还是和当初一样。

　　店里的服务员看得疑惑万分，这两个人的神情看上去根本就是情侣，为什么他们又说不是？最后无奈地摇摇头不去想这件事。

　　李俊泽换好衣服出来了，看上去仍旧那么帅气。"悠悠，你看……"

　　听到李俊泽出来了，孟悠悠急忙笑着跑到他面前。"好看吗？文修帮莎莎选的，我帮莎莎试穿……还有小芸，哎，好久没有看到她们了，还真的很想她们呢。"孟悠悠打断李俊泽的话，心虚地先说明这裙子不是顾文修买给她的，她只是帮顾莎莎试穿。然后装作很仔细地看了看李俊泽的装扮，"嗯，这套我看了，你去换下一套试试。我也该去换回我的衣服了。"孟悠悠"噼噼啪啪"地说完，就跑进试衣间关上门，只是关门的瞬间眼泪也跟着喷涌而出。

　　不准哭！不准哭！没用！软弱！这样就哭，你算什么姐姐？！不准你哭！她在心里狠狠地骂着自己，一边流眼泪一边解下身上的饰品，换回自己的衣服。对着镜子仔细地擦干眼泪，拍拍自己的脸，做出最自然的笑脸后，拿着东西走出来。"你的东西。"孟悠悠把饰品和裙子还给顾文修。

　　李俊泽又换了一套走出来，"悠悠，这件怎么样？"

　　孟悠悠看了看摇摇头，让他去换下一件。

　　李俊泽又再一次走进更衣室换了第三套出来。

　　白西装浅绿色衬衫，颜色很明亮，但是粉红色的领结似乎不太适合冷漠惯了的李俊泽。

　　顾文修走上前解下李俊泽的领带，扯下来递给孟悠悠，然后又解开他最上面的一颗扣子，整理了一下衣领，整个感觉立刻变得协调起来。"穿这套西装还蛮帅的，记得要多笑。"顾文修笑着拍拍李俊泽的肩膀低声道，"好好照顾悠悠。"然后转身让服务员帮他把打包好的礼服送到他车上，他也跟着走出去。

第二天，李俊泽跟孟悠悠一起前往东方家另外一栋别墅参加订婚宴，因为燕儿跟文修都还在读书，为了避免影响他们的学习，东方豪并没有让太多的记者进来。

孟悠悠刻意避免跟顾文修的父母碰面，但最后还是没躲掉。她只好硬着头皮走上去，"伯父、伯母，恭喜你们的儿子订婚，我叫孟悠悠。"因为她现在还在假装失忆，所以她自己做了个简单的自我介绍。

"悠悠，最近好吗？"顾妈妈拉着孟悠悠的手问道。眼中满是疼爱，即使她不是顾文修的女朋友，二老也都会喜欢她。人好、厨艺好……这就是所有父母眼中的完美儿媳妇！

"嗯，我们很好。"孟悠悠故意回答"我们"，既是在告诉顾妈妈她现在是李俊泽的女朋友，也是在告诫自己，跟顾文修已经结束了。

"对了，文修说想见见你。你去后面找他吧，他在那里等你。"顾爸爸对李俊泽道。

李俊泽疑惑地望向顾爸爸，顾文修找他做什么？看到顾爸爸再次确定地点点头才转身对孟悠悠说："悠悠，我去去就回，你等我。"

"好，去吧。我在外面的水池边等你。"孟悠悠并不想与顾爸爸顾妈妈站在一起，一看见他们她就忍不住想起顾文修。

别墅的一个房间中，顾文修独自站在窗边，落寞地望着外面的宾客……感觉这个喜庆热闹的场面与自己毫无关系，因为他的心从来都不在这里。

"你找我什么事？"李俊泽来到顾文修身后。

"老实说，我很不想放弃悠悠。虽然我和燕儿订婚，但我还是无法忘记悠悠……只是……我已经不能再回去找她了，上天跟我开了一个玩笑，让我失去了那个资格。所以，我现在警告你，以后……要好好保护她！晚上别让她一个人出去，她总是会引来那些坏男人，我以前就遇到两次了，我先给你提个醒。为了她，你要随时做好打架的准备。"顾文修笑着说道，但却一度哽咽到说不出话来。他始终没有回头，因为眼里含着泪水，他不能让李俊泽看到。"去找她吧。"

"我会好好保护她的！"李俊泽说完就退出房间，没有再说那些虚伪的祝福话。因为他知道顾文修并不需要祝福，因为他根本不爱东方燕儿。

孟悠悠抱着手臂站在水池边上，这里没什么人，很安静。

"孟小姐，我们又见面了，还真是有缘！"一个略微熟悉的男人声音传来。

## 第六十六章　又见色狼

孟悠悠循声望去，发现竟然是以前在咖啡厅纠缠她的男人，上次跟着她回家被顾文修一拳打跑后，就再也没有出现过，没想到，今天竟然在这碰见了。

"你怎么在这儿？"孟悠悠被他看得全身不自在，感觉他的目光似乎不是在看她，而是在用眼光剥光她。

"我可是一直没有忘记过你。今天一个人？"

"不用你管！"孟悠悠侧过身去，双手抱于胸前。

"既然你是一个人，我也是一个人。不如我们相互做伴？"男人笑着走到孟悠悠身边，深深地吸了口气，赞道："孟小姐用的是什么牌子的香水？"

孟悠悠向旁边退了两步，跟他保持距离。"你离我远点，不然当心你的下巴！"孟悠悠现在真的很想给他一拳。

"我知道，那天打我的那个男的就是今天的男主角，他要和东方集团的小公主订婚了。所以，孟小姐一个人在这里吹冷风，我是来陪你的！"他伸手去摸孟悠悠的脸，却被她一把推进水池里。

那男人一冒出水面便破口大骂，"你这个不识抬举的疯女人！老子是看得起你！"他愤怒地从水池里爬上来，打算找孟悠悠算账。

孟悠悠见情势不对急忙跑进别墅大厅里去，那里宾客众多，她希望可以让这个男人知难而退。但那男人完全不顾里面马上要举行订婚典礼，冲进去拉住孟悠悠的手，抹了一把脸上的水骂道："你这个蠢女人！别给脸不要脸！"他自恃身份特殊，东方豪有求于他，而且那天那个小子如今又和东方燕儿在一起，所以完全不顾任何脸面。

四周的人围了上来，但没有一个人出手甚至出言帮孟悠悠。

而此时的顾爸爸、顾妈妈、东方豪夫妇等人都在房间里陪着东方燕儿和顾文修。

"把你的脏手拿开！"孟悠悠甩掉他的手连连后退。

看着旁边的人没有反应，那男人也越来越张狂，"我今天非教训教训你不可！"他抬起手朝孟悠悠脸上扇过去，但手刚举起就被人抓住了。"是谁敢阻拦我！放手！"他回过头去。

李俊泽一拳打在他左眼上，那人眼睛四周立刻呈现出非自然的青紫色。然后又是一拳落在他小腹上，打得那人蜷缩着倒在地上不住地呻吟。

东方豪夫妇正好走出来，看见这边出了状况，于是急忙赶过来。

东方豪看看倒在地上狼狈不堪的男人，赶紧去扶起他，"程经理，你怎么样了？"

李俊泽拉着惊魂未定的孟悠悠朝外走去，"悠悠，我们回家！"看到东方豪竟然不顾悠悠，反而先去问地上那个色狼，李俊泽一肚子都是火。

"李俊泽，你站住！向程经理道歉！"东方豪扶着男人命令道。

李俊泽回头冷冷地看了看东方豪，他怎么能这样！不分是非黑白就判定我们道歉！"是他欺负悠悠在先，要我道歉不可能！"

"东方豪，那个姓孟的女人简直就是疯子，居然把我推进水池！"被东方豪称为程经理的男人，此时显得怒不可遏。

东方豪转身让保镖们扶起他，"你们先送程经理去医院检查。程经理，你放心，我一定会给你一个满意的答复！"

程经理听到东方豪的保证后，才跟保镖一起离开了。

被打的程经理对东方集团十分重要，东方豪正在努力拉拢，原本已经快成功了，但如今被孟悠悠他们一搅和，什么都吹了。因为这件事，订婚典礼也被迫取消了。

宾客都识趣地回去了。

那姓程的临走前还装得受伤严重，直嚷着肋骨断了，要去告李俊泽他们。

现场只剩下东方家的3个人、顾文修，以及李俊泽和孟悠悠。顾爸爸、顾妈妈帮忙安排其他宾客去了。

"夫人，你跟燕儿在这里休息一会儿，这件事交给我来处理。"东方豪看看李俊泽跟孟悠悠，厉声道："你们两个跟我来！"

李俊泽和孟悠悠跟着东方豪走进二楼的书房。

顾文修本来也想去，但被东方燕儿拉住了。

"李俊泽、孟悠悠，我不管你们用什么方法，一定要去给程经理道歉，让他消气！李俊泽，你爸是董事会代表，他应该知道东方集团一直在计划扩大经营。程经

理是美国一家大型公司在中国分公司的经理，我们准备签约合作。东方集团耗费了大量人力、物力，才说服他。今天你两拳就把事情全搞砸了！"

"我不管他是谁，欺负悠悠就是欠揍！"李俊泽立马答道。

"东方伯父……"孟悠悠想解释整件事的缘由，以为是东方豪不了解情况。

"别叫我！我们不熟！事情因你而起，你要去解决。我限你三天之内去跟程经理道歉！不管你用什么方法，一定要让他消气！"东方豪眼看着要谈成的生意被搅和了，心里火大得不得了。

"我……"孟悠悠欲说无语，视线突然被眼泪模糊了：眼前的这个人真的是我的父亲吗？他对我和妹妹为什么差那么多？！那个男人明明就是想占我便宜，这谁都看得出，你怎么能让我去跟他道歉？你是我的父亲啊！他是想非礼你女儿的色狼！你这样还是一个父亲吗？你太叫我失望了，即使是陌生人也不能这样做啊！或许在你眼里燕儿才是人，别人都是小猫、小狗，该被人欺负！活该被玩弄！

"那个男人明明是想占悠悠的便宜，我是绝对不会让她去的！"李俊泽紧紧地握着孟悠悠的手。他知道她是东方豪的女儿，想到父亲让女儿去跟一个想欺负她的色鬼道歉，他就忍不住为孟悠悠不值，这个人根本不配做她的父亲！

"我不知道，我也没看见！我只看到你打了他！"东方集团如今真的很需要这份合约，东方豪也变得蛮不讲理起来。

"够了！我去道歉！这你满意了吧？！"孟悠悠甩开李俊泽的手，哭着拉开门跑出去。这样的父亲我不屑！这样的家我一点也不想要！我宁可还是那个不知身世的孤儿……

看见孟悠悠哭着跑出去，顾文修也不顾东方燕儿的阻拦追出去。

李俊泽在追出去前，把东方夫人拉到一旁，手中握着孟悠悠的"攸"字形项链。在东方夫人面前狠狠地扔在地上，"有这样的主人，这条项链也是肮脏的！我跟悠悠都不屑要它！夫人请你去告诉里面那个冷酷无情的东方豪，他把他的女儿推向了一个大色狼！若是悠悠有什么意外，我不会罢休！即使你们的身体里流着相同的血液！"李俊泽说完就追出去，担心孟悠悠真的跑去找那个程经理。

"俊泽——"东方夫人俯身捡起项链，一眼便认出了它！虽然已经离开她近20年了，但它几乎每晚都会在她梦里出现。这可是东方玉儿的项链啊！这就是她亲手为女儿戴上的！想到此处眼泪突然涌出来，孟悠悠就是她的女儿！东方夫人紧紧地握着项链站起身，却一下昏倒在地上。

东方燕儿跑过去，扶起东方夫人后，冲楼上喊道："Dad，Dad，快来呀！妈

咪昏倒了……妈咪你怎么了？"虽然东方燕儿听到了李俊泽的话，但她并不明白他说的是什么，因为她到现在仍不知道自己还有个亲姐姐。

东方豪闻声赶来，将东方夫人抱回房间平躺放在床上。"夫人、夫人……你醒醒……"

"玉儿，玉儿……"昏迷中的东方夫人不停地叫着女儿的名字，她又看见了当年车祸的那一幕，眼角不断有眼泪滑落，手还紧紧地握着项链。

"妈咪、妈咪……"东方燕儿哭着不停地呼唤。今天原本是她跟顾文修的订婚典礼，没想到最后身为新郎的文修追着孟悠悠跑出去了，而东方夫人也昏倒了。订婚宴全搞砸了……

"夫人……"看见东方夫人逐渐睁开了眼睛，东方豪急忙把她扶起来，东方燕儿在她身下垫了两个枕头，让她靠着。

"玉儿，我的玉儿呢？"东方夫人醒来便问。

"夫人，你又做梦了……玉儿早就死了。"

"Dad，玉儿是谁？"东方燕儿问道。

东方夫人含泪望着东方燕儿，这个女儿一直在她身边倒是一直幸福快乐，可玉儿却是独自流落在外。她吃了多少苦？她的童年是怎样的？她一定在角落里羡慕别的孩子有家，有爸爸、有妈妈。她一定埋怨他们抛弃她，她一定……东方夫人不敢再想下去，肝肠仿佛都碎成一段段。

"玉儿是你的亲姐姐，小时候出车祸死了。"东方豪不得已向燕儿道出实情。

"她没有死！"一向优雅的东方夫人冲东方豪吼起来，"玉儿她没有死！她活着！"她摊开手，掌心的项链因为紧握而在手心印出深深的印子。

"项链？！夫人，你在哪里找到的？"东方豪急忙问道。他并不是冷酷无情，他也同样思念着东方玉儿，只是20年里他经历了太多了。所以他告诉自己女儿已经死了，没想到今天又看到了这条隐世20年的项链——唯一的证物！

"俊泽留下的，他说是孟小姐的，她就是玉儿！我的女儿……你把她气走了。我要去找她……"东方夫人激动得再次昏了过去，手上的项链滑落在地上……

# 第六十七章　我们结婚吧

"Dad，是真的吗？妈咪说的都是骗我的，对吧？"东方燕儿哭着问道，孟悠悠怎么能是她的姐姐？怎么能是她？！

"燕儿，你去打文修的电话，叫他无论如何都要把孟悠悠平安带回来！我要确认她是不是我的女儿！"东方豪说完便走了出去，他让所有保镖出去找孟悠悠。

顾文修正在路上寻找孟悠悠，手机就响起了。"燕儿？什么事？"他听见东方燕儿在电话里哭得厉害。

"文修哥，Dad、妈咪说孟悠悠是他们的女儿，Dad叫你带她回来……你告诉我他们在骗我！他们骗我对不对？！我没有姐姐！没有——"

顾文修猛地挂断电话。事情越来越复杂了！令他不解的是他紧跟着孟悠悠追出来的，出来后沿着唯一的马路追了十多分钟都看不见她。他的速度至少是孟悠悠的两倍，怎么会找不到她？！他拨通了李俊泽的手机，不管孟悠悠是谁的女儿他都不允许她去找那个色鬼程经理，即使李俊泽不给他两拳，他看到了也会帮孟悠悠揍他一顿！

电话通了，两个人开口第一句都是，"你找到了？！"于是就都明白孟悠悠还没有找到，于是又齐声道，"继续找！"然后一起挂断电话继续找人。

顾文修终于看见了蹲在路边抱头痛哭的孟悠悠。

"悠悠——"顾文修用最快的速度跑过去拉起她，猛地拥入怀中。

"文修——"孟悠悠靠在他怀里尽情地哭着，委屈都化成了泪水。

"你吓死我了，你要是出事了我怎么办？"顾文修紧紧地抱着她。"你怎么跑这么快？"

"我上错了汽车，后来发现了才下车。我怕我又遇到坏人，我怕没有人再救我。文修，我好怕！他那样对我，我好失望……我是为了他才答应和你分手，可是……"孟悠悠脑袋全乱了，想到什么说什么。

"你的记忆恢复了？！"顾文修高兴地问道。

"我……"孟悠悠这才清醒了一些，急忙推开他，"我全是胡说的！我什么都不记得！"

"我都知道了，你是东方豪的女儿，这是怎么回事？"

孟悠悠猛地抬起头望向顾文修：他怎么知道了？！"我不知道，我不是他的女儿！我是孤儿院长大的！我叫孟悠悠，我不是东方玉儿！跟东方豪没有任何关系！你跑出来燕儿怎么办？你快回去！"

"好！等李俊泽找到我们，我就回去，把你一个人留下，我不放心。"顾文修再次将她拥入怀中，低语道："你竟然是为了这个跟我分手，为什么不告诉我？为什么？如果我早知道……我们就不会分开了……我跟燕儿也不会……"顾文修心中悔恨万分。为什么偏偏晚了这么久他才知道真相，为什么不让他早些发现？当初为什么不相信感觉？她明明是深爱他的！

"我要去医院找他，我说过要跟他道歉……"孟悠悠挣扎着要走。

"我不准！他是想欺负你！我不准你去！"顾文修紧紧地抱着她，不让她离开。"答应我，别去。说——你不去。"顾文修在她耳畔柔声说道。

"可是他对东方集团很重要……"孟悠悠还是想去，因为她答应了东方豪会去，她不是一个食言的人。

"东方集团的总经理又不是你，不用你担心！你只要让自己开心！怎么开心怎么做！那个浑蛋东方集团，就算明天破产也不要你担心！"顾文修越发心疼她。她怎么能这么傻，到现在还惦记着东方集团。

"你怎么能这样？东方集团……"孟悠悠还在挣扎。

"我不管！我只在乎你！只在乎你开不开心！"顾文修微微松开她，低头吻她，孟悠悠没有拒绝。

两个人忘情地拥吻着，李俊泽在不远处正好看到这一幕。他早就感觉到孟悠悠似乎已经恢复记忆了，只是他不愿意相信，一直在欺骗自己，好让梦可以尽量长一点。即使知道孟悠悠是在骗他，即使知道她心里喜欢着顾文修，他还是愿意配合她演戏。

看到这一幕，李俊泽隐约觉得，即使是这一生，他都不可能让孟悠悠忘记"顾文修"3个字。看到孟悠悠跟他在一起他也放心了，于是转身独自离开。

晚上的街上灯火明亮，城市热闹。李俊泽却觉得孤单冷清，一个人走在街上竟然有种寒冬的感觉。霓虹灯都变成了黑白的，KTV等娱乐场所里面都没有了声音。脑海里不断浮现出孟悠悠跟顾文修拥吻的画面，心一点点碎掉、冷掉，最后变成冰锥不断刺着他的身体，开始新一轮的痛！

李俊泽不知道这样的痛究竟会持续多久……

顾文修等了很久也不见李俊泽，于是决定送孟悠悠去李俊泽住的地方。他不放心让孟悠悠回宿舍，担心她再跑去找那个男人。

顾文修看着里面亮着的灯光，知道李俊泽在里面，于是按响了门铃。

李俊泽打开门，看见顾文修和孟悠悠站在外面。"你们怎么到这儿来了？"

"我把悠悠交给你，我才能放心，别让她去找那个浑蛋，我要回去了。晚安……"顾文修把孟悠悠推向李俊泽，不舍地看看她转身离开。

"顾文修！你到底是什么意思？！"李俊泽怒吼道，"在路边吻她，现在又把她交给我，你当悠悠是什么？！"

顾文修愣住了，原来他看到了那一幕。可是李俊泽为什么没有冲上去给他两拳？

"俊泽，我们不要说这些了好吗？"看见李俊泽愤怒的样子，孟悠悠真的害怕他跟顾文修打起来。

"我……对不起……"顾文修找不到任何词可以来表示他此时的感觉。他有千万个不舍得，但是东方燕儿那里有他未尽的责任，他不能抛弃燕儿，所以即使他很爱很爱孟悠悠，他也不能要求自己跟她在一起。

"顾文修，悠悠的记忆早就恢复了，你知道吗？"李俊泽以为顾文修还不知道孟悠悠恢复记忆，所以才会放弃。

孟悠悠怔住了。她并没有告诉李俊泽她恢复记忆的事情，他是如何知道的？是在什么时候知道的？为什么他一直没有揭穿她？

"我早就怀疑你已经恢复记忆了。昨天在礼服店里，你说帮顾文修的妹妹莎莎试衣服，我就肯定了。你若是失忆根本不记得莎莎是他的妹妹！"李俊泽压抑着内心的愤怒与心痛。即使知道孟悠悠是在骗他，即使知道她只是假装的，他都愿意去相信。他以为只要好好配合她演戏，她就会留在他身边，即使她的心不在，他只看到悠悠这个人也开心。

看着李俊泽痛苦的样子，孟悠悠突然觉得自己好自私、好残忍。她一直骗他，

但李俊泽却装作什么都不知道，还继续陪她。想到以前她若无其事地骗他，她这才感觉到李俊泽的牺牲是如此之大。如今却又主动说出她恢复记忆，想让文修回到自己身边……为什么他要这么委屈自己？！可是无论如何她都不会破坏燕儿的幸福，更何况顾文修已经答应订婚，也许他也是喜欢燕儿了。

孟悠悠不知道文修跟燕儿之间的事，以为是顾文修对妹妹有了好感。沉思了片刻，孟悠悠突然抬起头来望着李俊泽说道："俊泽，我们结婚吧！"

乍听见孟悠悠这样说，李俊泽跟顾文修都愣住了，一言不发地呆望着她。

"俊泽，我们两个重新开始，忘掉过去，我会认真地忘记文修……"孟悠悠眼中闪着泪光，她这次是真的决定要跟李俊泽在一起了，李俊泽的牺牲感动了她。

李俊泽微张着嘴不知该说什么，他不明白孟悠悠为什么会要求和他结婚，也不知道是不是该答应她。李俊泽有满满一颗心的爱给她，但他害怕孟悠悠要的不是他的心，而自己又不能让她幸福。更重要的是，他也不敢相信孟悠悠说的是真的……

"那……恭喜你们……"顾文修说完就转过身去，大步离开，眼泪也大滴地落下。他原以为心已经死了，可它现在还会痛。这是个刻骨铭心的痛，心痛怎么能这么深？！"彼此都没有退路了，悠悠，你跟李俊泽；我跟燕儿，都无路可退了……"顾文修失魂落魄地呢喃着走回别墅……

孟悠悠晚上住在李俊泽这里。正如顾文修想的，李俊泽也担心这个傻丫头会悄悄跑去找那个什么经理。

"悠悠，我把项链还给夫人了……"

孟悠悠抬头看了看李俊泽，苦涩地笑着，"没关系，它不重要了……"

"你真的是东方玉儿？"李俊泽起初也只是猜测，那项链究竟是孟悠悠的，还是她无意间得到的，他无从知晓，只有孟悠悠自己才知道。

孟悠悠不太清楚李俊泽为什么这么问，但还是认真地回答了。"俊泽，请你帮我保守这个秘密，我不想和他们相认。"经历了程经理一事，她已经觉得永远不会回东方家了。不是因为恨他们，而是因为怕东方豪日后面对她会尴尬。即使东方豪完全不体谅她，他终究还是孟悠悠的父亲，她不愿父亲的后半生一直活在内疚和自责中。

李俊泽点头答应了，"你什么时候恢复记忆的？"

"在看过你的小说后。"

李俊泽带着三分惊讶地望向孟悠悠，"你怎么知道是我写的？"

"你整天抱着电脑时我就怀疑了，后来在广播室你自己情急之下说漏了嘴，我就更加确定啦。不过写得马马虎虎……"孟悠悠笑道，不经意间看到李俊泽的脸，

她的笑容也突然僵住了。

　　孟悠悠心想，自己已经有多长时间没有认真看过李俊泽的脸了？难道，李俊泽和顾文修之间，竟然存在如此遥远的差距……

第十四篇——不再是孤儿，却胜似孤儿

# FLY神秘太子爷

　　"悠悠，送你花。"杨飞对李俊泽笑了笑，然后绅士地把手中的蓝色妖姬送给孟悠悠，然后继续说，"听说那个程经理欺负你，我当时就特火大！然后我就跟我爸说，他在中国这边私挪公款。结果FLY的人一查竟然真的查到他贪污公款！真是歪打正着！悠悠，你没事吧？"

# 第六十八章　转机

李俊泽目不转睛地望着她，一脸的失落和无奈。"悠悠，我该拿你怎么办……顾文修已经走了，明天我会送你回去……"李俊泽转身朝自己房间走去，打算收拾一下让给孟悠悠睡，他去睡沙发。

"嗯……"孟悠悠并没有感觉到李俊泽有任何的开心。她说的不是要跟李俊泽结婚吗？为什么他一点都不开心呢？他不是喜欢她吗？怎么听到这个决定反而一脸愁绪？看着李俊泽的反应，她都觉得自己说的不是跟李俊泽结婚，而是跟顾文修结了。莫非真的说错了？孟悠悠看着李俊泽抱着被子、枕头走到沙发边，心中胡乱地想着。

李俊泽经过上次的事，再加上今天看到他们在路边拥吻，他已经不相信孟悠悠是真的要跟他在一起，而只是另一个骗局而已。正如她失忆一样，目的只是让顾文修离开。

"俊泽，你明天陪我去医院好不好？"孟悠悠想去跟那个程经理道歉，又担心自己会遇到危险。

李俊泽一边在沙发上铺被子，一边道："如果是去找那个什么色狼经理，免谈！"

"可是我在……"孟悠悠一时也不知道该如何称呼东方豪了，最后只得说，"我在燕儿的爸爸面前亲口答应了，我不能言而无信……"

"不准去！只要我还活着，你就休想去见那个危险的浑蛋！"李俊泽扭头狠狠地瞪着孟悠悠，心中升起无名的怒火。他恨自己为什么不能狠心忘掉孟悠悠，为什么即使知道她喜欢顾文修还这么心疼她。她利用他的感情骗他，即使是知道自己被骗了，他仍旧不能不爱她。

第二天，李俊泽还在睡梦中就被手机铃声吵醒了，睁开眼睛就发现孟悠悠正悄悄地想出去。猜她是想一个人去找那个浑蛋，他几乎是从沙发上滚下来，急忙上前拉住孟悠悠，"你要去哪儿！"

"我……"孟悠悠被李俊泽突然的举动吓住了，她只是想出去买点早餐而已。

沙发上手机铃声再次响起来了，李俊泽拉着孟悠悠走到沙发边。一手抓着她，一手接电话。

"李俊泽，是我，顾文修，"电话里顾文修的声音听上去很激动，"你叫悠悠不要去找那个浑蛋了！昨天的事，已经有人上报给美国总公司了。公司开会决定将那个浑蛋免职了！而且还查到他贪污公款，估计后半生都要在监狱里'上班'了。听说会另外派人接管他的工作……"

顾文修也是刚知道的。在路过东方豪的书房时听见电话在响，于是去接，那电话正是美国那边打来的。

"太好了！"李俊泽的脸上终于雨过天晴了，挂掉电话就将此事告诉了孟悠悠。

"俊泽，谢谢你……"面对李俊泽的爱，孟悠悠真的不知道该怎么回报他。也许她现在还没有真正爱上他，但孟悠悠已经决定慢慢去喜欢他。

"好了，这件事过去了。我送你回学校吧……"李俊泽拎起沙发边上的外套就打算送孟悠悠回宿舍。

孟悠悠感觉到李俊泽似乎并不开心，犹豫了片刻才说："俊泽，我搬来这里可以吗……"要她主动说出这件事，需要多大的勇气！

李俊泽一时竟也没有反应过来，随口答道："可以啊！"话说出口才明白过来，孟悠悠是说要搬来这里跟他住，就像当初在优等生公寓一样。只有他们两个！李俊泽惊喜地望着她，这件事他早在高中毕业时就提过，但当时被孟悠悠拒绝了。

"那我什么时候搬？"孟悠悠已经感觉到自己的脸颊变得越来越热，声音也不由自主地越来越小。

所幸李俊泽都听清了，"随你。"

"那我一会儿去收拾东西，我今天没课……"孟悠悠不敢再看李俊泽的目光。

"你真的决定了？"李俊泽一脸认真地轻轻勾起她的下巴，指尖传来的是滚烫而柔软的触感。

孟悠悠没有抗拒，微微点了点头。心道：李俊泽，孟悠悠一定会用心爱你！再见了文修，真的再见了……

"我是不是可以认为，这代表着你认可我了？我是不是可以认为，我可以爱你了？我是不是……"李俊泽每说一句，脸上的笑意就增加一分。该用什么词来形容他此刻心情的激动与惊喜？！原本以为自己已经被判了"死刑"，没想到最后竟然

"无罪释放"了，还意外地得到了奖励。

"是！"孟悠悠的回答坚定而简单。面对李俊泽她不需要说太多，孟悠悠只需要付出爱就可以了。

"不后悔？"

拜托
公主

Bai Tuo Gong Zhu

# 第六十九章　神秘经理

说完，悠悠的眼泪突然涌出来溢满了眼眶。

"不要哭，你哭一次我的心就跟着痛一次……"李俊泽拉着她的手放在自己左胸口。

手指传来李俊泽的心跳，孟悠悠抬眼望向他。这颗心过去曾被自己伤得疮痍满目，如今她要用自己的全部力量修复它。

冷漠的人同样也没有安全感，就像李俊泽。他会怀疑身边的一切只是假象，然后就会不由自主地特别关注，正是如此，他才总是看破孟悠悠的伪装。

孟悠悠也握起李俊泽的手，放到自己胸前，郑重地说道："从今天开始，我会一点点把里面整理好，放你进去。这里以后只有李俊泽，不再有顾文修！"虽然还未能办到，但此时的承诺却是字字出自肺腑。

"不需要你刻意为我做什么，只要你让心一直打开，我一定会自己走进去！"李俊泽终于看到了成功的光芒，虽然还未抓住它，但至少是可以看到了……

上次被搞砸的订婚宴也重新举行了，相同的地点、相同的面庞，但是场面更大，也比上次多了很多记者。

孟悠悠和李俊泽都受到特别的邀请，李爸爸和李妈妈这次也来了。大厅里李俊泽和孟悠悠这对组合一直都是众人的焦点。

时间到，司仪小姐清脆甜美的声音响起了。"现在有请我们顾氏企业的少爷——顾文修先生！"

闪光灯中，顾文修翩翩走来。

"现在有请东方集团的千金——东方燕儿小姐！"

东方燕儿在东方夫人的陪伴下走出来，打扮得明艳动人，完全褪去了往日的青涩，显得成熟多了。

那边的订婚仪式正在进行着，东方夫人却悄然退了出来。她看到孟悠悠了，她必须问清楚项链的事，否则她又会整夜整夜地睡不着。"孟小姐，关于那条项

251

第十五篇——FLY神秘太子爷

链……"

"夫人，那条项链只是我捡来的，俊泽他误会了，抱歉。现在物归原主了，之前的事只是一场误会而已，我跟东方家没有任何关系。还有，这件事我不想再提。"孟悠悠看着东方夫人，心里真的很想叫她一声"妈妈"。可是，她不能！

顾文修和东方燕儿交换完成指，订婚典礼完成。东方豪满意地点点头。燕儿的幸福，他终于帮她得到了！

原本封闭的大门突然被推开了。门两边各站着一些金发高个子男人，都穿着黑色西装、戴着墨镜，标准的富家保镖打扮。大厅内的宾客都开始猜测将要出现的是什么人。

只是短短几秒种后，一个身着深棕色西装的男人走了进来。肤色偏白，明显不是中国人。身高一米八几，即使是打篮球出身的顾文修也还略微比他矮一点。脸上看不出悲喜，眼睛也都在茶色墨镜下隐藏着。

这男人进来后，只有两个黑人保镖跟进来，其他人都在门外等候。

早上，东方豪得到通知说接替程经理的FLY新任经理今天就会抵达中国，眼下见到这进来的人，立刻意识到这就是FLY的人。于是笑着走上前伸出手打招呼，用英语询问来的人是不是FLY的新任经理。

棕色西装男子扫过大厅里的各个方向，只在孟悠悠和李俊泽那里停了片刻。然后将视线移到东方豪身上，伸手握住他的手，却以一口极为标准的中文道："我只是经理的特别助理。我们经理去办点事，5分钟后请您去这个地方与他会面。我们不希望有记者跟去。"随后，他将一张卡片交给东方豪，径直朝孟悠悠的方向走去。

特别助理来到孟悠悠面前，他比孟悠悠高了大半截，仿佛一座大山似的。

孟悠悠的心像有个小鼓在敲一样"咚咚"响不停。这个特别助理想干什么？是不是也是跟那个程经理一样？还是……

# 第七十章　竟然是他？！

　　孟悠悠还在胡乱猜测，特别助理却突然对她来了一个45度的标准鞠躬。"孟小姐，真的很抱歉，我们公司会有那种对小姐不敬的人。不过请您放心，公司已经对他做出了惩罚。经理特别交代要我请孟悠悠小姐跟李俊泽先生去见他。现在请你们二位随我的车一起出发。"他的态度极度诚恳，一点没有压人的气势。虽然他只是助理，但身为FLY公司驻中国区域经理的助理，却完全抵得上任何一个总经理或总裁。东方集团是国内的大集团，而FLY却是国际上为数不多的几个大集团之一。

　　"可不可以不去？"孟悠悠担心遇到的又是那一类人。即使不是，她也不想见陌生的外国人。

　　"孟小姐，经理说他要当面向您致歉。"特别助理显然是接到了死命令，一定要带这两个人回去才能完成任务。

　　孟悠悠望向李俊泽，询问他的意见。

　　"走吧，有我陪着，没事的。"李俊泽安慰道。

　　孟悠悠、李俊泽跟李爸爸说了一声就直接跟着特别助理离场而去。

　　顾文修望着他们的背影，心中也微微有些担心。新任的经理谁都没有见过，也没有任何跟他有关的消息，谁知道派来的是个什么样的人。但想到有李俊泽在，才勉强放了心。

　　李俊泽和孟悠悠跟着汽车来到郊区一个度假别墅内。

　　他们刚下车，东方豪跟东方夫人的车也到了，4个人跟着特别助理一起走到别墅大门外。

　　"对不起，请四位在这里稍待片刻，我先去请示经理。"特别助理走进别墅后就关上了门。

　　东方豪心中有些不满，但也没有表露在脸上。不管怎么说，他都是中国赫赫有名的人物，见他们一个区域经理却还得在门外等人通报。这让他很不爽。

　　一分钟后，特别助理将他们带到了一个房间，看上去就像别墅里的专用会

客室。

走进房间，他们就看见一个人背对着站在窗边。

特别助理走到那人身后，微倾身恭敬地说："经理，孟小姐等人已经到了。"

只见经理举起了左手，特别助理就朝房间外走去，半分钟后捧着一束蓝色妖姬进来交给经理。然后才转身出去，命门口的保镖关上门。

经理低头闻着花香，转过身，花束将他的脸遮住了。

孟悠悠和李俊泽惊讶地望着一步步走近的FLY经理，总觉得他刚才的背影很熟悉！

"悠悠，俊泽，好久不见！"

看着神秘经理将花束放低，他们才看见他的脸，竟然是杨飞！

"杨飞？！怎么会是你？"李俊泽高兴地走上去。

"悠悠，送你花。"杨飞对李俊泽笑了笑，然后绅士地把手中的蓝色妖姬送给孟悠悠，然后继续说，"听说那个程经理欺负你，我当时就特火大！然后我就跟我爸说，他在中国这边私挪公款。结果FLY的人一查竟然真的查到他贪污公款！真是歪打正着！悠悠，你没事吧？"

孟悠悠脑子还一时没有反应过来，机械地接过花，"怎么会是你？"FLY中国分公司的经理怎么会是杨飞？！

"听说你跟俊泽在一起？我想给你们一个惊喜嘛！但我不会待太久就会离开。"杨飞的目光不经意望向旁边，这才看到还有两个被他遗忘的客人，于是转身走到东方豪面前，"Sorry。我一见到我的朋友就将您忘记了，失礼了。对于FLY前任经理破坏您女儿的订婚宴这件事，我们很抱歉，希望没有给您造成太大的麻烦。"

"没关系，关于东方集团和飞扬（FLY意为飞扬）合作的事情……"东方豪心中疑惑，飞扬集团怎么会派这么个乳臭未干的黄毛小子来处理这件事？但合作的事情对东方集团太过重要，他不得不跟这个小子谈这件事。

"很抱歉，我们公司暂时没有要和贵公司合作的意向。之前程经理说了什么我不清楚，但是目前来说，飞扬确实还没有合作想法，真的很抱歉。"杨飞道。

"我们明白了，那我们先告辞了。"东方夫人挽着丈夫离开了。此时东方豪心中也明白了为何FLY会让这个孩子来这里，因为他们根本就没有要合作的想法。

东方豪在回去的路上一直愁眉不展。这个合作项目，东方集团花了大量的资源不假，但真正的原因却是，因为上半年东方集团一个高层经理跳槽，他带走了集团

的机密信息，导致很多客户流失。东方集团现在处于亏损营业之中，若是不能找到一个像FLY这么有影响力的合作伙伴，股东们就会集体撤资，届时东方集团的结局只有一个——倒闭破产！

虽然事情已经严重到这种程度了，东方豪却没有让东方燕儿知道。他不希望女儿被卷进来，徒增她的烦恼。虽然东方集团是他的心血，但是他更在乎女儿。所以一回到家里，东方豪就换上了笑脸，东方燕儿沉浸在刚跟心上人订婚的喜悦之中，对其他的事也未有察觉。

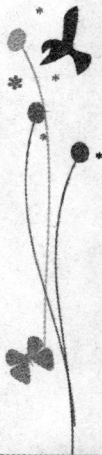

# 第七十一章　FLY太子爷——杨飞！

在杨飞的郊区别墅内，两年未见的3个人正聊着。

"俊泽，我记得当初你可说过对悠悠没有兴趣的啊！？"杨飞搭着李俊泽的肩膀戏谑道。

李俊泽笑而不语。

"俊泽，什么时候请我喝酒？"杨飞望了望窗边的孟悠悠问。

"你请才对！当了经理却变小气了？"李俊泽道。

杨飞笑着在他胸口不重不轻地打了一拳，"你少装糊涂，我说的是喜酒。你可别想赖啊！"

"杨飞，别开玩笑了。说说你吧，你不是回美国念书了吗？怎么突然变成FLY的经理了？"孟悠悠趁机岔开话题。

杨飞一脸无奈地望着孟悠悠，"我是去念书的，可我爸非让我当什么经理。原本我是不答应的，后来知道是来这里，还能见到你们。我才勉为其难地答应在暑假做做玩玩。"

杨飞说得轻松无比，但孟悠悠却是为FLY捏了一把汗。杨飞似乎当自己是来游玩的，根本不是做什么经理，把FLY在中国的分公司交给他，万一……

"你爸是？"李俊泽一直不知道杨飞家里的具体情况，只知道他家里很有钱，父母常在国外。

"我爸就是飞扬的那个杨老头子咯，所有人的头头。"杨飞随口答道。

"我到今天才知道……"孟悠悠感叹道。

"因为我没有说过嘛，连俊泽也不知道吧？呵呵……又不是什么荣耀的光辉事迹，我没必要到处嚷嚷吧？而且……"杨飞故作神秘地望望四周，然后才轻声说道，"有钱人家的少爷容易被绑架，不安全，我还想多活几年。所以在中国读书的时候，我爸在美国封锁了所有关于我的消息，我也从来不参加他们的公开活动，没有人知道我是FLY的'钻石小开'。"杨飞还臭美地摆了几个自以为很酷的过时

pose（姿势）。

孟悠悠被他逗得哈哈大笑，李俊泽也是隐忍笑意的模样。

"哎，要是以前学校的那些女生知道我的真实身份，凭着我这么强大的家世背景，说不定也能跟俊泽并称'十三中二少'！"杨飞笑着说着。

"是呀，肯定好多女生后悔死没有钓你这个金龟婿啦！"孟悠悠顺着他的话说道。

"那你是不是也在后悔啊？"杨飞转头望向孟悠悠。虽然知道她现在跟好兄弟——李俊泽在一起，但毕竟是他的初恋，怎么能这么容易就忘掉？所以这句话一半是玩笑，另一半却是认真的。

"杨飞……"孟悠悠话未出口就被杨飞截住了。

"悠悠，你怎么叫我名字？我记得你可是我妹妹啊，快点叫哥哥！"杨飞笑着说道。从孟悠悠脸上的第一反应他就已经知道了答案，所以自己打断她的话，以免大家尴尬。

"对呀，你叫他哥哥，我也可以放心点。"李俊泽调侃地说道。

杨飞绕着李俊泽转了一圈，将他仔仔细细地打量了一遍才说道："两年不见俊泽你也学会开玩笑啦。看来我妹妹的魅力还真是不减当年啊！"

3个人说说闹闹，不知不觉就过了大半天。

孟悠悠心中一直担心着东方集团，所以也趁机问问杨飞对这件事的看法。"你们真的没有打算跟东方集团合作？"

只有李俊泽知道她为何如此关注东方集团。

杨飞不解地看着孟悠悠，"悠悠，你问它做什么？"以他对孟悠悠的了解，她并不是一个喜欢管这些闲事的人。

"我只是觉得东方经理跟东方夫人一起来拜见你，应该是很看重这次合作。而且他说这次合作对东方集团很重要……"孟悠悠猜测东方集团真的面临重大危机，否则东方豪不会如此紧张。

李俊泽静静地看了看孟悠悠，他对这个傻丫头也是没辙了。她不愿跟东方家相认，却又总是悄悄地帮他们。最可气的是，东方燕儿他们根本不领情，甚至还恨她。她这是为了什么啊？！

杨飞如今也真的，只是来玩的，其他正事都由他的特别助理来处理，所以他也不需要去管那些。这次回来杨爸爸配给他的特别助理，其实就是他在美国总公司的助理，所以这个美国助理实际上已经有能力处理任何事，根本不需要杨飞操心FLY

的事。

　　"我们不要说这些无聊的事了，找个地方去痛痛快快玩一场，然后再吃一顿。在美国都憋死我了。被老头子看着，这不准那不准……"杨飞拉着孟悠悠跟李俊泽向外走，不停地跟他们倒苦水。

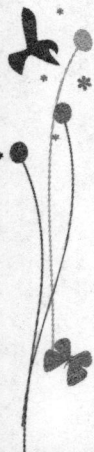

# 第七十二章　争执

东方豪回去虽然没有说什么，也没有在脸上表现出什么烦恼，却把自己一个人锁在书房。

一星期后，学校进入了漫长的寒假。莎莎也回来了。

因为东方豪让顾文修住在东方家，他又不想一个人去，所以就拉上了妹妹莎莎一起住过去。

这些天，东方燕儿跟顾家兄妹还是发现了东方豪刻意隐藏的愁绪。

东方豪又将自己锁在书房一个小时了。

东方燕儿跟东方夫人坐在客厅。

"妈咪，出什么事了？Dad最近总是把自己锁在书房。"东方燕儿问道。

顾文修跟妹妹莎莎也从后花园进来了。

"燕儿，去休息吧。还有文修、莎莎，你们都回去休息吧。"东方夫人用手按着额头无力地说道。这几天他们也曾试着找杨飞，但是他却将所有事都推给他的助理。东方集团面临的危机怎么样才能解除呢？难道真的只能申请破产吗？

"伯母，东方集团是不是遇到什么麻烦了？从你们去见过飞扬的经理回来……"顾文修问道。他知道东方家有两件大事：一个是东方燕儿，一个就是东方集团。如今东方燕儿没有事，那就一定是东方集团出了问题。

"公司的事交给我们大人去处理，你只要对燕儿好就可以了。"东方豪从书房走出来。他不希望公司的事影响到女儿，使她不开心。

"Dad，公司不是好好的吗？到底出了什么事？"东方燕儿走到东方豪身边挽着他的胳膊问道。

"伯父，你们那么努力要和FLY签约合作，难道是遇到什么麻烦了？"莎莎自幼喜欢跟在父亲身边，对这些商场上的事也略知一二。

眼看跟飞扬的合作化为泡影，东方集团倒闭的事情再也瞒不了多久了，东方豪也只好点头承认。"东方集团现在的资金已经只剩下我手上的1/3了，其他股东都

准备撤资。原本打算用跟FLY合作来扭转乾坤，但是如今……"东方豪重重地叹息着。

"Dad，你怎么不告诉我？"东方燕儿哭着靠在东方豪怀中。东方集团遇到这么大的麻烦，她竟然毫不知情，还总是跑去公司打扰他们，缠着东方豪陪她，让他没办法专心工作。她越想越觉得自己这个做女儿的太任性，一点都不会体谅别人。

"那就和飞扬签约啊！"顾文修道。

"飞扬根本就没有要和我们签约的想法！那个姓程的浑蛋骗了我！如今派来的又是一个什么事都不管的黄毛小子！"东方豪怒吼道。

其他人都被东方豪的吼声吓了一跳。

"伯父……我想，再怎么说飞扬也是跨国大公司，不应该派一个不懂事的孩子来吧？"莎莎他们并不知道来的是杨飞，也不知道杨飞就是飞扬未来的接班人。

"那个经理和孟悠悠很熟的样子，似乎和李俊泽的关系也不差。"东方豪始终想不明白，为什么孟悠悠这样的贫民孤儿会跟FLY的高层有关系。

"和悠悠很熟？我怎么不记得悠悠有朋友在飞扬工作？"莎莎自言自语地说道。她跟孟悠悠十多年朋友都不知道她有这样的朋友，这怎么可能？！

"听他们叫他杨飞。"东方夫人回忆着说道。

"杨飞？！"莎莎和顾文修齐声问道，怎么会是他？！

"你们认识？"东方夫人问道。

顾文修顿了顿，才说道："见过面，不是很熟。"

"杨飞是悠悠高三的同班同学，在学校的时候很喜欢悠悠。听说是在美国念书啊，怎么会变成了FLY的经理？"莎莎更加疑惑，以前只知道他家里很有钱，爸妈都在美国工作，难道他们都是FLY的高层管理者？否则怎么会让杨飞做经理呢？

东方燕儿急忙说道："Dad，那就让孟悠悠去跟那个杨飞经理谈，他喜欢孟悠悠，所以一定会帮忙的！"

"不行！"顾文修立刻反对，"悠悠跟东方集团没有关系，她不欠我们什么。我们不应该让她去牺牲！"

"哥，话是不错啦，可是如果悠悠出马的话，那就一定会成功的！"莎莎说道。以她对杨飞的了解，他并不是一个会逼迫孟悠悠做什么坏事的人。而且跟东方集团合作，对飞扬也没有损失，莎莎觉得找孟悠悠帮忙没有问题，但顾文修就是不肯答应，她也不好出面。

东方夫人也不赞成找孟悠悠，"上次程经理的事已经亏欠孟小姐了，这次无论

拜托公主

Bai Tuo Gong Zhu

如何都不应该再麻烦她了。她也只是一个孩子，不能把她卷入这件事……"

"可是……妈咪。Dad一个人撑得好辛苦……"东方燕儿还想说什么，但是电话响起了，就在她旁边。

"燕儿，我不准你再去麻烦孟小姐！"东方夫人已经从丈夫那里知道了孟悠悠退出文修和燕儿之间，是因为威胁过她，一直就对此事愧疚不已，所以无论如何她都不会再让东方燕儿找她帮忙。

电话不停地响着，东方燕儿闷闷不乐地拿起电话，"喂，这是东方……"她话未说完就听出打电话的人是孟悠悠。"孟……姐姐……有什么事……"东方燕儿的目光不由自主地望向顾文修。

第十五篇——FLY神秘太子爷

# 第七十三章　签约有望！

"我帮你们跟FLY的经理约了时间谈合作的事，在3天后的上午9点，地点是上次的别墅……"

听完孟悠悠的话，东方燕儿略微愣了愣，直到电话里的"嘟嘟"声响了很久，才发现孟悠悠早已经挂断了。

"悠悠出什么事了？"顾文修冲上前问道。心里始终还是关心着她，即使刻意隐藏，也还是会不经意地表现出特别的紧张跟关心。

东方燕儿看着顾文修激动的样子心中隐隐泛酸。他们在一起也有好几个月了，顾文修对她虽然也有关心，却没有这么紧张过她。而且，除了特殊场合需要挽着手，他都不会碰她一下。"3天后飞扬的经理在别墅等Dad，谈签约的事情……"

"是悠悠帮的忙？"顾文修担心杨飞真的会以此来要挟孟悠悠跟他走。

东方燕儿如实地把电话的内容告诉了他们。"她怎么会帮我们？会不会有陷阱？"

"不会，悠悠不是那种人！"莎莎笑着说道，"这下好啦，杨飞肯见面就表示我们已经成功一半了！"

顾文修将目光移向窗外，心中念道：悠悠，你可千万别因此而委屈自己啊……

看着孟悠悠如此帮东方集团，东方夫人的手不由自主地伸向了脖子间，"攸"字形项链现在就戴在她脖子上。寻找女儿下落的唯一物证已经回到东方家族了，也就是意味着他们没有任何线索去寻找东方玉儿了。东方夫人一直都觉得孟悠悠就是她的女儿。"孟小姐她真的不是玉儿吗？"东方夫人望向东方豪问道，她想不到其他更好的理由来解释这一切。

"夫人，我知道你想念玉儿，但是孟悠悠她不是，如果她是，她怎么会不承认？"东方豪安慰着说道。他一直都没有想过孟悠悠是他女儿这件事，在他看来这是不可能的，没有人会拒绝跟一个大富翁父亲相认。至少在他看来是这样，在孟悠悠说不是东方玉儿后，他一直深信：她不是！

"不是……我是妈妈，她是我的女儿！我感觉得到……"东方夫人突然站起身，朝门的方向跑去，"我真的有感觉！我要去见她，只是远远地看看她也好，她真的是玉儿啊……"

"妈咪——我才是您的女儿……"东方燕儿哭着追在她身后。

顾文修跟莎莎也都追了上去……

东方燕儿和莎莎拉住东方夫人，看她精神有些恍惚担心出事，所以没有让她走。

顾文修站在旁边细细地劝导，"……夫人，我不希望你们中的任何一个人去找悠悠，我想她跟李俊泽都不想见你们。"

"伯母，我哥说得对，您还是准备三天后的会面吧，伯父需要您的帮忙。"莎莎和东方燕儿慢慢将东方夫人扶回屋。

顾文修按了按裤袋，摸到了手机，本想打电话给孟悠悠，但又不能打。他已经是东方燕儿的未婚夫了，而且等一毕业就会和她结婚，成为东方家的女婿。而且悠悠身边还有个李俊泽……最后他还是将手机放进了裤袋里……

第二天，东方家正在用午饭时，传真机传出一份资料。

东方豪急忙放下碗筷走过去，那是他让人调查杨飞身世的答案：杨飞看起来只是一个孩子，只有知道他的真实身份，东方豪才能评估合作最后成功的概率。

东方豪看着手上的资料突然大笑起来，燕儿急忙跑过去，"Dad，你怎么了？"

"杨飞飞扬，哈哈哈……这名字好！"东方豪大笑道。

"什么意思？"东方夫人也不明原因。

"这个新来的黄毛小子确实是个特别的经理，是飞扬的那个杨老爷子的爱子，FLY未来的接班人！这次让他来中国是想锻炼他，所以老爷子把自己身边的助理都配给了他。就是那个美国助理！只要杨飞点头，合作没有问题，我们就能签约合作！东方集团有救了！"东方豪爽朗的笑声感染着房间的每一个人，所有人脸上都露出了欣喜的笑容。

3天后，东方豪跟夫人驾车到别墅去见杨飞，商谈合作一事。

特别助理奉命在外面等候他们，等他们一到就带着他们进去见杨飞。

东方豪和东方夫人走进房间，却看见孟悠悠也在里面。

"东方集团的总经理？久仰久仰……"杨飞笑着走过去。他对合作并没有兴趣，只是因为孟悠悠提出，他就答应了她。所以见面也是毫无兴致地说着客套话。

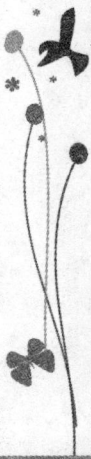

东方夫人的目光一直落在孟悠悠身上：她真的不是她的小玉儿吗？可是她清楚地感觉到她就是……

"杨经理这么年轻就当上了FLY的经理，年少有为啊！"见杨飞只是说些客套话，知道他对合作并没有兴趣，东方豪心中有些不快。

"您言重了，我只是在假期出来玩玩，我对商场上的事情还不是很清楚，所以关于我们合作的事情我会请我的助理跟您谈。若是他说没有问题，我会在总公司的会议上提出。"杨飞三击掌后，特别助理推门进来了，"对不起，我先失陪了。"杨飞拉着孟悠悠走出去，经过助理身边时对他眨了眨眼睛，笑着说道："I'm sorry！这里交给你啦！"说完就拉着孟悠悠跑出去找李俊泽……

拜托公主

Bai Tuo Gong Zhu

# 第七十四章　收养义女

助理仔细地研究了合作计划书跟合约后，表示方案可行，会向公司提议，但并不表示一定能通过。

东方豪却并不这样认为。杨老爷子是想让儿子在接任前做出点成绩来，所以若是这次合作真的有好处，那FLY也一定会同意。

东方豪和东方夫人开车回家的路上，东方夫人一直心神不宁，担心这次的成功是以孟悠悠的牺牲换来的。"不知道这次孟小姐是怎样劝动杨经理的……"

"夫人，别太在意了，刚才你不是也看到她好好的吗？和杨经理出去的时候看上去很开心，没事，夫人。你别再庸人自扰了。"东方豪一手控制方向盘，一手轻轻地拍了拍东方夫人的手背安慰着。

"可是……"东方夫人仍旧放心不下。

东方豪想想这件事确实也是孟悠悠帮了忙，于是对夫人说道："既然你这么喜欢她，那就让她做我们的义女吧。"

"义女？！好！我们现在就回去告诉燕儿她们，我的玉儿……"东方夫人始终觉得孟悠悠就是她的女儿……

东方豪和东方夫人一下车就看见了东方燕儿，顾文修和莎莎也站在路边迎接他们。因为合作的事还比较顺利，而且即将认孟悠悠做义女，所以东方豪和东方夫人两个人的心情都十分好。

"Dad、妈咪和飞扬的合作很顺利吧？"东方燕儿接过东方豪手上的文件包问道。

"看那个助理的反应，应该是没有问题了！"东方豪笑着摸摸女儿的头，搂着她朝屋子里走去。

一家人饭后坐在客厅闲聊着，今天上午的事很顺利，东方豪也特意放自己半天假陪家人。

"燕儿，我跟你Dad商量过了，我们准备让孟小姐做我们的义女，接她来这里

和我们一起住。"东方夫人因为丈夫答应她让孟悠悠搬来这里住而心情大好。

"不行！"顾文修跟东方燕儿异口同声地说道。

其他人都惊讶地望向他们俩。

"文修、燕儿，你们为什么不同意？"东方夫人问道。

东方豪了然地大笑起来，他明白女儿是担心孟悠悠来了会影响文修，也担心她会争夺父亲和母亲的宠爱。

"Dad，你笑什么？"东方燕儿问道。

"夫人，燕儿是害怕被人家代替呀！不过我仔细想想，接她来这里住确实不方便。"东方豪是一定不会让女儿不开心的，所以他绝不会答应让孟悠悠搬来住。

东方夫人委屈地望向丈夫，"可是我想跟她多见见面、说说话……"

莎莎也走了过来，"伯母，我想悠悠她也一定不会搬来这里住的。"

"为什么你们都针对她？！"东方夫人生气地望着四周的人。为什么他们都不让孟悠悠搬进来，她只是想跟那个孩子多亲近、亲近而已，他们为什么要这般阻挠？！

"妈咪……"东方燕儿还想说什么，但看到东方夫人少有的严厉眼神，最后还是将话吞回肚子里。

"伯母，我们不是针对悠悠。只是我不希望她住在这里，也不希望你们去打扰她。无论是收她做义女，还是让她搬来这里住，她都不会同意的……"顾文修严肃地说道。孟悠悠跟东方家的关系他一清二楚，悠悠不想跟他们相认他也知道。尽管他不是很明白其中的原因，但是他知道孟悠悠来这里会不开心，所以他就极力反对东方夫人的决定。他自己也不想孟悠悠搬来，虽然很想念她，但他不想让孟悠悠看到他跟东方燕儿在一起的画面。那不仅对她是折磨，对顾文修自己来说也是一种煎熬。要当着心上人的面跟另一个人在一起，他怎么做得到？！

东方夫人不解地问："为什么，文修？"

听了顾文修的话，东方豪也不明白了，他家算不上是宫殿，但也是锦衣玉食了，而且家人也不是凶神恶煞，何况她喜欢的顾文修也在这里，她有什么理由不答应？！

"悠悠不喜欢来这里，也不希望你们去找她，这次与飞扬谈签约的事，可能她早料到了你们会去找她，所以先约了杨飞，为的就是避开和夫人见面……"

"文修哥你胡说！我妈咪人这么好，孟……孟姐姐怎么会不愿意和她见面？！"东方燕儿吼道。

"莎莎，你打电话给悠悠，你亲口问她，然后把她的答案告诉夫人。"顾文修说完就独自朝自己的卧房走去，一进门就反锁了门。心里酸涩无比，这是一个跟孟悠悠见面相处的好机会，但他却不能让她来。一旦悠悠不开心，顾文修也会跟着难过，然后就是燕儿跟莎莎，最后是东方家的人……

"也好，莎莎，你就打电话问问。"东方豪淡淡地说。

莎莎点点头，用自己的手机拨通了孟悠悠的电话，但接电话的是男的，听他的声音还有几分熟悉。"我找孟悠悠。"

"悠悠跟俊泽回去了，她手机忘在我这里了，你是？"对方问。

"我是她朋友，谢谢你了……你是杨飞？！"莎莎猛地记起来这个人的声音很像是杨飞。

# 第七十五章　杨飞离开

"嗯，你有事吗？我告诉你俊泽的手机号，你打去试试。"

莎莎拿笔记下了号码，然后打了过去，李俊泽接的。"悠悠在吗？"莎莎径直问。

"你是谁？"李俊泽警觉地问。他见是陌生号码，并没有马上给孟悠悠，担心会是坏人。

"我是顾莎莎。"

"你等一下，悠悠，你的电话，顾莎莎打来的。"孟悠悠正和李俊泽在路边买小吃。

孟悠悠放下手中热乎乎的锅贴儿和年糕，接过手机，心道：莎莎打电话找我做什么？"莎莎？有什么事？和FLY的合作谈得怎么样了？"

"很好，伯父说有九成胜算！悠悠，伯母跟伯父想让你做他们的义女，搬来这里跟他们住，你觉得怎么样？"莎莎见东方夫人急切的眼神，遂不敢多说什么。

"我不会去的，代我向夫人道谢致歉。我跟俊泽还有事，没有别的事我挂了。"

"那好，你们忙吧……"莎莎话未说完就听见悠悠已经挂断了电话，看着东方夫人灼灼的目光，她真的不忍心讲实话。"伯母，悠悠……悠悠……她没答应，要我跟您道谢，还有致歉……"莎莎的声音越来越小，到最后完全没了声音。

"算了吧，夫人。我们不能勉强孟悠悠。"东方豪微笑着坐到东方夫人身边，双手放在她肩上轻轻捏了捏安慰着。

杨飞、孟悠悠和李俊泽3人又一起玩了三四天后，到了回美国的时间了，特别助理已经订好了机票，非走不可。

杨飞只好恋恋不舍地踏上了回美国的路。

机场孟悠悠跟李俊泽都去送他。

孟悠悠再次问到了跟东方集团的合作一事。

拜托公主

——Bai Tuo Gong Zhu

"哎呀，我的大小姐，你都问我八万遍了，没有问题，我记在这里了！"杨飞用食指指指自己的太阳穴，"我已经传真给我们家老爷子了，有我的特别助理帅哥帮忙，没有问题了！你且放宽心！"

　　孟悠悠无奈地笑了笑，这个杨飞哪里像一个做经理的人？

　　李俊泽和孟悠悠将他们送到安检口便停下了。

　　"悠悠，你哥哥我要离开你们去另外一个国家了耶！"杨飞放下行李望着孟悠悠道。

　　孟悠悠笑着走上前，张开手臂给他一个拥抱，"我们等你回来！"

　　杨飞拍着孟悠悠的背满意地说道："这还差不多。"

　　李俊泽故意做出生气、吃醋的样子说道："好了，抱够了没有？飞机都起飞了！"

　　杨飞于是放开孟悠悠走到安检口，又突然回过头来说，"李俊泽，你还是不笑的时候比较好看！酷！记得以后请我喝喜酒！"杨飞通过安检朝登机口走去。

　　他的特别助理拉着行李箱跟在后面。

　　孟悠悠跟李俊泽看见他们进入安检口后就回去了。

　　在前往登机口的途中，杨飞突然停下来，拿出手机打电话找东方豪。

　　"杨经理？"东方豪接到杨飞的电话吓了一跳，以为是合作的事出了问题。

　　"东方经理，我已经起程回美国了，您的方案我会帮忙。但是我有一个要求，不准你们再去打扰我妹妹悠悠跟李俊泽，否则我随时可以让那份合约失效，区区几千万的违约金，飞扬还是不看在眼里的！"

　　东方豪连忙答应他，他此时也正好不想让夫人跟孟悠悠有过多的接触。

　　在这以后，东方家的人再也没有找过孟悠悠跟李俊泽，即使在大学里偶然碰见也都装作不认识般走过……

　　大学剩下的时光如离弦之箭一般飞驰而去。

　　顾家和东方家开始盘算顾文修和东方燕儿的婚事。

　　孟悠悠跟李俊泽也在找工作，但目前为止还没有合适的公司。大公司嫌他们没有经验，小公司又不敢请这样的"大神"。

## 悠悠的最后选择

窗外阳光明媚，直到飞机起飞孟悠悠旁边的乘客还是没有出现。正当她以为自己可以霸占两个位置时，一个人出现在她旁边……

# 第七十六章　大方的杨老爷子

孟悠悠跟李俊泽到了李家，正在和李妈妈商量工作的事情时，电话突然响起了。

"李俊泽！还好吗？！"电话里传出杨飞"嚣张"的笑声。李俊泽皱着眉将电话远离耳朵，以免被他的"魔吼"刺伤耳膜。

"你这个臭小子，回去后又是两年不跟我们联系，我们还以为你回去遭空难了呢！太不够意思了！"李俊泽笑骂道。

"行啦，我那是不想破坏你跟我妹甜蜜的二人世界！你想，以我FLY经理的身份再加上我是FLY唯一的太子，最重要的是我长得这么帅！万一我妹看上我而把你甩了怎么办？怎么样？这还不够哥们？！"杨飞自恋地说着。

"好了，我说不过你。"

"那你准备好请我喝喜酒了吗？"杨飞的声音超大，房间里所有人都听见了。

孟悠悠闻言不由得双颊绯红，这两年她努力扮演着李俊泽的女朋友，不知不觉间似乎真的已经习惯了这个身份。

"酒有，也是喜酒，不过是顾文修跟东方燕儿的，你要不要？"

"凑合吧，告诉你一个不幸的消息，杨大帅哥我又回来了！"

"你在哪儿胡吹呢？"李俊泽有些不相信。

"你打开你们家的门，我送了一份超级大礼！"

李俊泽对孟悠悠做了个手势让她去开门。

孟悠悠一打开门，就看见杨飞拎着行李箱站在门外，"哥哥？！"

李俊泽挂掉电话走过来，拦住正要进门的杨飞，"哎，大礼呢？没带礼物不准进来啊！"

李妈妈笑着起身去准备茶。

"礼物？就是我咯！一百多斤还不算大礼？！"杨飞涎着脸笑道。他刚下飞机就直奔这里来了。

李俊泽帮他放好行李才回到客厅。杨飞在大厅里跟李妈妈和孟悠悠聊得正开心。不知道说了什么好听的话，把李妈妈哄得哈哈大笑。

"说什么呢？"李俊泽道，"笑太多会长皱纹，你当心我妈要你掏钱买名牌祛皱霜！"

杨飞突然一脸正经地望向李俊泽，问他们工作的事情并且有何打算。得知他们都还没有找到合适的工作之后，笑着问道："有没有兴趣加入飞扬？"

"开玩笑吧？"孟悠悠有些不相信地问道。这样一个大公司会要他们两个新手吗？

李俊泽也一脸怀疑地看着杨飞。

"老爷子派我来这边管理分公司，现在我是真正的杨经理了！我是一个人过来的，没带一兵一卒，你们愿意的话，我可以马上让你们进飞扬，职位随便挑！"杨飞一副暴发户的阔绰姿态。

"不好吧？我们都没有经验……"孟悠悠担心不能胜任。

杨飞听了急忙说道："没关系，我也没经验！我们3个这样才最合适嘛！"

李妈妈见儿子迟迟不表态，便笑着说道："那好啊，悠悠跟俊泽都去。"

杨飞一把拉住李俊泽的肩把他拉到身边，得意地说道："那是自然！这可是我妹夫啊！给你个部门经理怎么样？"

"万一搞砸了怎么办？"孟悠悠都不敢想，3个初出茅庐的新人管理那么大一个企业！能做好吗？

杨飞故作神秘地四处看看，然后轻声说道："我来的时候，老爷子跟我说……"然后他就开始学着父亲的样子说道："杨飞，你账户有3亿，要是公司经营得……咳咳……你自己拿钱补上，不要给我丢人！一年后我就调你回总公司。"言下之意就是，若是他经营不善亏本了，老爷子就让他用那3亿撑一年，到时候他就会找借口召回他，放在总公司栽培。

老爷子这样做，也是因为总公司有不少人觊觎他的位置，而那些人里面也确实有几个很有天分的，但是老爷子不想把自己打下的江山送给别人，可直接提杨飞这个新人会有不少元老反对，所以他就给他制造机会，好堵住那些老家伙的嘴巴。

"什么？！你爸爸这样跟你说的？！"李俊泽无语状地望着杨飞。他们家的老爷子还真是大方，给他3亿玩一年！

虽然难以置信，但最终孟悠悠跟李俊泽都加入了杨飞的队伍中。至于杨飞说的

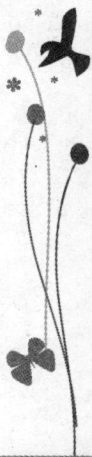

这3亿的事情是否属实，也只有他自己知道，因为这一年里，他并没有像担心的那样把公司经营得凄惨无比。当然，这都是后话了。

"俊泽，我没地方住了……"杨飞做落魄状地望着李俊泽。

"你刚不还说老爷子给了你3亿吗？住总统套房都够了！"李俊泽抬杠道。

杨飞见李俊泽"不答应"立马变了脸色，阴险地笑道："你要是不答应，我就让你做扫厕所的经理！马桶经理！哼！"

"败给你了！"李俊泽回房从柜子里拿出一个新鹅毛枕头砸在杨飞身上，"睡左边第一间吧……"

李妈妈跟孟悠悠两个人起身去收拾那间房子，并把杨飞的行李也搬进去放好……

拜托
公主
—— Bai Tuo Gong Zhu

# 第七十七章  第一天工作

第二天一早，3个人就前往FLY所在的大厦，召集了全体人员开会，不大的会议室竟然涌来几百人，其中浓妆艳抹的女人占了七成。

"飞哥，这阵式……开会恐怕不现实了……"孟悠悠看着快被撑破的会议室说道。

杨飞头疼地望着人群里不断对他抛飞吻、撒"电网"的美女，抓着李俊泽的肩膀来稳住自己的身子。不是被电倒了，而是吓到了。"裁员吧，主管以上交给我，其他人你们俩负责……"说完就灰溜溜地逃走了。

李俊泽是人事部经理，在15层的两间办公室主持面试。杨飞这个总经理在16层。孟悠悠担任杨飞的助理，也在16层。

这一面试，更让他们3个感觉到这里美女太多了！而且还都是什么主任啊、主管啊、秘书一类的。这些人都是程经理招进来的，平时什么都不做，只会巴结程经理。

已经面试了一上午，3个人都是疲惫不堪，却还必须继续这个新工作。

面试了一整天，才勉强将能用的人分出来，3个人中午连饭都没有时间吃，下午一下班就打车回家。

回到李家就开始翻冰箱找吃的，李妈妈从厨房端出预先准备好的八宝粥。原本是想等他们下班回来犒劳一下的，没想到如今却更像是在救济。

杨飞狼吞虎咽地吃完，就一动不动地躺在沙发上开始休息。

孟悠悠从包包里拿出一叠文件放在他身上，"杨大经理，快起来，还有很多工作要做呢！"

"悠悠，我的好妹妹，我就快累死了，我们明天再做吧。"杨飞说完就紧紧地闭上了眼睛，发出猪一样的夸张鼾声。

"悠悠，今天累了一天了，我们都休息一下吧，工作一天之内是做不完的。"李俊泽拉着孟悠悠的手说道。

孟悠悠这才收回文件放回自己房间。

休息半小时后，3个人冲完凉早早地睡了……

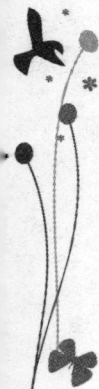

拜托
公主

Bai Tuo Cong Zhu

# 第七十八章　婚礼定在下周六

　　东方集团跟FLY合作的事情老爷子已经批准了，杨飞看着目前公司乱糟糟的现状就郁闷，所以就带着孟悠悠去东方集团，找东方豪问合约的准备情况。留下李俊泽指挥余下的人整理合同资料，顺便打扫公司。

　　东方豪见到杨飞倒是很客气，不再因为他是毛头小子而轻视，其主要原因是因为他是FLY的太子爷。

　　"杨经理，请进！"东方豪的秘书将杨飞和孟悠悠请进东方豪的办公室。

　　办公室有两百多平米，左边摆着真皮沙发、檀香木矮桌，右边则是他的办公区。重要而亲密的人来，东方豪都是在办公室招待，从来不去古板的会客室。

　　"杨经理怎么亲自来了？"东方豪目光扫过他身后，竟看到孟悠悠也在，心里略微有些吃惊。这丫头刚毕业就进入了FLY，运气真是好。随后，东方豪只是微微点头微笑示意一下，没有跟她说话。

　　"关于上次谈的合作一事，总公司决定由我全权负责。回国两天了，东方经理没有去找我，我就只好自己厚着脸皮过来了。我是新手，以后还要拜托您照应才是。"杨飞说这话倒不是吹捧他，东方豪白手起家，让东方集团走到现在这个规模，还是很有能耐的！所以此番杨飞这个新人上任，倒是真的希望他能指点一二。

　　"杨经理客气了，今后我们都是合作伙伴了，合约等文件我夫人已经整理好了，下午我们会亲自送去。若是杨经理有疑问，我们可以再商量。"东方豪道。

　　"那好，我们就下午再见。"杨飞起身与东方豪握手道别。然后就带着孟悠悠回去了，在楼下意外地遇上了东方夫人，她似乎有什么话要对孟悠悠说，但是看见杨飞也在，便将话吞回腹中，点头微笑着示意，并注视着他们离开，确切地说，是注视着孟悠悠离开。

　　下午三点多，东方夫人就带着合约等文件来到FLY大厦，随她来的还有东方燕儿跟顾文修。

　　这大厦外人是不能进入的，只能凭本人的工作证或者由内部人员登记领进去。

东方夫人等3人也都毫不例外地被拦住了。保安正要打电话请示经理就看见孟悠悠从大厅经过，于是跑过去找她，向她说明了情况。

听说是东方夫人，孟悠悠便亲自将他们送到杨飞的办公室。杨飞看着文件就头晕，直接放一边让孟悠悠看，他则闲得无聊地去抢秘书的工作来做。

孟悠悠也不是很懂合约，只是凭借公司文档里以往的合约勉强做个判断，看完认为没有什么问题便对杨飞点点头，表示没问题。

"既然合约没问题，那就尽早举行签约仪式吧。"东方夫人道。一般说来谈合约会是事先私底下商量好的，但是正式签约时都会举行签约会。

"签约仪式就不用了吧，我们家老爷子叫我低调做人，我现在这样走出去也没有几个人知道我是FLY驻中国区的总经理，一旦公开我就……呵呵……"回国前老爷子特别交代他不要参加无谓的公开活动，要注意自身安全。

"那依杨经理的意思……"东方夫人询问道，他们原是打算利用这个签约仪式让东方集团重整雄风，如今见杨飞不想太隆重，只好作罢。

杨飞抓起桌上的笔笑道："就现在吧。"说完就像画大字似的在合约上签下龙飞凤舞的"杨飞"两个字。把合约跟笔推到东方夫人面前。"夫人就签吧，反正你们不吃亏。"

东方夫人看看杨飞，缓缓拾起笔签下自己的名字。正如杨飞所言，他们并不吃亏，由她这个挂名经理签字也是一样。

李俊泽走了进来，正好遇上杨飞让孟悠悠送东方夫人等3人出去。见孟悠悠有些尴尬，杨飞又"埋头苦干"不好叫他收回那句话，于是说道："我替你送送夫人，正好我有话想跟他们说。"

路上东方夫人见李俊泽不说话，就想到了他此举不过是面子话，实际上是帮孟悠悠解围。

李俊泽路上也在想要跟他们说点什么，自己说了有话要说可最后一个字都不说，似乎也有点说不过去，正当他在思索时却听见东方燕儿问，"俊泽哥，你不是有话要跟我们说吗？"她涉世不深，不知那是面子上的话，就是个借口。

顾文修跟东方夫人都明白，所以一直不出声，猛听见燕儿这样问都吓了一跳，有些不知所措。

"对！我……"李俊泽脑子里飞快地掠过无数话语。

"那就说啊！"东方燕儿好奇地催问着，充分表现出了人类的好奇。

"你们……婚期定了？"李俊泽的目光扫过顾文修，突然找到了话题。听说顾

文修跟东方燕儿已经定好婚期了，只是还没有对外公布。

东方夫人不语，顾文修跟孟悠悠的往事她很清楚，如今顾文修不爱燕儿她也知道，但是她无力阻止。东方豪要他们在一起，她知道原因，那是他太宠溺女儿了，但是顾文修本人也同意了结婚，这一直叫她疑惑不已。她试着问过原因，但是顾文修一个字都不肯透露。最后，她也只好默许这场婚礼。

东方燕儿红着脸悄悄望向顾文修。

顾文修平静地点点头，淡淡地说道："下周六……"心中却像是打翻了五味瓶，什么滋味都有……

第十六篇——悠悠的最后选择

# 第七十九章　李俊泽的成全

3人各怀心事，直到李俊泽送走东方夫人等人回来，3人回家后也没回过神来。

孟悠悠跟顾文修是曾经的恋人，那他——李俊泽算什么？李俊泽现在觉得自己快要没有面对她的勇气了。但是今天他知道了顾文修下周六就要结婚了，和一个自己不爱的女孩子结婚，他觉得顾文修好可怜，又觉得顾文修是个懦夫，他不配得到悠悠的爱！同时又觉得很庆幸。可转念一想，如果悠悠还爱着顾文修，就算她接受了自己，那自己又算什么呢？替代品？想到这里，李俊泽突然觉得很委屈，心里空荡荡的，很失落。

"悠悠，顾文修他下周就结婚了。"杨飞知道李俊泽心里有疙瘩说不出话来，所以他帮兄弟来说，而且他也关心孟悠悠的情况。

"我知道。"孟悠悠疲惫地坐在沙发上。

"那你现在心里到底是怎样想的？"杨飞问道。

孟悠悠听见杨飞的问题，猛然抱住了自己的头，"不要逼我，为什么会这样！我真的不知道！"

"不要刺激她！"李俊泽看出孟悠悠已经是深受打击，于是冲下楼生气地推开杨飞。"悠悠，不要怕，别想了，无论你怎样选择，我都支持你……"李俊泽将她拥入怀中，感觉到她身子冰冷得厉害。

孟悠悠泪眼迷蒙地看了看抱着她的人，看到是李俊泽后才又安下心来。"俊泽……"孟悠悠无力地靠在他肩上，嘴里嘟囔着，"我真的不知道，我看见顾文修那样我就难受，可是对于你我也，我真的……"

"悠悠，有件事情我想告诉你。"李俊泽听见孟悠悠一直在说顾文修，心中开始泛酸。

"什么？"

杨飞看他们"恩爱"的样子，也不好站在旁边继续做电灯泡，自己就悄悄上楼去了。

拜托公主

Bai Tuo Gong Zhu

"你知道为什么你跟顾文修当初会分手吗？"李俊泽每说一字心都会揪紧一分，因为说完这些，孟悠悠也许会真的就此离开。

"……"孟悠悠沉默着，分手的原因她最清楚不过，分手是她提出来的，她怎么可能不清楚。"俊泽，我知道。"她以为李俊泽是知道了她跟东方豪之间的约定。

"不，你不知道。因为你也在犯相同的错，跟当初的顾文修一样。"李俊泽缓缓地说着，努力压制住自己狂跳的心。"如果顾文修面对东方燕儿有我这么冷淡，也许你们之间就不会有她的介入。"李俊泽正视着她的眼睛，却感觉自己眼睛开始一点点的湿润。他说清楚她跟顾文修之间的问题，他们很有可能会再次在一起，而他就会被T出场。

"俊泽……"孟悠悠突然有些不明白了，他要说的就是这个？

"如果我喜欢你，我就会远离其他的女生。即使她们刻意接近，我也不会让她们有机会走到我身边。你明白吗？我知道我该退出了。你可以回到顾文修身边去，我不会怪你。如果你们真的决定在一起，你也要记得不能让别人走近你，也不要顾及任何人，幸福是自己争取的！燕儿那里我会去说的……"说到此处，眼泪已经涌出眼眶了，李俊泽侧过脸去，不想让孟悠悠看到它。

"俊泽……我……"自从答应父亲——东方豪跟顾文修分手之后，她就没有想过将来再回到他身边。如今要和妹妹燕儿争，并且李俊泽也有成全他们的意思，她该怎么办？回去？还是留在李俊泽身边？还有最无辜的燕儿，她会怎样想？无论如何她都是自己的妹妹，并且自己也答应了父亲！

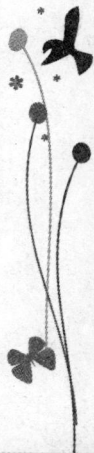

## 第八十章　留书出走

"你不必觉得歉疚，这是我自己选的，即使真的……"李俊泽始终说不出"分手"两个字。

"我想我真的是很自私。俊泽，我觉得心很乱，这个话题我们不要再说了好吗？"孟悠悠觉得，若是在这时候离开李俊泽，对他来说太残忍了，而且燕儿跟文修的事情她也还没弄清楚，或许并不是没有弄清楚，而是不忍心罢了。

李俊泽微微仰起头，似乎这样眼泪就会往肚子里流，不让孟悠悠看到。这是他们之间的一个裂痕，如果不能抚平，裂开的那一天迟早会到来。这就像是一个不定时的炸弹，顾文修那边有一点儿动静，这个炸弹就随时可能被引爆。"我们都不能逃避，只能面对！"

"可是……我的心真的很乱，我不知道该怎么做。俊泽，你不要逼我好不好……"若是以前，她可能就真的毫不犹豫地回到顾文修身边了。可是今天要她做选择，她却完全不知所措。似乎应该回去，毕竟文修是跟她真爱过；似乎不该回去，李俊泽默默为她付出这么多。她不是石头，她也会感动……

"悠悠，你必须在他们之间做出一个明确的选择。最后一次选择！"杨飞本来是下楼看看他们谈得怎么样了，却意外地听到了刚才那番话。察觉到沙发上的两个人都疑惑地看着他，杨飞才假装咳嗽地找杯子去倒水。"你们继续，我只是倒杯水。"杨飞端着水杯缓缓向楼上走去。这锅烂糊糊熬得够久了，他也希望孟悠悠尽快做出决定，不要在这两个人中间摇来摆去。给他们一个可能永远都不会有的希望，倒不如现在就让他们死心。

"悠悠……"李俊泽凝视着孟悠悠，他希望她做出决定，但又害怕听到她的决定。因为在这场爱的争夺戏里他始终都只是后备，只有顾文修那边出状况他才有机会。

"你让我回房间好好想想……"孟悠悠几乎是逃回房间的，一进去就反锁上房门……

深夜了，孟悠悠始终不知道该怎么做。她想要顾文修宠着她的温暖，但又不想看到李俊泽难过，最后只好决定暂时离开。

　　她在桌上留下一封信后，就带着少量的行李悄悄离开了李家。她需要一个人找一个安静的地方，仔细想想接下来该怎么做。

　　李俊泽几乎也是一夜没睡，却不知道在凌晨的时候那个细微的开门声是孟悠悠离开的声音。他只当是佣人不小心弄出的声响。

　　直到早上佣人去叫孟悠悠起床吃早点时，才发现了桌上的信。床铺得很整齐，被子里是冷的，在无声地说着昨夜没有人在这床上休息。

　　李俊泽颤抖地从佣人手中接过信，里面是孟悠悠特有的娟秀字迹：

　　俊泽，我想了一晚上还是没有答案。也许是我太贪心，想独占你们两个。也许是我太软弱，不忍心做出伤害任何一方的决定……谢谢你在这些日子陪着我、照顾我，还有伯父、伯母……代我跟他们说声对不起。选择不告而别只是因为，我怕看到你们眼里的痛，会狠不下心离开。我会好好照顾自己，不用挂念。如果我想到答案了，我会回来的。假如，我是说假如，你遇到了喜欢的女孩子就不要再管我了。不用来找我，你知道我若是故意躲着你们，便不会轻易让你们找到。再见……

# 第八十一章　大结局

"悠悠离家出走了？！"杨飞惊呼道。

餐桌边的李爸爸和李妈妈也都被惊动了。"悠悠离家出走？！为什么？"李妈妈慌忙问道。她可是已经等着做婆婆、喝媳妇茶了！

"俊泽，我派人去找……"李爸爸放下还未动的早餐起身去拿外套就要出门。这个孤僻的儿子好不容易才在孟悠悠的影响下变得开朗了，他可不希望儿子再变回原来的样子。

杨飞也正准备打电话要人帮着找孟悠悠，却见李俊泽平静地坐在餐桌边，拿起勺子喝汤。他怎么会这么平静？他那么爱孟悠悠，现在不是应该很着急吗？莫非是刺激过度变傻了？

"俊泽……"李妈妈和李爸爸也都开始担心起来。儿子的平静太诡异了！

"爸、妈、杨飞吃饭吧。"李俊泽平静地说，然后就自顾自地吃起早餐来。

李爸爸、李妈妈和杨飞目不转睛地盯着李俊泽，有一口没一口地吃着。

却见李俊泽非但不着急反而很开心的样子，时不时露出一个浅浅的笑意，然后微微摇头继续吃早餐。李俊泽对其他人异样的目光丝毫没有察觉。

吃完早餐，李爸爸在上班前特意叮嘱李妈妈要看好儿子，他始终觉得儿子的精神上可能出了问题。

杨飞几乎是寸步不离李俊泽，连他去厕所他都守在外面。

"你干什么？"李俊泽从厕所出来就看见杨飞探头探脑地向里面张望。这小子盯着他上厕所干什么？

"俊泽，悠悠出走了。"杨飞再次提醒道。

李俊泽微笑着朝沙发走出，倒在沙发上翘起二郎腿，这悠闲的样子怎么看都不像是李俊泽。

杨飞走到李俊泽身边，伸手去捏他的脸。疼得李俊泽忙一手推开他。

"你掐我做什么？"李俊泽揉着脸质问道。

脑袋没病呀，怎么看着这么不正常呢？"我是想看看我是不是在做梦，你好像太不正常了。"

"那你怎么不掐自己呀。"李俊泽翻身坐起，在茶几的玻璃面上查看自己的脸。

杨飞讪笑着说："我怕疼……"

李俊泽瞪了他一眼，算做警告，然后又躺回去。

杨飞坐在对面，看着李俊泽现在的样子，实在不像是在担心孟悠悠。他病了？杨飞摸摸李俊泽的额头，体温正常。他傻了？掐他还知道疼，应该也不可能。难道那封信有问题？联想到孟悠悠是语文天才，他猛地想到了一个最大的可能。那信是藏头诗一样的东西，里面暗含玄机？可是他把信翻来覆去研究了两个小时都毫无突破，他甚至试过用水淋湿再用打火机烤。

"俊泽，你告诉我吧，这信有什么秘密？！"杨飞拿着皱巴巴的信走到李俊泽身边。

"我不再是候补了。我现在至少可以与顾文修打成平手，让悠悠左右为难了。她不能下定决心，也就表明我的爱她是看到了的，她是记得的！"李俊泽笑着答道。

杨飞抱着胳膊打了个寒战，"好，你的爱，她知道。"他总算明白了李俊泽不着急的原因，转身后悄悄说道，"爱情就是自己做肉麻的事情却毫无察觉，就像你现在这个样子。"

孟悠悠订的这班飞机已经开始登机了，她通过了票检进入机舱，静静地坐在自己的座位上，旁边的位置空着，只放了一个小小的行李，表明那儿有人坐……

窗外阳光明媚，直到飞机起飞孟悠悠旁边的乘客还是没有出现。正当她以为自己可以霸占两个位置时，一个人出现在她旁边……

意林花儿朵朵系列

图书在版编目（CIP）数据

拜托公主/雪天使著.---北京：中华工商联合出
版社，2010.9
ISBN 978-7-80249-591-3

Ⅰ.①拜… Ⅱ.①雪… Ⅲ.①长篇小说–中国–当代
Ⅳ.①I247.5

中国版本图书馆CIP数据核字（2010）第190124号

## 拜托公主

作　　者：雪天使
出 品 人：成与华　顾　平
策　　划：方　伟　斯　蒙
责任编辑：林　立
特约编辑：黄嘉锋
内文插图：关　磊
封面绘制：ZHAYA
美术编辑：李　倩
责任审读：海　鸿
责任印制：迈致红
出版发行：中华工商联合出版社有限责任公司
印　　刷：小森印刷（北京）有限公司
版　　次：2011年1月第1版
印　　次：2011年1月第1次印刷
开　　本：700mm×1000mm　1/16
字　　数：245千字
插　　图：22幅
印　　张：18.5
书　　号：ISBN 978-7-80249-591-3
定　　价：22.00元

服务热线：010-51908601-8015　010-58301130
销售热线：010-51908602　010-58302813
地址邮编：北京市西城区西环广场A座19-20层，100044
网　　址：http://www.chgslcbs.cn
E-mail：cicap1202@sina.com（营销中心）
E-mail：gslzbs@ sina.com（总编室）

工商联版图书